DASHNOR KOKONOZI

H A B I A

Roman

DASHNOR KOKONOZI

HABIA

roman

Botimi i Dytë
2023

1

Stefi la gjithçka mbi tavolinën e kuzhinës dhe nxitoi t'i hapë të shoqit derën e apartamentit. Ai kaloi para saj dhe shkoi e u mbyll në dhomë. E çuditur, gruaja preku veten me duar, si për t'u siguruar se ndodhej e tëra aty. Zoe as kokën nuk e ktheu për t'i hedhur qoftë edhe një sy kalimthi.

E hutuar, u kthye në kuzhinë dhe shtrëngoi fort rubinetin e pjatalarëses, për të cilin kujtohej se pikonte vetëm kur ndihej e acaruar.

Një ditë edhe mund të mësohej duke pritur buzëqeshjen e tij, shpesh të pa hir, që edhe atë nganjëherë e harronte, por jo që të mos i kthente fare sytë nga ajo. E dinte se që kur kishin ardhur në Tiranë ai nuk shihte më njeri në sy, sikur të kishte frikë se do t'i kërkonin një shërbim, një analizë sektori, një përllogaritje për shpenzimet e një pusi qymyri të sapo hapur. E megjithatë, gjithmonë e kishte ruajtur një vështrim të fshehtë për të. Në çaste lodhjeje a mërzie do t'i kërkonte gjithnjë sytë e saj, ku mbështeste shpirtin e lodhur.

Por jo atë ditë. Dhe ajo ndihej e zemëruar. Shtrëngoi edhe një herë rubinetin që nuk pikonte më dhe u drejtua te dhoma ku I shoqi ishte mbyllur e nuk po dilte që të hanin drekë. I dukej e padrejtë të priste deri në darkë kur duke u kotur para televizorit, me siguri ai do t'i thoshte nëpër dhëmbë diçka për ditën e fëlliqët që kishte kaluar në ministri. Lidhi pas koke flokët e saj të kuqërremë, por tek doli në korridor shtangu dhe harroi se çfarë kishte dashur t'i thotë. Nga brenda dhomës dëgjohej një zë. Si kurrë ndonjëherë, i shoqi po fliste me veten.

- Unë asnjëherë nuk e kam vënë në dyshim politikën ekonomike të vendit tim... – dëgjoi ajo fare shkoqur.

Ajo e shtyu derën fort nuk dalloi mirë asgjë. I shoqi kishte mbyllur perdet e trasha dhe qëndronte më këmbë para komosë. Tundte kokën me sy të fiksuar mbi një copë letër që kishte përpara.

- Zoe, çfarë ka ndodhur? - e pyeti duke shtyrë tutje perden e trashë, me shpresë se drita do të zhbënte një magji të keqe që po ndodhte aty para syve të saj.

Ai vazhdonte të tundte kokën.

- Dreka është gati, - shtoi pastaj, si të kishte kuptuar se do të qe më mirë të bënte sikur nuk kishte dëgjuar gjë dhe doli në korridor.

Gjithnjë duke tundur kokën, ai palosi me kujdes letrën ku nuk kishte asnjë shënim dhe ndoqi të shoqen në kuzhinë. Kur u ul në karrige, ajo dëgjoi një pikë uji që ra mbi pjatalarësen prej porcelani. U ngrit dhe shkoi të shtrëngojë përsëri rubinetin. Gjëja më acaruese ishte se ai rridhte edhe në atë orë të ditës kur uji nuk ngjitej deri në katin e tyre.

- Të pëlqejnë makaronat? - e pyeti të shoqin, duke kërkuar një arsye që ta shihte gjatë në sy pa i lënë të kuptojë se ishte e shqetësuar për të.

Ai nuk i ktheu përgjigje.

- Shtova ca erëza që më kishin mbetur, por nuk i hodha mbi makarona. Vetëm sa i përzjeva me salcën dhe ia shtova në fund. U a ndjen aromën?

- Jo, - ia bëri ai.

- Provoi një herë, aty janë, - këmbënguli ajo, sa kohë që ndiqte me sy një petël zbokthi që u shkëput nga qimet e rralla që atij i kishin mbetur në anë të kokës dhe shkoi e ra drejt e mbi pjatë. - Mos kanë shumë kripë?

- Pse thua që kanë shumë kripë? – pyeti ai i pakënaqur.

- Nuk thashë se kanë shumë. Pyeta se mos kanë më shumë se sa duhet. Mbase më ka shkarë dora. Nuk besoj, por desha ta dëgjoj prej teje.

Ai e shihte sikur kishte vështirësi të ndiqte shpjegimin e saj.

- Nuk më pëlqejnë, - foli së fundi. - Këto makarona që ngjisin kështu nuk më kanë pëlqyer asnjë herë.

- Ti i ke ngrënë gjithnjë deri në fund, - tha ajo e fyer.

- Nuk kam dashur të të prish qejfin ty!

- I ke ngrënë gjithë këto vite vetëm e vetëm të mos më prishësh qejfin mua? - ajo nuk dinte si ta fshihte zhgënjimin. - Nuk të besoj, Zoe. Mbase nuk je mirë, se ti kurrë nuk do më dëshpëroje kështu. Ja, edhe ilaçet harrove t'i marrësh.

U ngrit dhe si nxori tre kuti nga rafti, i hapi njëra pas tjetrës dhe i vuri përpara një hapje që frenonte koagulimin e gjakut, një tjetër për uljen e kolesterolit dhe një të fundit për rregullimin e presionit arterial. Të gjitha ia kishte këshilluar miku i tyre, dr. Kavalla, pas infarktit që kishte pësuar një vit më parë. I la përpara edhe një gotë me ujë dhe zuri përsëri vendin përballë tij.

- Më thuaj çfarë ka ndodhur? - e pyeti kur ai uli për të tretën herë gotën e ujit. – Ti kurrë nuk do t'i nxirrje ato fjalë nga goja.

Macja e vogël e shtëpisë kërceu tutje në fund të kuzhinës, si të ndihej atje më e sigurt. Stefi drejtoi kurrizin dhe priti të dëgjojë. Edhe pse i çliruar nga frika e shpjegimeve për shijen e pjatës që kishte përpara, Zoe nuk u nxitua të flasë. Nuk dinte nga duhej t'ia fillonte. Përmendi disa herë emrin e shefes së administratës së ministrisë dhe së fundi tha se aty nga paraditja ajo e kishte njoftuar për një takim të rëndësishëm në sallën e madhe të mbledhjeve.

- E pse të bëri përshtypje kjo? – pyeti e shoqja.

- Ndryshe nga herët e tjera, më kërkoi të firmos për njoftimin që më dha.

Kur qe nisur për në mbledhje, në korridorin e gjatë të ministrisë kishte parë njerëz të panjohur. Ishin tipa të qethur shkurt e me kostume që nuk u rrinin mirë. Qëndronin pa lëvizur dhe i shihnin të gjithë me ngulm, si të kërkonin diçka që vetëm ata e dinin. Ashtu kishin parë edhe vetë ministrin Manol Dobi, që ishte drejtuar edhe ai te salla e mbledhjeve, krejt fillikat. Nuk ishte mësuar ta shihte ministrin e tij të pa shoqëruar nga ata që e ndiqnin gjithnjë prapa.

Me të hyrë të gjithë në sallë, vetë Manol Dobi u ngrit dhe i dha fund asaj gjendjeje pritjeje disi të mistershme. Atë ditë do t'i nderonte me vizitën e tij Sekretari i Përgjithshëm i Partisë. Salla buçiti në duartrokitje. Ministri foli edhe për gjëra të tjera, por askush nuk e dëgjonte më. Sytë e të gjithëve ktheheshin orë e çast nga dera dykanatëshe e sallës së madhe të mbledhjeve. Dikur heshti dhe ktheu edhe ai sytë andej.

Ovacionet që shpërthyen, sapo Sekretari i Përgjithshëm hyri në sallë, ishin të papërmbajtura. Zoe ishte i kënaqur që kishte gjetur një vend të lirë në radhën e parë, diku në të majtë të sallës. Më vonë, doktor Teofil Kavalla do të tundte kokën fort i trishtuar për zgjedhjen e tij.

Deri para se të transferohej në Tiranë, Zoe kishte patur rast ta shihte Sekretarin e Përgjithshëm vetëm së largu, nëpër mitingje. Nga ministri i tij kishte dëgjuar se nëpër plenume apo mbledhje pune, atij nuk i pëlqente t'u lihej kohë e gjatë shprehjes së emocioneve të tepruara, ovacioneve të gjata, duartrokitjeve, rrëmbushjeve. Kërkonte më fort një mjedis pune e reflektimi.

Ndërsa salla vazhdonte në një atmosferë ethesh entuziazmi, Sekretari i Përgjithshëm përkulte lehtë kokën, duartrokiste pak edhe vetë, por pa shumë gjallëri. Dikur vuri syzet dhe hapi një dosje në ngjyrë kafe të errët. Vështroi edhe një herë nga salla dhe i ftoi të gjithë të uleshin. Veçse askush nuk ishte i gatshëm t'i bindej menjëherë. Rebelime të kësaj natyre ai i pranonte duke buzëqeshur lehtë madje edhe duke hedhur ndonjë frazë të shkurtër që pritej edhe ajo me ovacione. Por jo atë ditë.

- Kam hedhur këtu në letër disa probleme që mund t'i diskutonim edhe në Komitetin Qendror të Partisë, - filloi ngadalë, - mund t'i diskutonim edhe me shokët e qeverisë, por duke ardhur këtu pranë jush, do të kemi rast ta dëgjojmë njëri-tjetrin pa ndërmjetës. Kështu, sy më sy.

Salla miratoi njëzëri, e kënaqur por vazhdonte të qëndronte më këmbë..

- Populli pret nga ne dhe ai pret me durim, - vazhdoi Sekretari i Përgjithshëm,- por kur punët zvarriten dhe zgjidhjet mungojnë, populli ka të drejtë të ngrihet e të na kërkojë llogari.

Në këto fjalë të pranishmit nisën të ulen njeri pas tjetrit. Askush nuk pipëtinte më.

Analizën që pritej prej kohësh, ai nisi ta lexojë me një ton të rëndë e dramatik. Duartrokitjet spontane që e ndërprisnin rregullisht, nuk e pengonin të ruante ritmin e tij. Në ndonjë rast nuk e ngrinte fare kokën.

Të pranishmit mbanin shënime. Një pjesë ngrinin e ulnin kokën duke shkruar fjalë pas fjale, të tjerë shkruanin pa i ulur fare sytë. Kishin vetëdijen e të jetuarit të çasteve që do të kujtoheshin gjatë.

Ndërsa po mbushte faqen e dytë me shkrimin e tij të vogël e të rrumbullakët, Zoe provoi një ndjesi të çuditshme, që gati e trembi. Iu duk se kishte fituar cilësinë magjike të hidhte në letër vazhdimin e analizës, edhe kur Sekretari i Përgjithshëm kishte heshtur për t'u lënë radhën duartrokitjeve. E zuri frika se mos ishte bërë pre e ndonjë deliri. për t'u qetësuar, mendoi se e gjitha kjo ishte vetëm një rastësi. E shumta tha se mbase bëhej fjalë për probleme për të cilat ndante të njëjtin opinion me Sekretarin e Përgjithshëm. Pastaj pati një kthjellim të beftë dhe tha se nuk mund të ishte ashtu. Shpjegimi ishte mjaft më i thjeshtë. Gjithçka që dëgjonte aty nga goja e Sekretarit të përgjithshëm, e kishte shkruar ai vetë! Habia që e kaploi e shtyu të lëvizë vendit e të shohë rrotull vetes. Ajo që po lexonte Sekretari i përgjithshëm ishte analiza e fundit ekonomike e sektorit të nxjerrjes së mineraleve, që e kishte përgatitur ai. Ia kishin kërkuar nja tre muaj më parë pa i dhënë shumë shpjegime. Sekretarja e ministrit interesohej çdo ditë, duke i thënë se kërkohej me urgjencë nga Instituti i Studimeve politike. Asgjë më shumë. Zëvendësministrat dhe titullarët e tjerë të dikasterit kishin urdhër të mos e ngarkonin Zoen me punë të tjera. Edhe vetë ministri nuk i kërkonte të shkruante raportin e përjavshëm që lexonte në mbledhjet e zakonshme të Kolegjiumit të Ministrisë, shpesh herë në prani të vetë Zoes, që e kalonte kohën duke vështruar herë orën apo ata që mbanin shënime.

Qeshi nën buzë duke u kujtuar se deri një çast më parë kishte duartrokitur ato çka kishte shkruar ai vetë.

Futi në xhepin e brendshëm të xhaketës letrat që kishte në dorë dhe i nguli sytë Sekretarit të Përgjithshëm. I pëlqente se si e lexonte ai atë analizë. Zoe kurrë nuk do të mund ta lexonte me një ton aq të qartë e bindës. Në gojën e tij gjithçka merrte vlerë tjetër, madje edhe pëllëmba e djathtë me të cilën ai rrihte lehtë tryezën, edhe ajo dukej se kishte rolin e saj në mbajtjen gjallë të vëmendjes së sallës.

Po ta lexonte ai vetë kishte të ngjarë që gjysma e sallës të dilte duke gjetur lloj-lloj arsyesh që të mos ktheheshin. I mungonte ajo cilësia e veçantë e gati magjike për ta bërë auditorin ta dëgjonte me përqendrim aq të madh, edhe kur nuk kuptonte asgjë nga ato që thuheshin aty.

Ndërsa sillte ndërmend gjëra të tilla, Zoes iu duk se dy herë radhazi Sekretari i Përgjithshëm e ktheu vështrimin drejt tij. Një herë fare kalimthi dhe pastaj, herën e dytë sytë e tij qëndruan diçka më shumë mbi të. Ndjeu një farë pështjellimi dhe e qetësoi veten duke menduar se vetëm sa i qe dukur ashtu. Dhe këtë do ta kishte harruar sikur në përfundim të një paragrafi të gjatë, sytë e Sekretarit të Përgjithshëm të mos qenë kthyer përsëri te ai.

Nuk mund të gabohej më: vështrim i tij ishte personalisht për të, jo si pjesë e sallës, por për atë vetë si Zoe Bendo. I shkoi mendja se mbase ai do të kishte dëgjuar diçka, do të kishte ndonjë informacion se një farë Zoe Bendo ishte marrë me javë të tëra me atë analizë që tani ai vetë po lexonte aq seriozisht para një salle të mbushur plot...

Ajo që ndodhi pastaj kishte diçka më të keqe se ato makthet e fëmijërisë nga ku nuk del dot edhe kur me sytë hapur tund i tmerruar duart në ajër. Sekretari i Përgjithshëm ndërpreu leximin dhe u përkul nga dikush të cilit i tregoi Zoen me kokë. Dhe ky qëlloi të ishte një zëvendës i Manol Dobit, që nuk pati asnjë vështirësi t'i përgjigjej pyetjes që iu bë.

Salla ktheu sytë me kureshti nga Zoe, por pa qenë shumë të sigurt se Sekretari i Përgjithshëm interesohej pikërisht për të. E njihnin për specialist me përvojë nga terreni, por saktësisht as që e dinin me çfarë merrej aty në ministri.

Kjo deri në çastin kur Sekretari i Përgjithshëm iu drejtua tamam atij:

- Shoku Zoe, - u dëgjua t'i thotë, - juve nuk ju interesojnë këto që po thuhen këtu?

Në zërin e tij nuk kishte zemërim, por në thellësi të syve vërehej një farë zhgënjimi për mosinteresimin e atij njeriu ndaj problemeve që ngriheshin aty.

Duke u mëdyshur fort në se vërtet i qe drejtuar atij, Zoe nxori menjëherë letrat ku kishte shkruar deri pak më parë. I hutuar, i rrotulloi nëpër duar. Mbase edhe belbëzoi gjësendi por nuk i kujtohej se çfarë.

Sekretari i Përgjithshëm tundi kokën, pa lënë të kuptohej se çfarë po mendonte ato çaste, madje edhe buzëqeshi pak, por nuk mundi t'ia largojë Zoes frikën që i kishte zbritur deri thellë në bark. Kjo nuk ndodhi as kur Sekretari i Përgjithshëm ktheu sytë mbi letrat e veta dhe rifilloi leximin e analizës. Mu aty ku e kishte ndërprerë.

2

- Ku është miku im djalosh? – thirri dr.Teofil Kavalla duke hyrë me zhurmë në apartamentin e Bendove.

Puthi Stefin në të dy faqet dhe zgjati kokën e tij të madhe me dhëmbët jashtë, që të linin përshtypjen se buzëqeshte gjithë kohën. Miku i tij i vjetër nuk u shfaq në fund të korridorit, si zakonisht.

Kishte menduar se ishte fjala për matjen e zakonshme të presionit arterial, që me kohë qe kthyer në sebep për të pirë një kafe e një raki, duke kujtuar kohët e shkuara kur doktorin e kishin emëruar në një   qytezë të vogël minatore. Aty ku Zoe punonte prej vitesh si ekonomist.

Javët e para Teo nuk kishte dalë fare nga ambulanca e tij, si të kishte frikë nga të gjithë. Nuk kishte pritur ta emëronin në atë qytezë të humbur me rrugë të çara, ku rridhte ujë i zi që dilte nga galeritë. Po aq sa qyteza i kishin lënë përshtypje edhe vetë minatorët me fytyra të nxira dhe mushkri të prekura nga silikoza, me pasoja të pakthyeshme. Atyre pak njerëzve me të cilët fliste, ai u përsëriste se emërimin aty e shihte si të përkohshëm. Dikur kërkoi që edhe ushqimin që përgatitej në mensën e përbashkët të minierës t'ia dërgonin në ambulancën e tij e tij. Njerëzve nuk u pëlqente ftohtësia e tij. Gjatë vizitave i pyeste përse ankoheshin, por nuk kishte durim t'i dëgjonte kur i flisnin për jetën e tyre. Shkonte të hapte derën e ambulancës për t'u thënë se vizita kishte mbaruar. Minatorët shprehnin pakënaqësi. Njëri-tjetrit i thonin se doktori bënte mirë që inatin ta mbante për vete, nuk ishin ata që e kishin sjellë aty.

Edhe Zoes i kishte thënë të njëjtën gjë ditën kur shkoi të maste tensionin. Të gjithë shpresojmë të iknim një ditë, i qe përgjigjur ai, por nuk duhej të harronte se kishte edhe nga ata që nuk kishin ku shkonin. Minatorët kishin lindur aty e aty do ta mbyllnin jetën. E shumta shpresonin se nuk do të ndodhte ashtu me fëmijët e tyre, por ata vetë nuk kishin iluzione. Teo ishte ulur ta dëgjojë. Mbase edhe pak me frikë në fillim, por kur mësoi se Zoe nuk ishte veçse ekonomisti i minierës, ishte qetësuar dhe i afrohej gjithnjë e më shumë.

Kështu kishte nisur miqësia me të. Dhe Teo u ishte mirënjohës. Mbrëmjeve kalonte e rrinte një copë herë në apartamentin e tyre. I pëlqente të pinte një raki e të bisedonte me ta, duke ndjekur ndonjë ndeshje futbolli ne televizor apo duke ngrënë gështenja të pjekura. Të dielave, kur koha ishte e bukur, Stefi përgatiste diçka për të ngrënë dhe së bashku shkonin ta kalonin ditën në një pyll me boriga, buzë një përroi. Ajo dhe i shoqi e ndjenin se edhe jeta e tyre nuk ishte si më parë. Shpresonin edhe ata të iknin një ditë prej aty, por ndërkohë e dinin mirë se vitet që shkonin duke pritur, ishin vite të jetës së tyre. Vite që u ishin dhënë për të jetuar. Dhe i jetonin si mundnin aty ku ishin.

Krizat e dëshpërimit të Leos ishin bërë më të rralla. Nuk e përmendte më largimin e shpejtë nga miniera, madje kishte nisur një studim për diagnostikimin e hershëm të silikozës te minatorët. Ishte ai studim që do ta shpinte më vonë në Tiranë.

Atëherë nuk e dinin, por tani i kujtonin si kohë të lumtura. Kur u hipte në kokë, merrnin një kamion të madh e shkonin të shihnin ndonjë film në kinemanë e qytetit. Dimrit aty spektatorët duhej të sillnin me vete nga një copë dru, për ata fuçinë e madhe të zjarrit me qyngj të gjatë, që brambullinte midis sallës. Në një natë të tillë, Stefi kishte ndjerë dorën e Teos të rrëshqiste midis kofshëve të saj. Kishte bërë një lëvizje instiktive, duke shtrënguar këmbët me njëra tjetrën dhe kishte mbyllur sytë, pa qenë shumë e sigurt se çfarë po ndodhte...

-Erdhi mirë nga puna, - i tha ajo me zë të ulët, duke ndaluar para derës së mbyllur të dhomës ku dergjej i shoqi. - Kërkoi të shtrihet ca mbas buke dhe një orë më pas më thirri e më tha se i merrej mendja e nuk ngrihej dot. Tensioni mendova...

Stefi i hapi rrugë doktorit dhe e ndoqi deri te shtrati i Zoes. Macja që po flinte te këmbët e tij u hodh e doli nga dhoma.

- Nuk është kjo mënyra që ti shfaq moralin tënd legjendar, - tha doktori duke i përveshur Zoes mëngën e pizhameve që t'i maste pulsin. Pastaj nxori stetoskopin dhe nisi ta dëgjojë nëpër kraharor, duke i kërkuar të merrte frymë thellë.

- Nuk vërej gjë të veçantë, - i tha pastaj. - Dukesh ca i tendosur. Ndonjë sedativ do të bëjë mirë.

Zoe, që mezi i mbante sytë hapur, i kërkoi ndjesë që e kishte munduar deri aty.

- Më thuaj ç'ka ngjarë?- e pyeti Teo. - Nuk të kam parë shpesh kështu.

Zoe ktheu sytë nga e shoqja. Stefi mbylli derën e doli.

Tek dëgjoi rrëfimin e mbledhjes në prani të Sekretarit të përgjithshëm, doktori nisi të ndihej ngushtë. Shihte pareshtur orën dhe nuk ishte më i sigurt nëse bënte mirë apo keq që vazhdonte të rrinte aty. Gota e rakisë që i solli Stefi qëndroi deri në fund e paprekur.

Kaloi dorën mbi mustaqet e tij të ngrëna në maja dhe me zë të ulët e pyeti se në cilën anë të sallës kishte qenë ulur atë ditë.

- Është vonë të më thuash se duhej të kisha zënë vend në fund të sallës, - i tha Zoe i lodhur. - Është vonë, miku im, shumë vonë.

- Mund të rrije edhe aty, te rreshtat e parë, por jo në krahun e tij të majtë - i tha doktori me zë gjithnjë e më të ulët

Zoe ktheu sytë nga ai, pa kuptuar gjë.

- Po ja qe u ndodha në krahun e majtë, - i tha si një fajtor që nuk e di ende se ç'të keqe ka bërë.

- Nuk të qortoj, - ia bëri dr. Kavalla, përsëri me një gjest ngurrimi dhe pasigurie nëse duhej ta vazhdonte më tej atë bisedë. – Dëgjo Zoe, nuk është se kemi biseduar ndonjëherë për këto punë, por kjo që do të them le të mbetet këtu. Dakord?

Zoe e pa me dëshpërim dhe jo fort i bindur nëse i interesonte ajo që do t'i tregonte doktori.

- Nuk duhet ta bisedosh me askënd, ndryshe komplikohet jeta e shumë vetëve. Edhe e dr. Nedinit, që e thërrasin për konsultë atje lart. Është ai që më ka treguar se Sekretari i Përgjithshëm vuan nga anosognosia, pasojë e një aksidenti vaskular cerebral.

Ndryshe nga sa priste doktori, në sytë e Zoes ra një hije pikëllimi e thellë, sikur deshte të thoshte se në gjendjen e tij vërtet që nuk i interesonte shumë se çfarë i kishte ndodhur Sekretarit të përgjithshëm. Teo ngriti të dy duart përpara, për t'i kërkuar ta linte një herë të mbaronte fjalën, që në të vërtetë nuk ia kishte ndërprerë njeri.

- Problemi, është se pacienti që ka kaluar në një gjendje të tillë nuk e di se është i sëmurë, - i tha me zë të ulët.- Po kjo nuk mbyllet këtu. Mjekët e tij kanë frikë t'i thonë se një nga pasojat e sëmundjes është edhe një heminegligence e djathtë. Ai nuk interesohet për asgjë që ndodh në anën e tij të djathtë. Është një enigmë e vërtetë për neurologët, por kështu është. Nuk do t'ia dijë fare për ata që sheh a i flasin në atë anë. Përkundrazi, e mataron mirë anën e majtë. Andej nuk i shpëton asgjë.

Zoe ishte bërë diçka më i vëmendshëm. Dr. Kavalla përfitoi t'i shpjegonte se me gjithë gojëkyçjen e personelit që e rrethon, kjo dukuri nuk ka mbetur krejt e fshehtë. Ka nga ata që e dinë dhe në mbledhje nxitojnë të ulen në atë anë ku ka më pak rrezik të tërheqin vëmendjen e tij. Pra në anën e djathtë...

Zoe mbylli sytë. Tani po i kujtohej se kur kishte hyrë në sallë, ato pak vende që ishin ende të lira, gjendeshin vetëm në anën e saj të majtë.

- Pse ma thua tani këtë? - pyeti i pikëlluar.

- Ah,- bëri sikur u zemërua dr. Kavalla, - ta them që ta kesh parasysh për herë tjetër.

- Teo, nuk kam nevojë të më bësh qejfin. Beson sinqerisht se do të ketë një "herë tjetër" për mua? Ata oficerët e Gardës ishin gati të më tërhiqnin zvarrë e të më shkelnin me këmbë. As unë nuk e di pse nuk e bënë. Mbase më kanë lënë edhe ca ditë...

- Mos e tepro me fantazitë e tua, - e ndërpreu doktori. - Ti je shëndoshë e mirë këtu para meje.

- Punë ditësh. Është vetëm punë ditësh. - Zoes iu rëndua frymëmarrja si të kishte prekur rezervat e fundit të energjisë. - E shumta sa të gjejnë ndonjë yçkël tjetër, që bota të mos kujtojnë se po më groposin për punë mos mbajtje shënimesh.

- Dëgjo, - i tha Teo, me zë me zë më të përmbajtur. - Ky mund të jetë një opsion, ai më i pamundshmi. Më dëgjon, Zoe? Opsioni tjetër është që t'i të marrësh pjesë përsëri në një mbledhje ku Sekretari i Përgjithshëm do të mbajë një fjalim, po aq të rëndësishëm sa ai i pari. Këtë herë, të lutem mos e ndaj lapsin dhe letrën nga dora. Por mbi të gjitha mos u ul më në anën e majtë të sallës. Nuk kam këshillë më të mirë për të të dhënë.

Zoe nuk dinte në duhej të fliste më shumë. I kishte thënë vetëm një pjesë të asaj që kishte ndodhur por jo që Sekretari i Përgjithshëm atë ditë po lexonte një analizë që e kishte shkruar ai.

Duke marrë republikën nga portmantoja e korridorit, doktori e porositi disa herë Stefin që t'i fillonte që atë ditë ilaçet që kishte shënuar në recetë. Ishte fjala për disa lloj qetësuesish, por ndërkohë e siguroi se nuk kishte vënë re ndonjë keqësim të problemeve të zemrës.

- Teo, ti beson se do ta arrestojnë? - e pyeti papritur ajo, duke i vënë kurrizin derës së jashtme.

Ai nuk e priste. U vu të kërkojë mëngën tjetër të pardesysë që kishte hedhur krahëve.

- Ti mendon se sot njerëzit merren në qafë kot së koti? – i tha, por e kuptoi shpejt se nuk ishte ai ngushëllimi që priste ajo. - Nuk përjashtohet që të kërkojnë e gërmojnë rrotull Zoes por kjo nuk është domosdoshmërisht gjë e keqe. Më beso mua. Duke kërkuar në të kaluarën e tij ata do të kuptojnë ndershmërinë e pasionin me të cilin Zoe ka punuar gjithë jetën. Më shih mua në sy, Stefi. Ja, ashtu! Do të kuptojnë se ai meriton më shumë nga sa i kanë dhënë.

Ajo u ndie disi më e qetë, por kur mbylli derën pas doktorit, u kujtua se qe hera e parë që ai nxitoi të ikë pa e pyetur nëse edhe ajo kishte nevojë për atë recetën e zakonshme të ilaçeve për dhimbjet e kurrizit.

U kthye te i shoqi dhe e vështroi si kurrë më parë.

Zoe ngriti dorën e trokiti katër herë në syprinën e kokës së shtratit. Pastaj si të mos e kuptonte si ndodhi ashtu, ktheu kohën dhe pa me turp nga ajo. Kurrë nuk e kishte bërë më parë një gjë të tillë.

3

Të nesërmen, porta nuk trokiti në të gdhirë, kur thuhej se bëheshin arrestimet. Nuk erdhi as edhe ndonjë letër paraqitjeje në polici. Por kjo nuk i qetësoi ata. Një gjendje e tillë e bënte frikën dhe pasigurinë më të paduruarshme. Zoe nuk dilte më nga dhoma dhe Stefi ecte me hap të kujdesshëm kur kalonte para derës. Sipas mënyrës së vet përgatitej për atë që do të ndodhte edhe pse nuk kishin as idenë më të vogël se çfarë do të ndodhte.

Shenjë e keqe që vinte re Stefi ishte mosardhja për vizitë e të vëllait, Llambros, që e kishte zakon të kalonte thuajse çdo ditë nga ata. Kishte frikë se ai do të kishte dëgjuar diçka. E mori në telefon dhe për çudi ai i premtoi se do të vinte sapo të gjente pak kohë.

Si të qe pasojë e drejtpërdrejtë e frikës, asaj nisi t'i dukej se i ishte mprehur dëgjimi dhe tani mund të merrte vesh gjithçka ndodhte edhe nëpër apartamentet fqinjë, madje dëgjonte qartë edhe shprehjet e ngushëllimit te pallati përballë, ku kishte vdekur dikush. Dritaret rrinin hapur tej e tej, ndërsa në kuzhinë burrat pinin kafe duke treguar me zë të ulët historitë e sëmundjeve të tyre? Në dhomën ngjitur, gra në të zeza, mbanin vështrimin diku para. Me siguri te i vdekuri që do kishin vënë në mes të dhomës, por që nuk dukej. Hera herës, kur mbërrinte nga larg ndonjë i afërm, ngriheshin klithma vaji.

Në apartamentin mbi ta banonte një mësues fizkulture, i cili që kur kishin prishur një terren sportiv para pallatit, për të ndërtuar një bunker, e mbante veten në formë duke iu ngjitur e zbritur me vrap shkallëve të pallatit. Përballë tij kishte një pensionist, që thoshte se kishte punuar në stacionin e trenit. Ai ngrihej çdo mëngjes pa zbardhur dhe zinte radhën e qumështit për të tjerë, kundrejt një pagese modeste. Ishte i vetmi që përpiqej të ecte sa më qetësisht, sikur kishte frikë se u rëndonte shkallëve.

Poshtë tyre banonte një profesor i mjekësisë ligjore. Ky nuk i fliste askujt.

Ajo çka dëgjohej më shpesh ishte dera e fqinjës përballë, e Feros, nënës së Visho Xhuvelit. Sapo shihte nga dritarja makinën e të birit, ajo dilte ta priste te dera e apartamentit, me një shami të zezë të lidhur si turban mbi krye. E reja, një grua e urtë, me pamje gjithnjë të trembur, zinte vend pas së vjehrrës. Ky ceremonial përsëritej që kur Visho Xhuveli ishte emëruar Drejtor i Rezervave të shtetit. Feroja i merrte kapelën e republikës, nusja pallton e madhe a xhaketën, sipas stinës.

Ajo grua e moshur qe bërë tmerri i pallatit. Gjatë ditës e linte hapur derën e apartamentit dhe ishte e pamundur të kaloje pa iu nënshtruar pyetjeve për gjëra të hatashme. Përmendte emra njerëzish të dëgjuar, të cilëve thoshte se u kishin ndodhur aksidente dhe qenë gjymtuar apo u kishin operuar organin e gabuar. Pyetja që vijonte ishte nëse edhe ata e kishin dëgjuar gjëmën. Në mos u ka ndodhur, do t'u ndodhë së shpejt, bërtiste pastaj e zemëruar, kur të tjerët ngrinin shpatulla e çakërrenin sytë nga ajo që dëgjonin. Thuhej se priste të liroheshin porte më të larta për të birin.

Stefi kishte frikë se një ditë ajo t'i ndalonte e t'i pyeste nëse e dinin se çfarë i kishte ngjarë Zoes së saj, edhe pse e dinte se posti i tij nuk i interesonet shumë.

Tani asgjë nuk varej më prej tyre. Megjithatë, nuk ngurroi të merrte disa masa të vogla që i kishte vetë në dorë. Hoqi nga një cep i errët i korridorit portretin e Sekretarit të Përgjithshëm dhe e vuri në një vend të dukshëm të kuzhinës, përballë derës. Të nesërmen, sapo doli nga puna, shkoi dhe bëri pajtimin në gazetën "Zëri i Popullit", që e kishin harruar prej vitesh. Kur shpërndarësi të kalonte çdo ditë për të futur poshtë derës organin zyrtar të partisë, kjo nuk do të kalonte pa u vënë re nga fqinjët. Nxori edhe të gjitha medaljet e të shoqit dhe mori t'i pastronte me radhë me një furçë të vjetër dhëmbësh. Kur i shihte të shndrisnin mirë e mirë, i rreshtonte në bufenë e kuzhinës, para filxhanëve të kafesë.

I kishte mbetur ende një e fundit, kur dëgjoi zilen e derës. Ishte i biri, Leka. Me t'i hapur derën ajo nxitoi në kuzhinë ku i kishte mbetur edhe një medalje e fundit për të pastruar. Veçse i biri po vononte në korridor. U kthye të shohë dhe e gjeti me veshin ngjeshur pas derës së jashtme të apartamentit.

- Ishin nja dy burra në hyrje të shkallës, - foli pa kthyer kokën të shihte të ëmën. - Nuk më pëlqeu mënyra se si më vështruan.

- Pse mendon se po të ndjekin ty?- u shqetësua ajo.

- Nuk thashë se po më ndjekin . Nuk më pëlqeu vështrimi i tyre.

Leka ishte ende nën përshtypjen e një dite jo fort të mirë që kishte kaluar. Në redaksinë e gazetës "Drita" ishte interesuar për një cikël poezi, që i kishte dërguar me kohë për botim.

- Tërhiqesh shumë nga forma, - i kishte thënë redaktori Emin Frakulla, që po nxitonte të ikte, - tërhiqesh më shumë se sa duhet. Nuk e kuptoj përse një vjershë duhet shkruar me metrikë në formën grafike të një peshku, vetëm sepse në vargjet e saj përshkruhet një lot që del nga syri i një vajze dhe i rrjedh faqeve duke marrë trajtën e një peshku?

Toni i redaktori ishte këshillues, por jo fort i afërt e miqësor.

- Mua më duket se është në përputhje me përmbajtjen, – ishte mbrojtur Leka.

- Formalizëm i pastër!- kishte përsëritur tjetri, ndërsa zbriste shkallëve të redaksisë dhe pastaj thuajse me ton intim, kishte shtuar, - dhe ky nuk është vetëm mendimi im.

- Të tha se cili tjetër mendonte ashtu? - pyeti Stefi.

Leka ngriti supet.

- Shko e tërhiqi, - e këshilloi ajo. - Dërgoi më vonë. Ose mos i dërgo më fare.

- Nuk pranoj që t'i vë vargjet e mia në rresht si të qenë ushtarët e tyre, – u fye i biri, ndërsa sytë i shkuan te medaljet që e ëma mbante në dorë.

- Mos i prek, - i tha ajo kur ai zgjati dorën.

- Medaljet e ndryshkura të tim ati! – foli Leka me një ton patetik. - Ja një titull i bukur poezie. Të paktën kështu do të kenë arsye të më ndjekin për mungesë respekti ndaj simboleve të emulacionit socialist.

- Askush nuk të ndjek ty, - nxitoi t'i thotë e ëma e turbulluar. - Sa për ata dy burrat që të kanë vështruar shtrembër, nuk ka asgjë për t'u shqetësuar... Mbase ka diçka, por jo për t'u shqetësuar më shumë se sa duhet. Më kupton?

Leka ktheu kokën ta shohë, pa ditur si ta marrë atë që po dëgjonte nga e ëma.

- Autoritetet kompetente po bëjnë disa hetime të vogla rreth babait tënd, - vazhdoi ajo me një ton sa më të qetë, pa e vënë re se po e kalonte furçën e dhëmbëve me një vrull të pazakonshëm mbi medaljet e të shoqit.

Vështrimi i çuditshëm i të birit i shtiu dyshimin se mos kishte shkuar më tej se sa duhej. Më mirë se pastrimi i atyre medaljeve do të ishte që Leka ta shihte duke bërë gjeste më familjare, që me rutinën e tyre të japin siguri e besim se gjithçka ishte si më parë, ashtu siç ishin edhe ato vetë gjeste të përjetshëm. Nxori nga furra një tepsi me pulën që familja merrte çdo javë dhe i tregoi se atë ditë e kishte mbushur me një dorë fiq. E vendosi mbi një kamje të ulët hekuri në mes të tavolinës dhe porositi të birin të bënte kujdes se mos digjej.

E sigurt se kishte peshuar me të gjitha mjetet e nevojshme në anën e duhur, u kthye dhe mbylli derën e furrës.

- Formula jote e pulës me fiq duhet të gjejë vend në të gjitha tekstet e kulinarisë botërore, – i tha i biri duke marrë frymë thellë me hundë. - Si ishte puna e atyre kompetentëve?

- Ah, po! Ata dy personat që të kanë parë shtrembër, nuk e kanë me ty, por me babanë tënd.

- Pse, çfarë ka bërë përsëri? – pyeti duke u kujtuar se nja tre javë më parë, një i dërguar i këshillit të lagjes kishte trokitur në derën e tyre për t'u shprehur pakënaqësinë se Zoe, nuk kishte shkuar në mbledhjen e fundit me gjithë kryefamiljarët e shkallës.

- Nuk ka bërë gjë, por ka mundësi që të hetojnë për të, - i shpjegoi e ëma si pa i kushtuar shumë rëndësi fjalëve të veta. - Më jep pjatën tënde!

Leka i zgjati pjatën pa ndjerë asnjë rrezik. E dinte mirë se i ati, që ndalonte disa herë shkallëve për t'u mbushur me frymë, ishte krejt i pazoti t'u bashkohej atyre grupeve, që hera herës arrestoheshin për veprimtari armiqësore kundër shtetit dhe Partisë.

- Ka ndonjë akuzë, atëherë? – pyeti të ëmën duke i zgjatur pjatën.

- Nuk ka asgjë po të them!

- Dhe po hetojnë për të? – pyeti ai duke qeshur.

- Aq më mirë që po hetojnë. Do të kuptojnë se sa i ndershëm është.

Vuri para tij pjatën që nxirrte avull, duke menduar se pjesa më e vështirë kishte kaluar. I biri dinte gjithçka që ajo kishte dashur t'i thotë.

- Mundet. - mërmëriti Leka, por pa e vënë re as vetë se e uli zërin. - Thuhet se zakonisht ata "kompetentët" të arrestojnë dhe pastaj fillojnë hetimet. Nëse po e hetojnë pa e arrestuar, d.m.th. se nuk do ta arrestojnë .

- Tamam ashtu! - i tha e ëma e kënaqur. Kishte patur aq nevojë t'i dëgjonte ato fjalë.

Në kuzhinë ndihej zhurmërimi i radios dhe trokëllima e përjetshme e familjare e lugëve dhe pirunëve dhe ata të dy po përtypeshin në heshtje.

- Po çfarë ka ngjarë, në të vërtetë mama?

Ajo ngurroi. Pastaj me një zë kinse të shkujdesur tha:

- Një keqkuptim me Sekretarin e Përgjithshëm. Ai ka qenë në një takim në ministri...

- Cili "ai"?!

- ...Sekretari i Përgjithshëm i Partisë, pra. A po flasim për të?

- Jo. Po flasim për tim atë.

- Ke të drejtë. Ka ndodhur që gjatë një takimi në ministri, ku ka marrë pjesë edhe Sekretari i Përgjithshëm, ky iu drejtua babait tënd dhe i tha, shoku Zoe...

- Njihen bashkë dhe babai nuk na e ka thënë deri tani? – Leka e la fare të ngrënët.

Stefi nisi të shqetësohej.

- Nuk është se kanë njohje personale, nuk kanë ruajtur delet bashkë, por mbase Sekretari i Përgjithshëm do të ketë dëgjuar për të. Dikush do t'i ketë treguar se Zoe Bendo është specialist i zoti, që e kanë sjellë në Tiranë nga baza. Ai i respekton njerëzit e bazës.

Lekës i erdhi të qeshë.

- Fantastike! Nuk është pak gjë kjo! Ka nga ata që janë gati të rrëzohen në këmbët e tij, që ai t'i pyesë nëse u vranë.

Stefi priti që i biri të heshtte. E ndjeu se po bëhej gjithnjë e më urgjente nevoja për të vënë pak rregull në idetë që ai po krijonte në kokë.

- Nëse e mbaj mend mirë, e ndërpreu ajo, - Sekretari i Përgjithshëm i tha: Shoku Zoe, nuk ju interesojnë këto që thuhen këtu?

Leka u step.

- Nuk është e njëjta gjë, mama! - tha duke lënë lugën në tryezë.

- Këtë dua që të kuptosh. Nuk është e njëjta gjë. Por nuk dua të hyj në këto hollësi me motrën tënde. Ajo nuk është si ti. Alarmohet për hiç gjë.

- Më këtë që po më thua, ka të drejtë të alarmohet. Ajo dhe ne të gjithë bashkë me të. - Leka e largoi tutje pjatën.

- Nuk është se Sekretari i Përgjithshëm e zgjati më shumë. Vetëm një pyetje i bëri babait, - nxitoi të shtojë Stefi, por tashmë me një ton që nuk e zotëronte më aq sa do të deshte. - Nuk kërkoi të hiqet nga puna, as ta kthejnë atje ku ishte më parë, as të merret në analizë nga organet kompetente. Asgjë nga këto. Prandaj them se mbase është më mirë të mos i tregojmë fare Elsës, deri sa kjo punë të harrohet...

- Kur kthehet ajo nga Durrësi ?

- Nuk e di. Alqi do të shkojë ta presë në stacionin e trenit. Janë ftuar për darkë te xhaxhai i tij ambasador, te shoku Kahreman Godeshi. Ka ardhur për ca ditë nga Polonia dhe sot si të thuash është paraqitja zyrtare e Elsës para gjithë familjes.

Lekës iu duk se me gjitha shpjegimet e së ëmës, kishte nevojë ta kuptonte më mirë atë që kishte ndodhur. Nuk ndjente frikë, por as nuk e kishte të qartë se çfarë mund t'i ndodhte të atit, çfarë rrezikonte tani. Mos mbajtja e shënimeve nuk ishte ndonjë akt i dënueshëm në vetvete, por nuk e dinte saktësisht se në çfarë rrethanash kishte ndodhur kjo. Duke mos mbajtur shënime, ai me vetëdije ose jo afishonte një lloj opinioni. Linte të kuptohej se ato që po thuheshin aty nuk ia vlente të hidheshin në letër, të kujtoheshin a citoheshin më pas. As që dyshonte se të atit kurrë nuk i shkonin në mendje gjëra të tilla, po kush mund t'i pengonte të tjerët ta interpretonin si të donin aktin e tij?

- Çfarë po mendon? - e pyeti e ëma e shqetësuar.

- Shpresoj se aty nuk do të ketë pasur njerëz të zellshëm që mund ta interpretojnë keq gjestin e babait... Të thonë se ai është treguar shpërfillës ndaj ideve të Sekretarit të Përgjithshëm.

- Ule zërin! - i tha ajo gjakprishur. - Yt atë kurrë nuk mendon ashtu!

Stefi heshti dhe nxitoi te dera e jashtme. I qe dukur se dëgjoi hapa në afërsi të saj. Vuri veshin dhe e qetësuar u kthye në kuzhinë. Vetëm kur u gjend para të birit, zilja e derës nisi të bjerë pareshtur. Leka u ngrit por ajo e ndaloi, si t'i bindej një instinkti të thellë mëmësie për të mbrojtur të birin.

Duke ecur nëpër korridor, rregulloi si mundi bluzën, shtroi me të dy duart fundin që mbante në shtëpi dhe shkoi e rrotulloi çelësin e derës. Por nuk pati kohë të ulë dorëzën e bravës. Dikush, nga ana tjetër e derës e bëri para saj. E çuditur Stefi pa të bijën, Elsën që hyri nxitimthi në korridor. Vështrimit të tromaksur të së ëmës ajo iu përgjigj me një:

- Një minutë, mama, nuk ka asgjë! - dhe shkoi drejt e te telefoni.

Leka dhe e ëma u panë në sy. Elsa nisi të formonte pareshtur një numër telefoni dhe ata ende nuk dinin si ta shpjegonin ardhjen e saj në atë orë të ditës. Madje pa Alqin, me të cilin duhej të ishin bashkë në ato çaste.

Elsa nga ana e saj e ndjente se ata mezi prisnin që të ulte dorezën e telefonit për ta pyetur se çfarë po ndodhte. Kjo e nervozonte së tepërmi.

Me Alqin ajo ishte njohur në byronë e projektimit të një uzine akumulatorësh në Durrës dhe pas transferimit të tij në Tiranë, gjithçka ishte gati që edhe Elsa të gjente punë në kryeqytet. Kishin shumë shpresë se kjo do të zgjidhej brenda fundit të vitit.

Duke e ndjerë veten të tepërt në sallon, nënë e bir u kthyen në kuzhinë, por qe e pamundur të përqendroheshin në gjë tjetër, veçse të shihnin njëri-tjetrin në sy.

Vajza nuk reshtte së formuari numra telefoni, thoshte emrin e saj dhe pyeste cili ishte nga ana tjetër e fillit, pastaj fillonte nga e para. Dikur e uli dorezën e telefonit dhe hyri në kuzhinë.

Asnjë nga ata të dy nuk nxitoi ta pyesë se çfarë kishte ndodhur.

- Mos më keni nxjerrë nga forca? - pyeti ajo duke dashur t'i gjejë një shpjegim vështrimit të tyre të ngulët. - Ku është pjata ime? Kam apo nuk kam të drejtë të ha me ju në këtë shtëpi?

- Meqë ra fjala, ti a nuk ishe gjetiu në forcë, te një gala pothuaj diplomatike? – e pyeti i vëllai.

- Po, - tha ajo, - por duket Alqi ka komplotuar që t'i hajë vetë edhe pjatat e mia në tryezën e xhaxhit të tij. Nuk erdhi fare te stacioni i trenit siç e kishim lënë. Tani i bie ziles në shtëpinë e tij e nuk më përgjigjet njeri.

Për natyrë, Stefi përpiqej të mos u jepte shumë rëndësi vogëlsive e pakënaqësive kalimtare në marrëdhëniet e fëmijëve. Por atë ditë ajo kishte përshtypjen se dinte diçka më shumë se sa vetë Elsa për atë që kishte ndodhur midis saj dhe Alqit. Gjë e rrallë por ja që ashtu ishte. Dyshonte se Alqi do të kishte arsye të tjera përse nuk kishte shkuar ta priste te stacioni i trenit. Kjo e shqetësonte shumë.

- Çfarë ka ngjarë me ju? - tha Elsa e prekur nga vështrimi i tyre. - Ju ftoj të qetësoheni. Në planet e afërta ka vetëm transferime në Tiranë dhe një martesë të lumtur. Jam ende e re dhe me siguri mitra ime e ruan aftësi të hatashme për të prodhuar kalamaj në seri. Edhe kursi i diplomacisë për Alqin është miratuar dhe në horizont mund të hapet ndonjë derë ambasade. Ju mjafton kjo? Nëse jo, po ju them se mbrëmë u grindëm ca, por as që e kujtoj përse. Lamë të blinim sot edhe një dhuratë për ambasadorin dhe ambasadoreshën dhe në këmbim shpresonim që ata të hapnin ndonjë shishe nga ato që sjellin fshehurazi me valixhen diplomatike. Kaq. Asgjë tjetër.

Leka vështroi nga e ëma dhe në sytë e saj lexoi një thirrje për ndihmë. Ndryshe nga disa çaste më parë ajo tani donte që Elsa ta mësonte se çfarë kishte ndodhur, por vetë ndihej e pafuqishme t'ia ftillonte.

Për Lekën problemi shtrohej ndryshe. Ajo duhej të mësonte çfarë kishte ngjarë, por jo rrezikun që fshihej pas. Duhej ta niste rrëfimin e tij me nota fare të ulta. Një version i mirë do të ishte të fillonte duke i thënë: Elsa, këto psikodramat e tua më hutuan ca, po ajo më "hutuan" nuk i pëlqeu. Ishte më mirë të përdorte foljen "harruar". Pra: Këto psikodramat e tua sentimentale "ankthi dramatik i takimit tënd të munguar" më bënë të harroj të tregoj se ka ndodhur një si keqkuptim midis babait (që tani ka të ngjarë që edhe ai vetë e ka harruar) dhe Sekretarit të Përgjithshëm. Po, po nuk të bënë veshët. Sekretarit të Përgjithshëm të Partisë. Eheeee, nuk jemi fis aq i panjohur, ne! Shkurt, në një mbledhje ai kishte dashur që edhe babai të mbante shënim ato që po thoshte. Shenjë kjo që së paku tregonte se e vlerësonte mendimin e tij.

Mund ta formulonte edhe diçka më ndryshe. P.sh, Sekretari i Përgjithshëm i kishte thënë babait se meqë të gjithë të tjerët po mbanin shënime do t'i vinte mirë që edhe shoku Zoe (se ashtu e kishte thirrur, me emrin e tij të përveçëm), pra se edhe ai shoku Zoe, mund të gjente diçka interesante në ato që po thuheshin aty dhe t'i hidhte në atë bllokun e tij të shënimeve, të cilin, meqë ra fjala, nuk po ia shihte në dorë ...

Kur iu duk se ishte në zotërim të plotë të të gjithë arsenalit leksikor e sintaksor që ta vinte të motrën në dijeni, pa lënë të shfaqej brutaliteti i vërtetë i asaj që kishte ndodhur, pra, mu atë çast, u dëgjua zhurma e një dere që u përplas me forcë. Me shumë forcë. Nënë e bir u turrën duke e lënë Elsën gojëhapur.

Zoe ishte shfaqur në korridor me xhaketën e kostumit më të mirë, por me pantallonat e pizhameve. Fytyra e tij ishte krejt e bardhë dhe ai shihte rrotull me ankthin e dikujt që nuk e dinte ku është. Në cep të buzës i rridhte një curril shkume e bardhë.

- Erdhën të më marrin? - pyeti duke vështruar përpara me krenari të dehuri. - Këtu jam!

Stefi i bëri shenjë Lekës të kthehej te e motra. Vetë rendi pas të shoqit që u hodh te një medalje që ajo kishet harruar në tavolinën e telefonit në korridor.

- Këto nuk m'i merrni dot! - bërtiti fort dhe si hapi gjilpërën mbërthyese të njërës prej tyre e nguli fort në gjoksin e tij. – Thuaja ta dinë mirë të gjithë!

- Do t'ua them, po eja në dhomë, - u alarmua Stefi kur pa një njollë gjaku që nisi t'i përhapej në këmishën e pa mbërthyer mirë.

Zoe i mbërtheu duart pas kafazit të derës dhe nuk lëvizte nga vendi.

- Të më njohin mirë! Të më njohim mua dhe sakrificat e mia!

Duke fërgëlluar, ajo ia mbështolli kokën me krahët e saj, si të ishte një foshnje dhe vetëm atëherë duart e Zoes u liruan ngadalë. E tërhoqi në dhomë dhe e shtriu në shtrat. Përmes lotëve që i veshën sytë, pa se kutia e ilaçeve në anë të komodinës, ishte thuajse bosh, ndërsa gota e ujit, e paprekur.

U kthye të mbyllë derën dhe shkoi e u lëshua mbi trupin e tij duke qarë mbyturazi. Në faqe ndjeu gjakun që rridhte nga gjoksi, ku ai kishte ngulur gjilpërën e medaljes...

Kur doli nga dhoma ishte mesnatë. Fëmijët kishin shkuar të flinin. Një copë herë qëndroi në errësirë me sytë te pallati përballë. Edhe ata ishin pa drita.

Në dhomën e grave të vdekurin po e përgjonin nën dritën e një qiriu.

4

Kur Leka i thoshte ndonjë fjalë të ëmbël në vesh, Ani kohët e fundit tërhiqej pak, e shihte në sy dhe vetëm pastaj mbështeste kokën në gjoksin e tij. Me ndjeshmërinë e saj gjithnjë e më të pazakonshme, druhej se mos gjërat i shfaqeshin ashtu siç nuk ishin. Kishte nevojë për një lloj verifikimi paraprak që të fitonte qetësi dhe siguri. Kështu ndodhi edhe kur Leka i tha në telefon se atë ditë nuk do të vinte ta priste pranë pallatit të saj, aty ku ishin takuar gjithmonë, por te Libraria universitare. Në fillim mendoi se ai kërkonte ta befasonte me gjësendi që ajo nuk e priste, por sakaq nisi të dyshojë dhe të ndjente frikë. Te hyrja e Librarisë universitare ata mund të merreshin fare lehtë për dy studentë. Por pse duhej kjo? Një takim aq larg shtëpisë së saj i jepte një shije të panevojshme klandestiniteti marrëdhënies së tyre, pikërisht tani kur të gjithë e dinin lidhjen që kishin. Kjo e bënte nervoze.

Ai e dalloi së largu nga fustani në ngjyrë gjethesh në vjeshtë dhe një triko e lehtë bezhë, të cilën nuk e mbërthente, sepse një çantë e vogël me rrip të hollë që mbante gjithnjë hedhur krahaqafë, ia puthiste pas trupit. Gjithçka qe ashtu siç e përfytyronte ai, me përjashtim të buzëqeshjes së saj që e kishte bërë dikur të kthente kokën. Ajo qe zhdukur e gjitha. Ani nxitoi hapat sapo e pa. Mezi priti që ai të mbaronte me pyetjet e tij për stazhin që ajo po bënte në një shkollë të Tiranës dhe të mësonte përse kishte kërkuar të takoheshin aq larg shtëpisë së saj.

Leka ndërroi mendje në çast. Në të vërtetë e kishte thirrur aty që t'i tregonte për atë ngjarjen e pabesueshme që i kishte ndodhur të atit. Mbase edhe do t'i kërkonte që hëpërhë të takoheshin më rrallë, deri sa gjërat të qartësoheshin. Nëse do të qëllonte që i ati të arrestohej, qoftë edhe për pak kohë, nuk donte që Ani të përflitej për një lidhje dashurie me të birin e Zoe Bendos. Por frika që ulërinte në sytë e saj e shtyu të mos i thotë gjë. Të paktën jo atë ditë.

- Pse më sheh ashtu? - e pyeti ajo.

- Kot. Në fakt jo fare kot. Mendova që sot të shiheshim këtu se këtu jemi takuar për herë të parë. Të kujtohet? Ti po kaloje në trotuarin matanë dhe unë thashë se nëse ajo vajza atje do të kalojë vijat e bardha dhe do të afrohet në këtë anën tjetër të rrugës, unë do të kap nga dora...

- Vetëm kaq?- pyeti ajo që e dinte mirë se Lekës nuk i bëhej aq shumë mendja havale pas qokash e ritualesh rreth të cilave sillej përditshmëria e shumë çifteve. - Ka ndodhur gjë?

- Çfarë për shembull? – nxitoi ta pyesë me dyshimin se ishte disi i vonuar. Ani do ta kishte dëgjuar historinë e të atit.

- Nuk e di, po pres të ma thuash ti... Ka kohë që nuk jemi takuar kaq larg. Kam frikë se ti nuk ke shumë dëshirë të na shohin bashkë.

- Ani, nuk po të kuptoj hiç fare.

- Ti ke të drejtë. Por unë nuk kam dashur të të ngatërroj në historitë e mia familjare, - i tha ajo e ngashëryer dhe mbuloi për pak çaste fytyrën me duar. - Vetëm se ti duhet ta dish që ne nuk jemi familje armiqsh. Nëna ime i ka këputur që në fillim lidhjet me të vëllanë e saj...

- Më picko pak. Për çfarë po flet?

- Për ing. Vangjo Canin po të flas. Vëllai i mamasë sime. Mos bëj sikur nuk e di. Ti prandaj ke kërkuar të shihemi këtu sepse nuk ke qejf të na shohin bashkë.

Ai e kapi nga krahu dhe e afroi te vetja.

- Nuk di më shumë se sa të tjerët, - i tha. - Kam dëgjuar po ato fjalë që kanë dëgjuar të gjithë kur e arrestuan atë dhe grupin e tij. Ti kurrë nuk më ke folur për të!

- Nuk ishte nevoja. Ai nuk bën më pjesë në familjen tonë, nuk është më vëllai i nënës sime. Ja kjo është arsyeja pse nuk ka kam folur për të, - tha ajo duke ulur zërin kur dikush u kaloi pranë. - Ti mendo çfarë të duash por ne nuk jemi familje e prekur politikisht.

- As nuk kam bërë ndonjë lidhje midis nënës tënde dhe atij.

Për ing. Canin Leka dinte aq sa u fol muaj më parë. Kishte qenë në krye të një ekipi mjaft të suksesshëm inxhinierësh të naftës, që thuhej se patën fatkeqësinë të refuzonin urdhrin për të shpuar në një zonë ku sipas tyre nuk kishte asnjë shenjë se mund të dilte naftë. Ajo që nuk dinin ata ishte se ai urdhër ishte dhënë nga vetë Sekretari i Përgjithshëm, i cili kohët e fundit kishte nisur të interesohej personalisht për fushat naftëmbajtëse. Refuzimi i grupit të inxhinierëve ishte interpretuar si akt sabotimi. U arrestuan të gjithë.

Nafta ishte nga gjërat e pakta që eksportohej dhe vendi kishte nevojë jetike për valutë të huaj. Pak pas arrestimit të grupit të ing. Canit, punimet në zonën ku kishte vënë gishtin Sekretari i Përgjithshëm, i filloi një ekip tjetër. Sondat, frezat dhe lubrifikantët që përdoreshin gjatë shpimit u importuan të gjitha nga jashtë. Në një fazë të parë punimet ecën, pati edhe shenja për prani nafte dhe u duk se dënimi i inxhinierëve të arrestuar si sabotatorë ishte vulosur tashmë. Dalja e naftës në atë sektor do të qe provë e veprimtarisë së tyre kriminale.

Pak javë më pas, pusi kapi dy mijë metra thellësi, por naftë nuk po dukej gjëkundi. Urdhrat nga lart ishin që punimet të vazhdonin ditë e natë. Sondat shkuan në tre mijë metra thellësi, pastaj katër mijë metra por pikë nafte nuk po dilte.

Zakonisht në ato sektorë shpimet nuk shkonin më tej, por për atë pus ishte dhënë urdhër i prerë që punimet të vazhdonin me gjithë koston e lartë. Aty duhej të dilte naftë me çdo kusht.

Kur shpimi i kaloi të pesë mijë metrat dhe nuk dha asgjë, punimet ndaluan. Familjarët e të arrestuarve prisnin që të dashurit e tyre t'u shfaqeshin te dera e shtëpisë. Por nuk ndodhi ashtu. Me t'u mbyllur punimet, kundër inxhinierëve të akuzuar u organizuan procese gjyqësore brenda në burg. Nuk zgjatën veçse pak orë. Në përfundim, disa morën dënim me vdekje. Midis tyre edhe Vangjo Cani.

- Të kërkoj ndjesë, - i tha Ani duke u përpjekur të mbante lotët. - Ti je i lirë të shohësh jetën tënde.

Dhe u kthye të ikte.

Leka nuk po e kuptonte mirë se çfarë po ndodhte. Trurin ia përshkoi një ide e rrufeshme dhe e pakontrolluar që ta linte të ikte, por pastaj, i turbulluar, nxitoi ta zërë nga krahu.

- Nuk më dukesh fort bindëse, - i tha duke u munduar të mos buzëqeshë. - Gjej diçka tjetër që të më kthesh mendjen për të mos u ulur gjëkundi që të pimë diçka në kujtim të njohjes sonë këtu, në këtë vend.

Ajo e vështroi me dyshim.

- Mamaja i ka shkruar Sekretarit të Përgjithshëm, - i tha pastaj e përlotur. - I ka shpjeguar se asnjëherë nuk ka patur lidhje të ngushta më të vëllanë. Vërtet në fillim nuk besonte se ishte armik, por pasi lexoi analizat e Sekretarit të Përgjithshëm për sabotimet në sektorin e naftës, u bind plotësisht se i vëllai e meritonte dënimin.

- Të tjerat m'i trego rrugës, - i tha ai duke i hedhur krahun në sup.

Ecnin në heshtje dhe ai i përgjigjej vetëm me buzëqeshje vështrimit të saj, që frikësohej papritur. E zuri nga mjekra dhe e detyroi ta shihte në sy dhe të buzëqeshte.

Para se ta shihte ashtu aq të ligështuar shpirtërisht, nuk e kishte ditur se e donte aq shumë. Që ta qetësonte dhe të kuptonte se nuk qe e rrethuar nga ndonjë brez steriliteti politik, mendoi t'i tregonte edhe ai atë historinë e të atit. Por përsëri ngurroi. Rrezikonte shumë të ndodhte e kundërta.

- Dyshoj se ende nuk e di se sa vlen për mua, - i tha.

Ajo nuk e dinte as se ishte pikërisht njohja me të ajo që e kishte shtyrë Lekën t'i jepte fund, rrëmbimthi, në mënyrë gati katastrofike, lidhjes që kishte patur me një grua të martuar.

- Ne nuk mbajmë asnjë lidhje me familjen e Vangjo Canit, - tha ajo si të qe kujtuar papritur se nuk i kishte treguar Lekës gjënë më kryesore, - ata janë paralajmëruar të mos na vijnë më për vizitë. Mamaja është e sigurt se ne nuk jemi familje e prekur politikisht. As unë nuk u flas më kushërinjve të mi... Pse hesht? Më thuaj një fjalë dhe unë do të iki. Ti beson se unë jam e prekur politikisht?

- Harroje tani, - i pëshpëriti ai në vesh. - Bëje për mua.

Ajo buzëqershi si një fëmijë që mezi kishte pritur t'i falnin fajin e radhës.

5

Lilianën e kishte njohur ditën kur me propozimin e kolegëve të tij, Leka priste të emërohej shef i Ateliesë kombëtare të hartografisë. Krejt papritur drejtoria kishte paraqitur Liliana Isakun si shefe. Askush nuk e njihte. Pakënaqësia qe e prekshme te shumë punonjës. Shpejt u mor vesh se ajo ishte gruaja e Pavli Isakut, të sapoemëruar Sekretar për problemet ideologjike në Komitetin e Partisë së Tiranës. Liliana nuk i kishte kapërcyer të tridhjetë vjetët, ishte mjaft e bukur, edhe pse flokët i kishin marrë një si ngjyrë lini nga thinjat e parakohshme, të cilat nuk i lyente. Çuditërisht nuk e tregonin më të madhe në moshë, madje i jepnin hijeshinë e veçantë të atyre grave që të përforcojnë bindjen se bukuria e vërtetë ishte te të qenurit grua. Liliana ishte grua në çdo qelizë të saj. Kjo mbase bëri që shumë vetë të harronin se ishte gruaja e Pavli Isakut. Që megjithatë ishte aty.

Ndryshe nga i shoqi, Liliana ishte lindur dhe rritur në Tiranë, në familjen e një mjeku. Pavlin e njohu kur punonte si mësuese në fshatrat e largëta të Gramshit. Aty ku i ishin shfaqur edhe thinjat e para, trashëgimi nga e ëma, që ishte zbardhur mjaft herët, por që mbeti e hijshme edhe në moshë të shtyrë.

Pavli ishte inxhinier në një uzinë armësh. I pajisur me aftësi të veçanta komunikimi, atë shumë shpejt e kishin thirrur të punonte në sektorin e propagandës së Komitetit të Partisë së rrethit. Jetuan disa vjet në Gramsh, por Liliana ndjente gjithnjë e më shumë nevojën e qytetit të saj të lindjes. Pavlin nuk e tundonte shumë kryeqyteti. I dukej se aty do të ishte mjaft i ekspozuar nga valët herëpashershme të spastrimeve që preknin administratën shtetërore dhe politike. Por nuk ishte i pavëmendshëm edhe ndaj dëshirës së gruas së tij. Të dy ishin të shqetësuar që ajo nuk po lindte fëmijë dhe në Tiranë mund të ndiqeshin më mirë nga mjekë të specializuar. Kështu ndodhi që një ditë u vunë të hartojnë listat e miqve dhe të të njohurve që mund t'i ndihmonin. Në krye të vitit u thirrën në Tiranë.

Në qytetin e saj të lindjes ajo vendosi t'i mbante flokët siç i kishte. Nuk do t'i lyente. Thuhej se kështu plotësoi një dëshirë të Pavlit. Atij i pëlqente ndriçimi i tyre që kalonte nga e verdha në të bardhë. Në Tiranë Lilianës iu kthye edhe buzëqeshja e dikurshme, e ëmbël dhe e lehtë, pasojat shkatërrimtare të së cilës i kishte kuptuar që dikur, kur shihte shumë shokë të shkollës të psherëtinin fshehurazi, pa gjetur shërim.

Leka, gjeti një mënyrë bashkëjetese me të duke e parë Lilianën si një mundësi për të ndryshuar teknologjinë e vjetër të ateliesë së tyre të hartografisë. Prej kohësh kishin patur dëshirë të prodhonin gama të reja hartash, si ato me tre dimensione. Me formimin bazë si mësuese historie, ajo nuk ishte në profesionin e saj. Ai pa i rënë në sy u kujdes të gjente vendin e saj midis specialistëve të vjetër të ateliesë. Kur ishte rasti, i fliste edhe për një sërë pajisjesh të domosdoshme eksporti, që Ministria e Tregtisë së Jashtme refuzonte t'ua sillte. I shoqi i saj mbase mund të luante një rol në këtë mes...

Pajisjet erdhën brenda pak muajsh dhe bashkë me to, u fashitën shprehjet e ironisë dhe të mosbesimit të hapur që ajo ndjeu në fillimet e saj si shefe. Lekën e pëlqente veçanërisht për sjelljen prej studenti, e pëlqente edhe për delikatesën që tregonte dhe respektin "hierarkik" ndaj saj si shefe, edhe pse ajo herë-herë ndihej ngushtë. E kishte të vështirë të hiqej si eprore ndaj atij që i mësoi gjithçka nga ai profesion.

Hapat e para për një lloj afrimi jo krejt brenda fushës profesionale, ishte ajo që i hodhi kur nisi t'i flasë për ndryshimet në jetën e saj pas transferimit në Tiranë. Përfshirja e të shoqit në problemet e politikës së kryeqytetit qe e vrullshme dhe thuajse hutuese për të dy. Kishte ditë që pyesnin veten nëse transferimi në Tiranë ishte vërtet gjësendi aq e mirë sa ç'kishin menduar në fillim.

- Posti e ka futur Pavlin në një botë disi më të ngatërruar nga sa kishte menduar.- i tha një ditë.

- E marr me mend.

- Çfarë merr me mend?

- Duhet të jetë një univers i mistershëm me kode të panjohura.

- Gjithsesi, jo domosdoshmërisht i këndshëm për t'u jetuar çdo ditë, - i tha ajo. - Më kupton?

- Jo, - qeshi Leka.

- Në fillim ka një fare kureshtjeje të njohësh ngjarje që kurrë nuk arrijnë në faqet e gazetave, bën habi se si nuk e ke ditur që në një qytet ka disa jetë paralele. Pastaj kur i njeh nga afër e kupton se nuk janë njëra më e bukur se tjetra. Të lexosh letrat denoncuese të miqve për njëri tjetrin, të grave që denoncojnë pakënaqësitë politike të burrave, sapo këta kuptojnë se ato i tradhtojnë, të vihesh në dijeni të britmave e pakënaqësive që depërtojnë nga një mur apartamenti te tjetri, të njihesh me anën perverse të një qyteti të tërë...

- Kjo të zhgënjen? - e pyeti ai .

- Njerëzit shkruajnë ditë e natë dhe vjen një kohë që ti pyet veten se cili po shkruan, tani në këtë çast, për ty. - e mbylli ajo.

Sado që kujdesej të mos thoshte gjëra që nuk duhej të shprehte apo ankesa që e tregonin disi qesharake, kur shihte se jeta e të tjerëve ishte mjaft më e vështirë, ajo përsëri kujdesej të kërkonte mendimin e tij. Leka nuk i shprehu ndonjë opinion të tijin drejtpërdrejt, përsëri, buzëqeshja e tij e shkujdesur dhe pak e distancuar e qetësonte. Dhe të nesërmen i tregonte përsëri se aty në Tiranë kishin kuptuar se jeta e një funksionar të lartë partie nuk kishte asgjë të përbashkët me atë të një inxhinieri. Në çdo orë të ditës apo natës Pavli duhej të kishte një shpjegim për gjithçka që ndodhte. Madje duhej të kishte një shpjegim edhe për gjërat që nuk e dinte se kishin ndodhur, në mos edhe për ato që do të ndodhnin...

Leka nuk kuptoi asnjëherë arsyen e vërtetë të atyre rrëfimeve. Por besonte se atë e shtynte nevoja që t'i hapej dikujt, meqë qysh në fillim ishte folur se kishte qenë ajo që e kishte shtyrë të shoqin të synonte atë post.

Pas një mbledhjeje që zgjati shumë ai e shoqëroi deri poshtë pallatit ku banonin. Në çastin që po ndaheshin, ajo e ftoi të ngjitej lart. Ai ngurroi, nuk e bindi as dëshira e saj për ta njohur me të shoqin.

- Në një rast tjetër, - përsëriste Leka.

- Atëherë meqë je kaq i ndrojtur po të them se do të jemi vetëm, - ia bëri ajo me një buzëqeshje të lehtë në buzë.

- Një arsye më shumë për të mos u ngjitur. Harron se je një grua e bukur, - ia bëri ai duke u ndjerë sa i frikësuar aq edhe i tërhequr prej saj. - Qoftë edhe gabimisht nuk dua të shihem me dyshim nga një burrë i fuqishëm si Pavli yt.

Të nesërmen, ajo deshi t'i shpjegojë se ftesa kishte qenë vetëm për një kafe, por megjithatë e falënderoi që nuk ishte ngjitur me të. Papritur shpërtheu në lot. Leka deshi të largohej që të mos e vinte në siklet me praninë e tij. Shkoi te dera dhe tërhoqi, por nuk doli. Brishtësia e asaj dite i ngjalli një ndjenjë të fortë dhembshurie dhe dëshire për të. Qe një grua të cilës shpesh nuk i mungonte edhe një humor i tillë që të linte gojëhapur. Në sytë e tij ajo qëndronte më këmbë falë karakterit e saj edhe pa qenë nevoja të kishte një burrë të fuqishëm pas vetes, prandaj nuk e kuptonte se çfarë i kishte ndodhur. U kthye dhe i kaloi dorën mbi flokë. Ajo nuk lëvizi edhe kur ai e puthi në anë të syrit dhe në majë të buzëve. Pastaj u kthye i trembur nga ai mos kontroll i vetes dhe deshi të ikë.

- Unë nuk po e kuptoj veten time, - foli ajo e hutuar, kur e pa te dera, - Shpresoj se ti e di se çfarë po bën.

- Nuk jam i sigurt, - tha ai.

Në ditët që pasuan për orë të tëra të dy mbylleshin në zyrë, të përfshirë nga një si pasion i zjarrtë adoleshentësh që sapo kishin zbuluar seksualitetin e tyre. Ajo e mbulonte me të puthura, si të qe një fëmijë që i kishte munguar aq shumë dhe e merrte mbi vete në tavolinën e saj. Duke gulçuar i thoshte se ai ishte shfaqur kur ajo nuk besonte më se ishte e zonja të rrëqethej nga pasione të tilla.

Disa herë shkuan në shtëpinë e nënës së saj, që rrinte javë të tëra te një e motra e saj në Shkodër.

Për të shoqin ai vazhdonte të fliste me një ndjenjë të thellë ngashërimi e dhembshurie, sa Lekës i dukej se kurrë nuk dot arrinte të kuptonte natyrën e thellë të grave.

Ajo që e shqetësonte më shumë ishte se Liliana nuk druhej nga askush. Dyshonte se kjo ndodhte sepse e dinte që të tjerët kishin frikë të flisnin për të, se çfarëdo që të thonin, askush nuk do t'i merrte seriozisht. Më keq akoma, do të akuzoheshin për shpifje ndaj familjeve të kuadrove të rëndësishëm...

Një ditë, pastruesja e ateliesë duke zbrazur koshin e letrave të zyrës kishte ngritur lart në mënyrë të dukshme një letër të ndragur me spermë, që kishin hedhur pa kujdes mbrëmjen e mëparshme.

- Dokumente të tilla duhet t'i djegësh, pa qenë nevoja t'i lexosh, - i kishte thënë Liliana, duke vazhduar të shfletonte në dosjen që kishte përpara...

Kur u kthyen pas pushimeve të verës, ai i tregoi se kishte njohur Anin, i paqartë edhe vetë për arsyet që e shtynë t'ia thotë.

Liliana e dëgjoi si pa u përqendruar te fjalët e tij. Nuk tha asgjë. Kjo deri kur ajo shkoi të ulet në karrigen e saj, pas tavolinës dhe prej aty e pyeti:

- Ndryshon gjësendi, kjo?

- Po, - i kishte thënë ai, duke u përkulur ta puthë, - po ti mbetesh një grua e veçantë për mua.

- E veçantë? Në ç'kuptim? – e pyeti ajo duke shmangur kokën anash, kur ai u përkul ta puthë së dyti. - Pa ditur cila është e ardhmja e një lidhje që ke filluar, ti nxitohesh të largohesh prej meje...

- Nuk është aspak kjo, - ngriti zërin ai, - Është diçka që kurrë nuk ta kam thënë. Kam patur frikë për ty.

- Nëse e ke fjalën për tim shoq, ai e di, - i tha ajo. - Im shoq është në dijeni të gjithçkaje.

- Bën shaka?

- Mund të bëhen të tilla shaka?

- Ia ka treguar ndokush, atëherë?

- Jo. Ia kam treguar unë. Si quhet ajo vajza?

- Ani.

Ajo u përkul mbi tryezë dhe nisi të shfletojë diçka. Pastaj ngriti kokën dhe e pa me habi që ai po qëndronte ende aty.

Ata pak të njohur që Zoe u mundua t'u telefononte për të sqaruar gjendjen e tij, kurrë nuk ndodheshin aty. Të tjerë heshtnin sapo ia dëgjonin zërin. Kam të drejtë të di çfarë mendon Partia për mua, bërtiste ai. Gjithë sa dëgjonte si përgjigje të dëshpërimit të tij ishte kërcitja e dorezës së telefonit. Në të rrallë ndonjë i thoshte se ishte i zënë dhe se do t'i telefononte vetë më vonë. Nuk ndodhi kurrë. Pak ditë më pas ai mori vendimin të dilte nga shtëpia e të shkonte vetë në zyrë.

Nëpunësi i shërbimit te hyrja e ministrisë sapo e pa u ngrit dhe i hutuar e pyeti nëse ai e kishte akoma të drejtën të hynte në atë ndërtesë. Askush nuk më ka thënë të kundërtën, i qe përgjigjur Zoe, por ndërsa ngjiste shkallët dëgjoi që roja nisi të telefononte i alarmuar kushedi se ku.

Sekretarja e ministrit mbeti si e ngrirë dhe fare pa e pyetur ai i tha se ministri ndodhej prej disa ditësh në një kurë banjash termale, ndërsa shefja e administratës, ku shkoi të kërkonte çelësin e zyrës, u turr të dalë në korridor, që të mos gjendej vetëm për vetëm me të.

Dikush u kujdes ta tërhiqte Zoen në zyrën e tij dhe t'i jepte një gotë ujë. Pastaj, duke mos qenë i sigurt nëse bëri mirë a keq, i hapi derën dhe e ftoi të dilte, pa e pirë ende. I tha se gotën mund ta merrte me vete.

Dyer të tjera hapeshin njëra pas tjetrës. Kolegët me të cilët kishte punuar zgjasnin kokën për të parë me sytë e tyre atë që nuk e besonin me të thënë. Pastaj mbylleshin brenda. Ai trokiti te zyra e daktilografisteve, me shpresë se do të këmbente dy fjalë me to. Qe e pamundur. Të gjitha ishin të zëna, sa nuk kishin kohë as të kthenin kokën. Zhurma e trokitjes së germave në letër kapi nivele shurdhuese. Doli përsëri në korridor por nuk pati më shumë shans. Të gjithë ata që u ndodhën aty, zbytheshin rrëzë murit, për të ruajtur distancën më të largët të mundshme. Gatishmërisë së tij për t'u folur ata i përgjigjeshin duke afishuar në fytyra një ndjenjë të përzier frike dhe hutimi, si para një objekti me rrezikshmëri të panjohur.

Nga pas dëgjoi dikë që pyeti: "Ç' bëjnë organet kompetente që ende lënën kësi njerëzish të livadhisin"

Skuthi, tha Zoe, i fyer, tek e pa cili ishte. Një ekonomist krejt i pa zoti, që dikur nuk guxonte të hapte gojën në asnjë mbledhje, pa u konsultuar më parë me të. Deshi të shkojë të shtyjë me forcë derën pas së cilës u mbyll e t'i thoshte dy fjalë. E frenoi vetëm frika se mos bëhej qesharak po qe se ai do ta pyeste se për çfarë po fliste.

Fyerja i rëndonte në shpirt dhe mezi mundi t'u afrohej shkallëve të ikte. Pastruesja e ndoqi duke hungëritur ca si namatisje dhe kalonte një rreckë të lagur aty ku ai kishte vënë këmbët.

Në rrugë nuk dyshonte më se e linin ende pa e arrestuar me qëllim që të krijohej një boshllëk rrotull tij. Një zonë harrese, i tha së shoqes, një gropë harrese. Pastaj, kur askush të mos kujtohej më për të, do të vinin ta arrestonin një mëngjes, pa zbardhur dita.

7

Stefi gjithnjë e kishte admiruar Jolandën, gruan e ministrit Manol Dobi. Kjo edhe pse takoheshin rrallë, në ndonjë banket të ministrisë apo gjatë vizitave për festat e fundvitit. Jo më shumë. Kur ishin transferuar në Tiranë, kishte mjaftuar një telefon i saj që ajo të fillonte punë në Arkën e kursimit, te rruga e Dibrës.

Ia pëlqente së tepërmi fisnikërinë e hollë të sjelljes dhe e mahniste vëmendja gati prej murgeshe që tregonte ndaj atyre që i kërkonin ndihmë. Krijoje përshtypjen se ndodheshe para dikujt që mund t'i besoje të gjitha të fshehtat. Jolanda interesohej edhe për Lekën dhe Elsën, u mbante mend emrat dhe kërkonte të dinte gjithçka për secilin. Do të desha t'u ngjante edhe Evelina jonë, i kishte thënë një herë, për kënaqësinë e madhe të Stefit.

Thuhej se ishte vajza e një tregtari të njohur, që kishte dhënë shumë për Luftën kundër fashizmit. Për arsye që nuk u morën vesh kurrë, ai kishte vrarë veten më vonë. Familjen nuk ia shqetësuan asnjëherë. Jolanda u dërgua të studiojë në Hungari, ku qe njohur me Manol Dobin, edhe ai student.

Për vetë ministrin Stefi nuk dinte shumë. Në dukje të jepte përshtypjen e një njeriu tepër të sjellshëm, por ca të hutuar. Mbante kostume të çelët, ndoshta për shkak të flokëve të verdhë e të rralluar. Thuhej se në rrugë u kthente përshëndetjen edhe të panjohurve, por nuk kishte qejf të bisedonte gjatë me njeri. Kur dikush përfitonte nga buzëqeshja e tij rrethanore dhe nxitonte t'i shpjegonte ndonjë hall ai bënte sikur e dëgjonte me kujdes, por nuk e kishte fare mendjen aty. Në fund i thoshte që të gjitha ato t'i përmblidhte në një letër dhe t'ia dërgonte në zyrë. E vërteta ishte se kurrë nuk harronte t'i lexonte. Kur mundej, edhe zgjidhte ndonjë problem.

Stefi i dëgjonte këto nga Zoe, në ato raste të rralla kur ai i fliste për njerëzit me të cilët punonte. Të dy i qenë mirënjohës. Ishte Manol Dobi që kishte vendosur për transferimin e Zoes në Tiranë, fill pas një takim specialistësh të minierave, ku Zoe pati hedhur disa ide

9

Gjithë ç'kishte trashëguar nga shekujt e shkuar ai restorant që ngrihej në pikën më të lartë të parkut të Madh të kryeqytetit, ishte qetësia. Një qetësi prej manastiri, krejt e pazakonshme për funksionin e ri që kishte. Shpjegimi ishte mjaft i thjeshtë. Në mënyrën e vet ai përfaqësonte jetën e dytë të anijatës së një kishe të vjetër ortodokse, që mbante emrin e Shën Prokopit. Ishte profanuar në vitet gjashtëdhjetë, por pati fatin të mos rrafshohej sikundër simotrat e saj në ato vite. U shndërrua në një lokal të ushqimit social, siç ishte emërimi administrativ. Dhe, me kohë, doli të bëhej një prej vendeve më të pëlqyera të Tiranës. Aty edhe kamerierët dukeshin mjaft rrallë, si të qenë të vetëdijshëm se nuk ishte prania e tyre ajo që vlerësohej më shumë në atë mjedis aq të veçantë, që të ngjallte prehje e qetësi. Sillnin porositë dhe bëheshin të padukshëm.

Disi larg nga qendra, restoranti dhe lulishtja e tij shiheshin nga shumë banorë të kryeqytetit si vendi më i këndshëm i arratisjes në fundjavë. Pasi binte muzgu, aty vëreje të afroheshin të rinj që e fshihnin lidhjen e tyre. Çifte mëkatarë shfaqeshin duke ecur rrëzë gëmushave të gjurmuar nga një turmë vuajërësh, që e dinin se preja që ndiqnin nuk kishte kohë për të humbur. Shumë shpejt do zhvishej për të bërë dashuri ethshëm e me frikë. Nuk ishin të rrallë edhe çiftet në formim e sipër, çifte që vinin aty sepse formalisht ftesa ishte bërë "për të pirë diçka", por edhe të tjerë që në qetësinë e barit të atij lokali, i jepnin një shans të fundit lidhjes së tyre.

Shihje edhe individë të deprimuar, që ktheheshin aty të pinin kafenë e fundit para se të dilnin jashtë e të kryenin vetëvrasje, duke u hedhur në ujërat e turbullta të liqenit. Ndonjë tjetër lidhte kollaren në degën e një peme, poshtë se cilës ndodhej një stol i vjetër druri, ku ishte ulur të kalonte edhe një herë para syve jetën e tij, për të arritur po në atë përfundim që e kishte sjellë deri aty, pra që nuk ia vlente të jetohej.

Leka e Ani, e pëlqenin atë vend për një arsye krejt tjetër. Në ditë të caktuara të javës aty luante një orkestër e muzikës së lehtë. Shtimi a zëvendësimi i veglave muzikore në atë formacion kishte ndodhur aq shpesh ndër vite sa tashmë edhe amatorët me ndjeshmëri mesatare nuk e cilësonin si fenomen të rastësishëm: shtimi a heqja e instrumenteve të ndryshëm shihej si shprehje e rrymave a ideve që lindnin a shuheshin në gjirin e udhëheqjes politike të vendit, e pasigurisë dhe frikës për hapje, e mbylljeve brutale. Aty ndihej menjëherë revanshi i ndonjë grupimi më pak konservator në sferat e larta vendimmarrëse, por edhe hakmarrja e gërnjarve të Gardës së vjetër në krye të Partisë.

Në pamundësi të sinjaleve më të dukshme në shtypin e kontrolluar të vendit, shumë vetë shtonin vëmendjen ndaj përbërjes së asaj orkestre, sikundër fallxhorët e lashtë shqyrtonin rropullitë e një kafshe të sapo therur. Nga mënyra si evoluonte numri dhe natyra e instrumenteve të saj, ata shpresonin të kuptonin nëse politika e vendit kishte për tendencë të zbutej e afrohej me rrymat perëndimore, të forconte miqësitë e reja me vendet e largëta të Azisë, apo të përthyhej në vetvete, të mbyllej si një midhje dhe të grindej e shqyhej me veten deri në gjakosje.

Ky rast i fundit paralajmërohej kur përbërja katandisej me numrin më të vogël të mundshëm të instrumenteve për t'u quajtur orkestër, kur muzikantëve u thuhej se papijonët e zinj nuk duhej të ishin pjesë e veshjes së tyre, kur variacionet me instrumente, që dilnin jashtë partit muzikor shiheshin si hargalisje rrethanore, pa taban kombëtar. Shkurt si prirje e vetë muzikantit për të devijuar ideologjikisht.

Fillimet e viteve shtatëdhjetë kujtoheshin gjithnjë si vite të mira. Në orkestër kishin gjetur vend një bateri mjaft e kompletuar, një kitarë elektrike, një saksofon, por qëllonte të shtohej edhe një trombon, një violinë dhe më rrallë ndonjë kitarë bas, një violinçelë apo edhe një kontrabas. Dhe mbrëmjet në atë lokal u ngjanin koncerteve të bukura instrumentalë.

Por për atë periudhë shumë vetë u kujtuan vetëm pasi kishte ikur. Njerëzit në atë kohë kishin një ide të përgjithshme se ishin të varfër, por nuk e dinin sa të varfër ishin. Kjo ndikonte për të mirë në ruajtjen e shprehive të një sjelljeje në dukje normale. Ata shkonin në punë, shëtisnin, psonisnin duke besuar se në dyqane gjenin gjërat për të cilat kishin nevojë. Sipas dëshirës, mund të shkoje mbrëmjeve në se si mund të uleshin shpenzimet e shpimit. Ministri kishte kërkuar ta takonte dhe tre muaj më pas Zoe kishte një zyrë të tijën në ministri, me dritare që shihnin mbi Sheshin Skënderbe. Pa u mbushur viti, erdhi edhe Stefi me fëmijët.

Edhe pse nuk ia kishte thënë asnjëherë të shoqit, Stefi kishte bindjen se nga lartësia e ofiqit të tij, Manol Dobi e shihte Zoen si një valixhe ku kishte sistemuar raportet e planet perspektivë të dikasterit. Ishte e pamundur të mos e thërriste në zyrë para se të nisej në ndonjë takim jashtë ministrisë. Shpesh i telefononte edhe në shtëpi, nganjëherë thjesht për t'i sjellë në kujtesë një shifër që e kishte harruar.

Ajo trembej shumë kur hapeshin fjalë se Manol Dobin do ta shkarkonin nga kreu i ministrisë. Në një rast u përmend edhe emri i zëvendësuesit të tij, por asgjë nuk ndodhi. Ai, si zakonisht vazhdonte të shkonte në këmbë në ministri, pa hequr dorë nga zakoni që të përshëndeste edhe të panjohurit. Madje as që vinte re se sa herë hapeshin fjalë për shkarkimin e tij, ata që ia kthenin përshëndetjen bëheshin gjithnjë e më të rrallë.

Në një nga mbledhjet e fundit të kolegjiumit të ministrisë, i deleguari i Komitet të Partisë kishte sjellë shqetësimin e instancave të larta për mosrealizimin e planit të nxjerrjes së mineraleve që eksportoheshin. I kishte folur edhe për anijet e huaja që prisnin gjithnjë e më gjatë në portet e vendit dhe shteti duhej t'i dëmshpërblinte sa herë që ato nuk ngarkoheshin në kohë.

Dobi e kishte vështruar të deleguarin gati me shpërfillje. Dukej se vetëm ai nuk e dinte se planet pasi hartoheshin në ministri niseshin lart për aprovim. Prej andej, sistematikisht ktheheshin shifra të tjera, mjaft të zmadhuara, jashtë kapaciteteve reale të industrisë nxjerrëse të vendit. Atëherë ç'të bënte ai si ministër? T'i ankohej atij aparatçiku të vogël për shokët udhëheqës, për ata lart fare? T'i thoshte se shifrat ishin të atyre dhe jo të ministrisë? Atij do t'i binte të fiktit.

Anëtarët e kolegjiumit të ministrisë, të pranishëm në mbledhje e morën këtë si një paralajmërim të fundit, por përsëri deshën të shpresojnë se edhe këtë radhë ministrit të tyre nuk do t'i ndodhte gjë. Dhe ashtu doli.

Kur Stefi vendosi të shkonte e të takonte Jolandën, për të ditur më shumë se çfarë po ndodhte me të shoqin, ajo e kishte të qartë se edhe mund të mos ia hapnin derën e shtëpisë. Por qe e detyruar, nuk kishte zgjidhje tjetër, nuk dinin më ku të shkonin. Zoe nuk dilte më nga shtëpia dhe të dyve u dukej se edhe ajri po bëhej më i rrallë e nuk mbusheshin dot me frymë nga sikleti.

Vila tre katesh e Ministrit Dobi nuk ishte larg banesës së tyre, vetëm disa blloqe i ndanin. Ishte një zonë ku jetonin funksionarë të lartë të shtetit, drejtorë të Tregtisë së jashtme, drejtori i Bankës së Shtetit, ushtarakë të Shtabit të Përgjithshëm. Në hyrjet e tyre nuk kishte roje të veçanta. Për t'i takuar mund të shkoje e t'u trokisje pa asnjë pengesë në derë. Të paktën Stefit nuk i doli kush ta ndalonte, as ta pyeste se ku donte të shkonte.

Derën ia hapi një grua që shërbente në shtëpinë e ministrit dhe menjëherë pas saj u dha Jolanda dhe e bija, Evelina. Ndërsa vajza u kthye mbrapsht e iku pa e përshëndetur, Jolanda nuk shprehu asnjë shenjë habie. I buzëqeshi dhe e ftoi të hynte brenda. Stefit iu duk sikur ajo hodhi sytë jashtë se mos kishte dikush tjetër pas saj.

Me një qëndrim që tregonte respekt e distancë njëkohësisht, gjë që Stefi e ndjente për herë të parë, Jolanda e ftoi të ulej në dhomën e pritjes.

- Jeni shqetësuar më shumë se sa duhet, - i tha ajo pasi e dëgjoi Stefin të flasë për gjendjen e rëndë shëndetësore e shpirtërore të të shoqit, pas takimit me Sekretarin e Përgjithshëm.

- Ne, unë dhe tim shoq, por edhe fëmijët, jemi të bindur se Partia nuk i merr njerëzit kot më qafë, - tha Stefi, - por Sekretari i Përgjithshëm nuk njoftohet se çfarë ndodh poshtë. Se ka shumë burokratë që bëjnë në kokë të tyre. Ndonjë i tillë as i kishte dha Zoes çelësin e zyrës, kur deshi të kthehej në punë.

- Ka nëpunës që veprojnë në kundërshtim të porosive nga lart, - e qetësoi Jolanda, - por po të kishte qenë diçka serioze Manoli do të ma kishte thënë.

- Nuk mendoni se me rastin e ndonjë prej takimeve me Sekretarin e Përgjithshëm shoku Manol mund t'i shpjegojë disi gjendjen e Zoes, t'i thotë sa mirënjohës i është Partisë dhe se ajo që ndodhi atë ditë nuk ishte pasojë e ndonjë paramendimi...

- Dëgjo, e dashur..., - i tha Jolanda si u mendua një copë herë, - e kuptoj shqetësimin tuaj dhe të falënderoj që na e beson ne një gjë të tillë. Është e vërtetë, Manoli ka edhe njohje personale me Sekretarin e Përgjithshëm që nga koha e Luftës. Janë takuar në një konferencë të Rinisë antifashiste. Unë do t'ju këshilloja t'i shkruanit atij drejtpërdrejt dhe t'i shpjegonit problemin që keni.

- Shokut Manol? - u hutua Stefi

- Jo, Sekretarit të Përgjithshëm.

Gjatë netëve pa gjumë që kalonte pranë të shoqit, Stefi e kishte menduar njëmijë herë këtë, madje edhe ishte ulur të hidhte diçka në letër. Përshkruante devotshmërinë e të shoqit, pasionin e tij në punë, lidhjet e familjes së tij me luftën, por kur vinte puna që t'i shpjegonte Sekretarit të përgjithshëm përse atë ditë Zoe nuk kishte mbajtur shënime, aty ngecte. Po t'i thoshte të vërtetën, sekretarët e tij kurrë nuk do t'ia jepnin. Vetëm po t'ia linte dikush në dorë, ai do ta kuptonte dramën që po vuante Zoe dhe mund ta thërriste vetë në zyrë për ta qetësuar. Në mos, do t'i përgjigjej me postë për ta falënderuar për punën e tij.

- Po të dijë më shumë për Zoen, Sekretari i Përgjithshëm, do të krijojë opinion tjetër, jo atë të dikujt që nuk mban shënime kur flitet për gjëra aq të rëndësishme për të ardhmen e vendit. – foli Stefi si me vete.

- Po çfarë ju pengon t'i shkruani? – pyeti Jolanda me një farë padurimi. - Ai i vlerëson njerëzit e punës.

- Vërtet, nuk e di... ashtu them edhe unë.

- Mos ngurroni, shkruajini, - Jolanda u ngrit, duke mos ditur se çfarë të thoshte tjetër. Kjo bisedë po i krijonte një parehati të dukshme, që nuk e fshihte më.

Stefi nuk e priste dhe u ngrit bashkë me të.

- Ka një gjë, - i tha si duke u lutur që ajo ta dëgjonte deri në fund, - ka diçka që mund t'ia thotë vetëm shoku Manol. Se po ta marrin vesh të tjerët mund ta interpretojnë keq.

Gruaja e ministrit u kthye ta shohë me pak shqetësim.

- Atë ditë, - vazhdoi me një frymë Stefi, - ai nuk mbajti shënime, sepse Sekretari i Përgjithshëm po lexonte raportin që e kishte shkruar vetë Zoe. Një analizë që ia kishin kërkuar disa kohë më parë. Shoku Manol duhet ta dijë këtë...

- Jo, shoku Manol nuk di gjëra të tilla! - Jolanda u skuq dhe hapi derën e doli në korridor, që të sigurohej se nuk po i dëgjonte njeri.

- Të siguroj se im shoq nuk di asgjë, - i tha pak më qetësisht, por duke i lënë të kuptonte se tashmë e quante të mbyllur atë bisedë.

- E vërteta kjo është, - këmbënguli Stefi duke ushqyer një fill shprese të fundit. - Po ta shkruajmë këtë, sekretarët e tij do të mendojmë se ne sajojmë gjëra të paqena, se shpifim. Nga kjo mund ta pësojmë më keq. Po qe se Sekretari i Përgjithshëm e merr vesh të vërtetën nga goja e shokut Manol, ai do ta kuptojë si qëndron e vërteta e asaj dite...

- Nëse mund të bëj diçka për ju, - tha Jolanda duke shtrënguar duart që të mos i dridheshin, - nëse vërtet mund të bëj diçka për ju, kjo është që t'ju këshilloj që të mos e përsëritësh më askund atë që më the pak më parë, as me gojë e as me shkrim. Një gjë të tillë duhet të mos e nxjerrësh më nga goja. Kurrë!

Aty dhe i ktheu krahët.

Pranë Stefit u afrua gruaja e shërbimit që i tregoi nga ishte dera e daljes. Stefi nuk e mbante më mend.

Rrugës për në shtëpi përpiqej të kuptonte si nuk e kishte menduar më parë një të tillë. E zuri një frikë e madhe. Me atë gjestin e tij të marrë i shoqi kishte shkatërruar jetën e të gjithë familjes.

kinema a teatër. Qenë të panumërt ata që e shihnin jetën të mbushur dhe interesante. Që nga mbarimi i luftës e deri në mesin e viteve gjashtëdhjetë numri i vetëvrasjeve nuk njihte rritje.

Tamam në përfundim të atyre viteve, diçka u duk se po ndryshonte. Ata që frekuentonin atë lokal vërenin se orkestra riformatohej çdo javë. Hiqej një kitarë elektrike që zëvendësohej me një prej druri, pianoja qëllonte që i linte vendin një fizarmonike, baterive u zvogëloheshin a hiqeshin daullet, ndërkohë që cimbalet thuajse nuk prekeshin fare. Ose kur qëllonte të përdoreshin, muzikanti bënte kujdes që menjëherë pas çastit të trokitjes, t'i prekte me gishta me qëllim që të ulte vibrimin në ajër të tingullit e tyre provokues e ekzaltues.

Kishte instrumente frymorë që shiheshin më pak të domosdoshëm se një trombë, e cila gëzonte një status të veçantë, gati të privilegjuar, si protagoniste e sinjaleve të alarmit nëpër zbore ushtarakë. Trombonet, simbole të muzikës jazz, në të shumtën e kohës qëndronin në kuti, si murgj të vetëndëshkuar. Një saksofon tenor mund të lihej të shfrynte gjatë ditëve të javës, por hiqej në fundjavë dhe sidomos gjatë mbrëmjeve festive që organizonin ndërmarrjet ekonomike të qytetit. Në çdo rast, një klarinetist qëndronte i gatshëm ta zëvendësonte kolegun e tij saksofonist.

Ndryshonte puna kur pianoja zëvendësohej nga fizarmonika. Ato i përdorte i njëjti instrumentist, që ndihej gjithnjë mirë dhe i sigurt në vetvete. E njëjta gjë mund të thuhej edhe për xhazbandistin. Fakti që ai në rast nevoje dinte të luante edhe në dajre, i jepte lëvizjeve të tij siguri, zhdërvjelltësi dhe entuziazëm në sytë e programuesve muzikorë.

Në periudha të veçanta ishin bërë përpjekje për ta plotësuar orkestrën edhe me një mandolinë, ndërsa fjalët që u përhapën se do të integrohej edhe një çifteli, nuk u kuptuan asnjëherë në ishin të vërteta apo jo.

Leka e tërhoqi nga dora Anin. Kaluan përmes disa tavolinave të zëna dhe gjetën një vend të lirë afër orkestrës. Me t'u ulur, ai porositi një konjak për vete, ndërsa ajo tha se i kishte shkuar mendja për një ëmbëlsirë. Gjithçka u zinte syri rrotull u ndillte një ndjenjë të mirë rehatie, që e kishin harruar. Mbrëmja premtonte të ishte e shkëlqyer. Ajri i lehtë sillte erën e këndshme të barit të thatë të livadheve të anës tjetër të liqenit. Hëna që e kërkuan një copë herë me sy, ende nuk kishte vendosur të dilte mbi qiparisat e lashtë të oborrit asaj kishe të dikurshme. Vetëm ata më të vjetrit e dinin se lulishtja dhe pista e vallëzimit ishin ndërtuar në truallin e varrezave së dikurshme të kishës.

- Je mirë, - e pyeti ai?

- Rezistoj, - iu përgjigj Ani duke buzëqeshur e lodhur.

Muzikantët nisën të zënë vend pranë instrumenteve të tyre. Flisnin duke u përkulur nga njëri-tjetri ose luanin mjaft ulët, si për të shpirë gishtërinjtë. Ndriçimi në trajtë konike që zbriste nga llambadarët u jepte tavolinave imazhin e ishujve të vegjël e të banuar të një arkipelagu të largët të humbur në hapësirën e errët oqeanike që i rrethonte.

Disa burra në moshë të mesme, rrinin tutje gardhit rrethues të lulishtes dhe nuk ua ndanin sytë çifteve që kishin përpara.

Orkestra tashmë ishte plotësuar dhe pas një gërvime të fortë mikrofoni, u dëgjuan masat e para të një foxtroti, që më të rinjve u kujtoi muzikën me të cilën kishin kërcyer prindërit e tyre. E megjithatë, u krijua një atmosferë e këndshme, gati familjare. Muzika, edhe pse nuk entuziazmonte njeri, endej këndshëm përmes tavolinave me elegancën e një valltareje të shkuar në moshë.

Më pas ndodhi një mrekulli e vogël. Jo vetëm ata që ishin aty, por edhe çiftet që pëlqenin të rrinin buzë liqenit, të kundronin atë imazhin e lashtë romantik të hënës mbi sipërfaqen e ujit, edhe ata mbetën pak të hutuar. I kërkuan njëri-tjetrit të mbanin qetësi. Nuk kishin më asnjë dyshim: orkestra po luante *Take five* të Paul Desmond- it.

Për disa nga ata që kishin nisur të merreshin seriozisht me bërxollat që kishin përpara dhe për të cilat ai lokal gëzonte emër të mirë, introduksioni solo me bateri kaloi thuajse pa u vënë re. Ishte hyrja në skenë e saksofonit dhe dueti me baterinë, ajo që i detyroi, kë më shpejt e kë më vonë, të ndërprisnin mbllaçitjet e të mbanin vesh çfarë po ndodhte.

Në ëndjen e përhumbur të atyre tingujve, aty në platformën e saj të rrumbullakët prej betoni, orkestra i ngjante një barke magjike, që u ishte shfaqur njerëzve të një bregu të huaj e të panjohur. Si të qe fjala për një mirazh, që disa çaste më tutje do të tretej në ajër, si të mos kishte ekzistuar kurrë.

Anit i lindi dëshira të ftonte Lekën në pistë për të kërcyer. Qe diçka që e habiti edhe atë vetë. Kishte dëgjuar nga prindërit e saj se dikur ata vinin aty e vallëzonin çdo fundjavë, por kohët kishin ndryshuar. Në të vërtetë askush nuk kishte thënë se tani ishte e ndaluar të vallëzoje në një pistë publike, por të gjithë e dinin se sa e pakëshillueshme ishte një gjë e tillë. Kur disa pyesnin përse atëherë aty vazhdonte të luante një orkestër u përgjigjeshin se më shumë se për forcë zakoni, kjo shërbente për të ruajtur dekorin e një jete normale në vend.

Ani buzëqeshi me naivitetin e saj. U mbështet në karrige e mbylli sytë. Ndihej mirë duke shijuar atë ndjenjë nostalgjie të thellë e të ëmbël, që i kishin ngjallur në shpirt tingujt e muzikës.

- A mund t'i ngjallë ndokujt nostalgji muzika që kanë dëgjuar prindërit e tij? – pyeti pa i hapur sytë.

Leka, shtriu krahun mbi supin e saj dhe pati dëshirë ta puthë, por druhej se ajo do të hapte sytë. Ishte mjaft e bukur ashtu. Porositi t'i sjellin një konjak tjetër dhe vazhdoi ta pijë ngadalë. Një çift u ngrit në pistë të vallëzonte. I befasuar ai drejtoi shtatin në karrige që të shihte më mirë. Një çift kishte doli të kërcente në pistë. Të gjithë u kthyen nga pista. Disave u tërhoqi vëmendjen fustani i bukur me lule të vogla e të çelura i gruas së re, të tjerëve sjellja prej kavalieri e kohëve të shkuara të partnerit të saj. Mbi kryet e tyre, qiparisat e lashtë të varrezave të dikurshme vështronin kryelartë e indiferentë, si monumente të një qytetërimi tjetër.

Leka preku Anin në sup.

– Do kërcejmë?

E trembur ajo drejtoi sytë andej nga po shikonte ai. Në pistë u drejtua edhe një çift i dytë. Leka i kaloi Anit krahun poshtë harkut të mesit dhe pak hapa më tej, të dy u ndodhën në mes të pistës. U mbeti veçse të kapnin ritmin e muzikës. Nuk po ëndërronin, por duhej të qe diçka e përafërt.

Pas tyre plot çifte të tjerë nxituan drejt pistës.

Në tavolinat rrotull flitej se çifti që ishte ngritur i pari të kërcente, ishte korrieri i ri diplomatik i ambasadës zvicerane me të shoqen, që ende nuk e dinin ku kishin vënë këmbët. Të tjerë, vinin bast se ishte fjala për dy pedagogë francezë të fakultetit të gjuhëve të huaja të Universitetit të Tiranës. Kishte vetëm pak muaj që kishin ardhur në Tiranë dhe sapo kishin zbuluar atë lokal në periferi të qytetit.

Lëvizjet e tyre ishin të shpenguara, pa komplekset dhe drojën e vendasve, pa folur pastaj për lirshmërinë me të cilin gruaja kishte lidhur gishtërinjtë e duarve të saj në qafën e partnerit dhe vallëzonte gjithë hir dhe elegancë. Në një çast, zgjati buzët dhe kërkoi puthje prej tij.

— Dua të lidh edhe unë gishtërinjtë mbi shpatullat e tua, — i pëshpëriti Ani si të ndjente se një hir i magjishëm kishte zbritur në supet e tyre.

— Ka edhe më mirë se aq, - ia bëri Leka dhe u shkëput krejt prej saj, përtheu pak gjunjët dhe filloi të tundte lehtë duart para vetes.

Ashtu ishin më në harmoni me atë muzikë jazz-i që shprehte në të njëjtën kohë hare e dëshirë për të jetuar jetën, por edhe dhimbje, ironi, nostalgji...

Kur atyre të dyve nisi t'u dukej se kishin guxuar pak si shumë, ndodhi e vetmja gjë që nuk pritej. Orkestra heshti. Tingujt e saj të fundit, pritën pak në ajër, si të habitur që nuk po pasoheshin nga të tjerë dhe u shuan në qiellin mistik të asaj nate të mrekullueshme, siç janë shpesh netët e periferive të Tiranës. Midis orkestrës ishte futur dikush që po i fliste në vesh kitaristit. Nuk vëreheshin lëvizje të nervozuara, tundje gishti apo britma qortimi. Asgjë e tillë. Të gjithë shpresuan se gjithçka do të fillonte nga e para, pas disa shpjegimesh të rastit.

Kitaristi i orkestrës po i jepte qetësisht shpjegime atij tipit. Përnjëmend, u duk sikur gjithçka u mbyll me aq. Kitaristi i ra një akordi, si për të rivënë në punë kolegët e vet, që aq gjë prisnin dhe muzika nisi nga e para. Por atë çast ai personi që kishte hyrë midis tyre, zgjati dorën dhe mbërtheu fort bishtin e kitarës së tij. Kordat e saj të bllokuara heshtën mjerueshëm.

Në pistë, çiftet e vallëzuesve zbritën në një realitet që e kishin harruar për pak çaste. Ai i panjohuri sikur kishte guxuar të hynte brutalisht në dhomën e tyre, në kulmin e një çasti intim, të magjishëm. Shpresonin se gjithçka do të rikthehej si më parë, por minutat kalonin dhe në ajër ndihej tension. Dy tre çifte u kthyen në vendet e tyre.

Vetëm çifti i të huajve nuk ndihej fort i sëkëlldisur. Madje për të treguar se e kishte marrë gjithçka me humor e vullnet të mirë, gruaja filloi të lëvizte këmbët në vend, si të vazhdonte të kërcente me ritmet e muzikës që nuk dëgjohej më.

Dikush më vonë tregoi se para vështrimit të skandalizuar të kitaristit, ai personi qe i bllokoi telat e instrumentit, i kishte thënë në vesh se nuk kishte asgjë me kitarën e tij, por ishte vonë dhe lokali duhej të mbyllej. Nuk është muzikë e ndaluar, kishte tentuar ta bindte kitaristi, po luajmë versionin e orkestrës së Dave Brubeck– ut që transmeton edhe Radio Tirana. Tjetri, kishte tundur kokën duke i thënë se edhe atij i pëlqente orkestra e Brubeck- ut, por nëse ai këmbëngulte të vazhdonte, për gjëra të tilla do të bisedonin në një vend tjetër.

Me t'u kthyer në tavolinë, Ani hodhi në krah çantën dhe mbërtheu trikon duke pritur Lekën që kishte shkuar të paguante në banak. Atij kishin filluar t'i merreshin këmbët dhe ajo u shqetësua tek vuri re se ai bëri një rrotullim qark pistës dhe qëndroi te orkestra.

– Nëse keni marrë vendim ta rifilloni muzikën nesër në mëngjes na thoni të shkojmë e të marrim një sy gjumë... – i tha kitaristit duke qeshur.

– As nesër në mëngjes nuk do të fillojë. – i u përgjigj ai personi që kishte kërkuar ndërprerjen e muzikës. - I kërkova unë të ndalojnë.

– Po ti cili je? - e pyeti Leka, pa vënë re se kitaristi u tkurr.

– Një qytetar i thjeshtë. Quhem Gjikë Luçi, – tha tjetri dhe i zgjati dorën.

- Edhe unë qytetar i thjeshtë jam, - iu përgjigj Leka, duke bërë sikur nuk e vuri re dorën e tij të shtrirë, - por nuk e di nëse ka ndonjë orkestër në botë që më bindet po t'i them të ndalojë të luajë.

- Varet nga toni, - ia tha ai që quhej Gjikë Luçi, gati si me ironi.

- Jo, - këmbënguli Leka në të veten, - varet nga pozicioni. - Unë mund të bërtas deri në qiell dhe këta kurrë nuk do të ndalonin. Ti nuk pate nevojë fare të bërtasësh...

Ani që ishte afruar dhe i dëgjoi të gjitha dhe e frikësuar, e tërhoqi menjëherë nga krahu.

Duke zbritur tatëpjetë kodrës që do t'i nxirrte te sheshi i Universitetit, ajo ndjeu frikë nga errësira dhe trajtat e deformuara të trungjeve të pemëve. Por shpejt u kujtua se duhej ta harronte frikën e saj e të kujdesej për Lekën, që kishte vështirësi të ruante drejtpeshimin dhe ndalonte herë pas here të mbahej ku të mundej.

Dikur, u mbështet me kurriz pas një akacieje dhe duke marrë frymë me vështirësi, e tërhoqi Anin pas vetes. Ajo e puthi fare shpejt dhe i kërkoi të iknin prej aty. Ai nuk ishte fort i gatshëm dhe e tërhoqi edhe më fort nga vetja.

- E lëmë për një herë tjetër, - i tha ajo duke parë rrotull.

Ai ia kapi kokën me të dy duart e tij dhe e puthi në gushë e pastaj në buzë.

- E lëmë për nesër, - këmbënguli ajo duke u përpjekur të largohej. - Kam frikë këtu!

- Ku të shkojmë, - bërtiti ai, - te monumenti i Skënderbeut?

- Të pres nesër mbas dite në shtëpi. Do jemi vetëm.

Në dritën e hënës që kishte nxjerrë kryet anash një eukalipti të lartë, asaj iu bë se dalloi një hije që afrohej drejt tyre. E shtyu fort Lekën dhe mbështolli trikon para gjoksit të saj, lakuriq.

- Ka njerëz!- gati bërtiti. - Ka njerëz që na shohin.

- Mua më pëlqen këtu! – gulçoi ai i inatosur.

- Po unë? Nuk kam drejtë të më pyesësh nëse dua këtu?

Aty për aty i erdhi keq që po i fliste ashtu, por ndjente shumë frikë. Megjithatë i uli duart. Nuk e kishte parë të nxehej ndonjëherë. E dëgjonte ndërsa dihaste duke u marrë me mbërthyeset e zharrtjerës së saj dhe mbylli sytë duke shpresuar që gjithçka do të mbaronte sa më shpejt.

- Kujdes, mos më bësh fustanin me njolla, - i tha dikur.

- Çfarë?

- Asgjë.

Ai u përmend vetëm kur ndjeu trupin e saj të dridhej e t'i ikte nga duart. Nuk e kuptoi çfarë po ndodhte, por edhe nuk ishte fort i gatshëm të vriste mendjen për një gjë të tillë.

- Janë dy hije pas teje! - fërgëlloi ajo e gjitha.

Ai vetëm sa tundi kokën me një lëvizje pakënaqësie.

- Po më prekin edhe mua!- i klithi rrëzë veshit, - i ndjej duart...

Këtë radhë ishte ai që u drodh. Ktheu kokën dhe i tmerruar pa dy të panjohur që rrinin pothuaj ngjitur pas tij dhe po masturboheshin. E tërhoqi Anin pas vetes, si për ta mbrojtur. Ajo uli fustanin dhe u tkurr pas tij. Ai e tërhoqi teposhtë kodrës.

Ishte errësirë e madhe dhe me sa mundnin shmangnin gropat ku mund të binin e thyenin këmbët.

- Po na ndjekin? - pyeti ajo, duke patur frikë të kthente vetë kokën.

- Mos ki frikë, - i tha ai, si për të qetësuar edhe veten.

Së largu u shfaqën dritat e Bulevardit të madh të Tiranës, që ngjanin si qirinj të zbehtë në një varrezë të madhe. Ata kishin përshtypjen dërmuese se njëherazi, duke dalë nga errësira e pyllit po dilnin edhe nga një ëndërr e shëmtuar, e pisët.

Ecnin pa shkëmbyer asnjë fjalë. Ai ndihej më fort i fyer e i poshtëruar, se sa i frikësuar. Ishte një çast i vrullshëm intimiteti që ia kishin rrënuar brutalisht. Ndjente ende një gjendje tensioni të fortë ereksioni dhe nuk arrinte të qetësohej. Ereksion post mortem, tha me vete, që siç kishte dëgjuar u ndodhte atyre që ekzekutonin me varje.

10

Shpjegimet e së bijës nuk e siguronin aspak Stefin se gjithçka shkonte mirë midis saj dhe të fejuarit, Alqit. Nuk bindej se atë ditë fjala kishte qenë vetëm për një keqkuptim rreth orës së takimit.

Elsa e kundërshtonte në të gjitha hamendjet e saj, duke e ndjerë se e ëma dëshpërimisht kishte nevojë për një gjë të tillë. Orë e çast duhej ta siguronte se në jetën e saj gjithçka ishte si më parë edhe pse me kohë kjo po e lodhte dhe ia shterte forcat e durimin.

Në mbrëmje, pasi kishin ndjekur nga dritarja rreshtin e njerëzve që ngjiteshin në shtëpinë e të vdekurit në pallatin përballë, Stefi e pyeti për të tretën herë se përse Alqi nuk i kishte telefonuar gjatë gjithë ditës.

Elsa u ngrit, ia kapi të ëmës fytyrën me të dy duar dhe ia ktheu nga vetja:

- Mama, për kë e merr Alqin ti? Për një halabak që ka frikë nga fjalët e rrugëve. Alqi nuk është halabak. – ajo u ngrit në këmbë dhe i bërtiti mu në sy. - Ti beson se ai është halabak?

- E mora vesh, - i tha e ëma duke marrë në duar macen që ishte trembur po aq sa ajo, – Alqi nuk është halabak! E mora vesh.

- E ekzagjeroni të dy. Ti edhe babai, që është mbyllur në dhomë! - vazhdoi Elsa.

- Po shokun Hulo, e ke parë këto ditë?- pyeti Stefi për të atin e Alqit, si të qe fjala për një test të fundit që të verifikonte fjalët e së bijës.

- Unë jam e fejuara e Alqit dhe jo e shokut Hulo! Godeshët e tjerë nuk më interesojnë.

- Po krushka Donikë, asnjëherë nuk të pyet për mua?

- Edhe më pyet – i tha ajo nga korridori, duke hedhur një bluzë krahëve.

U kthye të puthë të ëmën, duke e rrahur supeve, si t'i thoshte që të mos dyshonte më së koti dhe u drejtua nga dera. Do të takoj Alqin, në ora gjashtë, i tha.

Stefi iu afrua dritares dhe e ndoqi me sy tek mori biçikletën e saj në trotuar dhe iku në drejtim të qendrës së qytetit. Shpresonte të ishte ashtu siç i kishte thënë ajo.

Një çast më pas, e trembi tingëllimi fare i shkurtër i ziles së derës. Priti ca, priti gjatë, por zilja nuk ra më. Hapi derën ngadalë për t'u siguruar se nuk kishte njeri dhe mbeti e hutuar kur pa të vëllanë, Llambron.

Ai rrëshqiti brenda dhe vetëm kur dera u mbyll pas krahëve të tij, përqafoi të motrën. Ajo e kapi nga duart.

- Llambro, - i tha,- nuk e paskemi ditur sa mirë ishim te ajo vrima e jonë atje, majë malit.

- Takova Elsën nëpër shkallë, -i tha ai. - Vajza ka të drejtë, ju të dy e teproni ca.

- Po edhe ti na ke ndenjur ca larg, - e qortoi ajo. - Ke frikë të vish e të na shohësh?

- Këtë mos ma thuaj mua, - u prek ai. - Kam lënë gjithçka dhe po merrem vetëm me problemin e Zoes.

E motra e tërhoqi në kuzhinë. Llambro ishte mësues i punës me dorë, por në rininë e tij kishte shkruar tregime të vogla për një revistë të Ministrisë së Brendshme. Prej atëherë kishte ruajtur disa lidhje me redaksinë dhe ndonjë bashkëpunëtor të saj që kishte njohur aty.

- Çfarë do bëhet me të? Të thanë gjë ata shokët e tu? – e pyeti ajo me ankth.

- Sapo u përmend emrin e Zoes, ngrihen nga tavolina e ikin, - i tha ai. - Vetëm njëri më tha se edhe ata janë në pritje, kaq munda t'i nxjerr nga goja.

- Në pritje të çfarë? Ta arrestojnë?

- Problemi i tët shoqi, nuk është punë e operativëve të Sigurimit të lagjeve, që rekrutojnë njerëz për të përgjuar komshinjtë e tyre. E kupton, motra ime? Çështja tij mbahet në duar të tjera, lart.

- Lart, ku?

- Shumë lart. Atje ku nuk të shkon mendja! – ia bëri ai i dëshpëruar. - Nuk e kuptoj fare rradaken e burrit tënd. Njoh plot njerëz që mbajnë shënime edhe kur Sekretari i Përgjithshëm flet në radio. Ai ngrihet dhe i bën karshillëk, m'u para hundës!

- Nuk kishte nevojë të merrte shënime, - i tha e motra e fyer. - Ato që po lexonte Sekretari i Përgjithshëm i kishte shkruar Zoe. Të mbante shënim atë që kishte shkruar vetë? I çmendur është ai?

Llambro e kapi nga shpatullat dhe e uli në divan duke i thënë të mblidhte veten e të mos fliste përçart. Pas asaj që kishte ndodhur dukej se ajo nuk e zotëronte më veten. Priti pak ashtu dhe pastaj i kërkoi t'ia thotë edhe një herë. E motra ia përsëriti pikë për pikë, pa e kuptuar mirë dalldinë e tij.

Ai u ngrit dhe nisi të ecë nëpër kuzhinë. Një çast doli edhe në korridor, të shihte derën e jashtme.

- Tani kjo punë zgjidhet vetëm duke vënë në dijeni shokun Sekretar të Përgjithshëm, - i tha Stefi tek e ndiqte me sy. - Dua të mësoj kur do të bëjë ndonjë miting a takim më popullin dhe aty do t'i afrohem t'i lë një letër në dorë.

- Që të na zhdukësh të gjithëve! – ia bëri i vëllai i alarmuar.

- Ti nuk bën mirë që flet kështu, - u ngrit ajo me sigurinë që i jepte besimi i sinqertë në atë që thoshte. – Ujin e turbullojnë këta poshtë, që i mbyllin zyrën me çelës. Po ta marrë vesh Sekretari i Përgjithshëm si është e vërteta, do japë urdhër të vihet menjëherë në vend nderi i Zoes. Ai nuk i lejon padrejtësi të tilla!

I vëllai i vuri dorën në sup dhe e ftoi të ulej përsëri në divan.

- Ato fjalë mos i nxirr më nga goja, – ngriti zërin që ta dëgjonte mirë. - Pas një goditjeje që ka pësuar vitin e shkuar, ai kujton se i shkruan vetë ato fjalimet që sekretarët e tij ia lënë mbi tryezë në mëngjes.

- Kush kujton ashtu?

I vëllai ngriti duart i dëshpëruar, por duhej të kalonin edhe disa çaste që Stefi të kuptonte për kë ishte fjala. E hutuar ajo shkoi të shtrëngojë rubinetin e pjatalarëses që atë çast nuk po pikonte fare dhe iu afrua përsëri të vëllait.

- Tani, - i foli ai mu në rrëzë të veshit, - të ngrihesh e t'i japësh në dorë një letër për t'i thënë se fjalimin që ka lexuar ai e ka shkruar një tjetër... Ti e kupton?

- Na paska marrë lumi, atëherë! – e ndërpreu ajo me lot në sy.

Të vëllait iu duk se ajo u mpak e zvogëlua mu aty para syve të tij. I vuri dorën në sup si për të ngushëlluar dhe iu drejtua dera së jashtme.

Stefi e vështronte nga pas, e pafuqishme që ta përcillte. Pastaj u ngrit menjëherë.

- Nuk do të hysh në dhomë të shohësh Zoen?

- Jo, - i tha ai, - një herë tjetër. Si ndihet? Nuk ka ndonjë mundësi...

- Çfarë mundësie? Që të vdesë?

- Mos më faturo gjëra që nuk i kam thënë! - u zemërua ai, - Pyeta për mundësinë që të bëhet mirë, por ama po qe se shëndeti i tij merr teposhtë, mbase heqin dorë e askush nuk kujtohet më për të. Këtë është mirë ta dish!

Iu afrua derës së jashtme dhe e hapi vetë. U sigurua se nëpër shkallë nuk lëvizte njeri dhe rrëshqiti e doli jashtë duke ecur në majë të këpucëve.

11

Në shtëpinë e Alqi Godeshit e kishin mësuar tashmë atë që kishte ndodhur me të atin e të fejuarës së tij. Madje, përpara se ta mësonte edhe ajo vetë, që ishte ende në Durrës. Në pritje si do të rridhnin ngjarjet, ia kishin mbajtur të fshehtë edhe Alqit. Lajmin e pabesueshëm e kishte dëgjuar së pari xhaxhai ambasador, Kahreman Godeshi, gjatë pushimit të një mbledhjeje në ministrinë e Punëve të Jashtme. Diplomatët ia përcillnin vesh më vesh njëri-tjetrit, herë duke tundur kokën e herë duke u vështruar ndërsjellash, me mosbesimin që një marrëzi e tillë të jetë e vërtetë. Ndonjëri edhe duke mbajtur të qeshurën. Kur u kthye në shtëpi, duke mos qenë fort i sigurt, ambasadori Godeshi i kishte telefonuar të vëllait, Hulos. Kishte një farë dyshimi dhe deshi të dijë nëse një farë Zoe Bendo ishte vërtet babai "i vajzës sonë"?

Telefonat ranë gjithandej dhe secili verifikoi ato që kishte dëgjuar, por pa e ngritur zërin, pa përmendur emra, pa dhënë asnjë gjykim. Shpresa se mos kishte edhe ndonjë tjetër që mbante të njëjtin emër, u shua shumë shpejt. Skandali kishte ndodhur në Ministrinë e Minierave dhe për pasojë aty nuk mund të ishte veç një Zoe Bendo, babai i të fejuarës së Alqit.

Andej nga fillimi i pasdites gjithçka ishte më e qartë. Pas natyrës së tij të heshtur, pas zakonit që kishte për të dhënë ndonjë mendim vetëm kur e pyesnin, pas asaj manisë për të folur me shifra, që i kuptonte vetëm ai, Zoe Bendo kishte kultivuar një ndjenjë nënvleftësimi të hapur për mendimet e atyre që vinin këmbët në fushën e tij. Por askush nuk e kishte menduar se ajo punë kishte shkuar aq larg, sa të shpërfillte edhe analizat e Sekretarit të Përgjithshëm.

Në pritje të kthjelloheshin ujërat, Godeshët menduan se do të ishte fort e papeshuar dhe me pasoja takimi i xhaxhait ambasador me vajzën e atij personi. Duhej menduar edhe për djalin. Alqi do ta kishte më të lehtë të mos shkonte fare në takimin me të fejuarën te stacioni i trenit. Do të qe më mirë kështu, se sa të detyrohej të sajonte kushedi se çfarë që të mos e sillte në tryezën e madhe ku do të mblidhej e gjithë familja Godeshi.

Darka u shtrua pa Elsën në tryezë dhe me siguri nuk do të kujtohej si më e këndshmja që kishin kaluar ndonjëherë në familjen e tyre. Gjellët dhe vodka polake Zubrovka që u shërbye atë natë, u pëlqye por andej nga fundi, mamaja e Alqit, Donika, nuk ishte ndjerë mirë. Kjo i detyroi tre motrat e saj beqare të ndërprisnin kërcimin e pogonishtes që sapo kishin nisur.

Dikush nga të pranishmit kishte dëgjuar se ndryshe nga herët e tjera kur zinte vend në fund të sallës, Zoe Bendo atë ditë ishte ulur në radhën e parë si për t'i dhënë vend sa më të dukshëm gjestit të tij të fatal. Ai që nuk i bënte hije askujt në këtë botë.

Aty Donika kishte kërkuar t'i sjellin një gotë ujë dhe qe interesuar të dinte se mos pa dashje Zoe Bendon do ta kishte zënë gjumi, kur po fliste Sekretari i Përgjithshëm. Shpresonte ende të mos qe e vërtetë ajo që kishte ndodhur. I pa të gjithë me radhë dhe i nguli sytë kunatit ambasador. Prej andej nuk erdhi asnjë shenjë që mund të linte të shpresonte për një gjë të tillë. Natyrisht, krejt e pafalshme t'ia këpusje gjumit në rrethana të tilla, por do të qe e keqja më e vogël.

- Është e pamundur, - tha edhe i shoqi, Hulo, duke i bërë shenjë të mos këmbëngulte shumë. - Sekretari i Përgjithshëm i Partisë nuk do t'i qe drejtuar dikujt që fle.

Heshtja që ra në tryezë ishte e padurueshme. Dikush kërkoi të fikej magnetofoni. Posti i xhaxhait ambasador ishte maja që i gjithë fisi kishte arritur më lart në jetë. Emri i përmendej edhe në biografitë e kushërinjve të largët. Funksioni i tij u jepte një të vetëndjerë të veçantë të gjithëve në farë e fis. Në diskutimet për çështje ndërkombëtare, ata i linin të tjerët të shprehshin si të donin dhe kufizoheshin t'i saktësonin gjërat me një ndërhyrje të shkurtër në fund. Ishte ajo që mbahej mend, që linte përshtypje për saktësinë dhe mprehtësinë e analizës. Godeshët kishin zbuluar një talent që nuk ia njihnin vetes më parë se dikush prej fisit të tyre të emërohej në postin e ambasadorit.

12

Elsa u ul në një nga tavolinat e pastiçeri Florës dhe porositi kafé me pak qumësht. I sollën kafe, qumësht nuk kishte më. Ora sapo kishte kaluar nga gjashta. Asnjë ndjesi padurimi. Nuk priste njeri. Alqi nuk do të vinte. Nuk kishte lënë takim me të, por tek pinte kafenë, vriste mendjen të kuptonte nëse kishte ardhur aty sepse kështu i kishte thënë së ëmës, pra për ta gënjyer vetëm pjesërisht, apo për arsye të tjera, të paqarta edhe për atë vetë.

Vështrimi këmbëngulës e bezdisës i banakierit midis këmbëve të saj, i kujtoi të mblidhte gjunjët e të tërhiqte pak fundin e saj disi të shkurtër.

Dikur besoi se e gjeti arsyen përse kishte ardhur aty. Ishte vendi më i përshtatshëm për t'i vënë një pikë të fundit kapitullit të jetës së saj me Alqin. Jo keq do të ishte edhe një shëtitje në një rrugë të shkretë, një udhëtim me autobus rrotull unazës së Tiranës, por kurrsesi qëndrimi në dhomën e saj, me kokën nën jorgan, duke qarë nën zë. Një pikë në fund, tha me vete, një pikë dhe do të iki tutje. Nuk mund ta gënjej më veten.

Pas natës që e kaloi duke bluar mendime nga më të trishtueshmet në errësirën e dhomës së saj, nuk dyshonte më se shkaku i mosardhjes së Alqit në takim ishte i babai i saj. Të nesërmen nuk shkoi në punë. Gjithë ditën e kaloi te koka e të atit. Kishte nevojë të ishte vetëm me të, t'i thoshte se mbase jeta e tyre nuk do të ishte më si më parë, por ajo nuk do t'i mbante kurrë mëri.

Zoe nuk i hapi sytë. Kishte marrë shumë qetësues dhe ilaçe gjumi. Ajo i vuri dorën mbi ballë dhe me zë të ulët i foli për dhembshurinë e pakufishme që kishte për të, i tha se e donte më shumë se kurrë, se çfarëdo që të ndodhte në botë ajo asnjëherë nuk do të dyshonte në ndershmërinë e tij. Nuk pati përshtypjen se ai e dëgjoi, por as se kishte folur së koti, në erë.

Pjesën tjetër të kohës e kaloi duke i fërkuar pëllëmbët dhe ballin. Frymëmarrja e tij u qetësua dhe ai u ç'tendos disi. Mbase ndihej më mirë.

Alqi u shfaq para saj vetëm tre ditë më vonë. Përsëri te stacioni i trenit, aty ku kishin lënë edhe takimin e fundit për të shkuar në pritjen e xhaxhait ambasador. I ngriti dorën nga larg.

- Nuk e dija me saktësi në ç'orë do të ktheheshe në Tiranë, - i tha ai duke iu afruar, - por kisha vendosur të pres deri edhe trenin e fundit.

Elsa ndjeu lotët t'i vijnë në sy. Deshi t'i hidhej në qafë, por nuk qe e sigurt se ishte ajo gjëja e parë që duhej të bënte. Iu duk se kishte humbur aftësinë për të patur bindje të qarta e të paluajtshme. E pa në sy dhe buzëqeshi.

Ai e ndihmoi ta ngjiste biçikletën në shkallët e betonit që të nxirrnin jashtë stacionin të trenit. Kur u ndodhën në krye të Bulevardit të Madh, ndaloi dhe i kërkoi ndjesë që vetëm atë pasdite kishte mundur të dilte nga shtëpia. Kishin kaluar ditë të vështira për shkak të një krize kardiake të mamasë.

- U tronditëm vërtet shumë, - i tha me zërin që iu drodh. - Mjekët nuk dinin çfarë të na thonin. Tezet qanin rrotull shtratit të mamasë.

Vetëm atë çast Elsës nisi t'i vërshojë nëpër damarë ndjenja mbytëse e fyerjes dhe e turpit që kishte provuar atë ditë. Nuk foli. Vazhdoi ta dëgjojë. Ashtu bëri edhe kur ai për të tretën herë i shpjegoi netët e vështira që kishte kaluar e gjithë familja. Asaj vetëm se i rritej në shpirt ndjenja e fyerjes që kishte provuar gjatë gjithë asaj mbrëmjeje kur kërkonte me këmbëngulje të bisedonte me të në telefon dhe ai nuk i përgjigjej. E kishte ende në vesh kërcitjen e telefonit që ngrihej në anën tjetër dhe ulej, sakaq pa u shqiptuar asnjë fjalë. Nuk e kishte ditur se poshtërimi ishte ndjenja që e dërrmonte më shumë njeriun.

Alqi nuk po trillonte. Kur qenë kthyer në shtëpi pas asaj mbrëmjeje të paharrueshme, Donika kishte ndjerë një dhimbje të fortë stomaku që nisi t'i ngjitej në mesin e kraharorit e deri pas qafës. Ata nuk e kishin pikasur menjëherë rrezikun, vetëm sa menduan se mund të ishte fjala për ndonjë lloj helmimi ushqimor. Megjithatë njëra nga motrat e saj u kujdes të njoftonte shërbimin e urgjencës së poliambulancës së Tiranës. Kur gjendja u keqësua, ajo ishte nën oksigjen. Kjo i kishte shpëtuar jetën. Analizat do të tregonin se deri ku shtriheshin pasojat e asaj goditjeje në zemër.

- U interesova të shiheshim të nesërmen dhe të mora në telefon në Durrës por më thanë se nuk ishe paraqitur në punë, - i tha, duke vënë edhe ai një dorë në timonin biçikletën, aty ku Elsa kishte varur çantën.

- Kisha nevojë të rri me tim atë, - ia ktheu ajo duke i lënë për pak çaste biçikletën në dorë, sa të lidhte flokët nga pas.

- Në shtëpi? – pyeti ai.

- Ku tjetër?

Ajo u kthye dhe e pa në sy. Kanë menduar se e kanë arrestuar që atë natë, tha me vete.

Alqi e kapi nga dora. Ajo u mëdysh ca, por vendosi të mos e tërheqë dorën, që ai ia shtrëngoi fort.

- Të admiroj për guximin, - i tha dhe ndaloi hapin.

- Pse? Për çfarë guximi po flet? – pyeti ai si pa kuptuar.

- Që erdhe të më takosh.

- Është normale, Elsa...

- Jam e bindur se këtë e ke bërë pa lejen e familjes.

Ai ia lëshoi dorën ngadalë.

- Nuk është fare kështu, - i tha duke u prishur në fytyrë, - Ata janë të shqetësuar, por mua askush nuk më diktoi çfarë duhet të bëj.

- Të falënderoj, por kam përshtypjen se je vonuar ca. Unë kam nevojë të mendohem.

- Për çfarë?

- Për jetën time, - i bëri ajo duke e parë në sy dhe diçka e shtynte ta puthte në faqe.

Më pas vriste mendjen për atë dëshirë të beftë. Mbase deshte ta puthte ashtu siç puthet një i vdekur për herë të fundit. E përmbajti veten. Hipi në biçikletë e iku pa e kthyer kokën. Me tej do të kujtohej se ai nuk bëri asgjë për ta ndaluar, nuk hodhi asnjë hap pas saj, nuk e pyeti nga se ku po shkonte, as se kur mund të shiheshin përsëri...

Një çift që po kërkonte një tryezë të lirë, i kujtoi se kishte ndenjur gjatë aty te kafe Flora. Kërkoi me sy kamerierin, që nuk dukej gjëkundi dhe së fundi u ngrit e shkoi te banaku të paguante. Aty ndjeu përsëri atë vështrimin këmbëngulës e gati lëpirës të banakierit, që iu afrua duke zhvendosur përpara një erë të rëndë parfumi livandoje, me të cilët berberët e qytetit i spërkatnin pa kursim klientët e tyre. I buzëqeshi me atë buzëqeshjen e sigurt të zotit të vendit dhe duke u anuar nga ajo, i tha se atë ditë ishte ai që do t'ia paguante kafenë.

- Një herë tjetër, - ia ktheu ajo, - sot nuk prisja njeri.

Aty pas banakut të tij ai mendonte se ishte në vendin e privilegjuar për të pikasur vajzat, të cilave besonte se nuk u vinin të fejuarit a të dashurit në takim dhe me kohë kishte përpunuar edhe metodën e tij të qasjes duke u propozuar t'ua paguante atë ç'ka kishin konsumuar. Me shpresë edhe se dikur do të zëvendësonte tërësisht mashkullin mungues.

Mori biçikletën e mbështetur të muri i ulët i betonit, që rrethonte tarracën verore të Florës dhe u nis drejt Bulevardit të madh, që e çante Tiranën me dysh.

Në shtëpi nuk mund të shkonte menjëherë. Ishte shumë herët. E ëma nuk ishte mësuar ta shihte të kthehej aq shpejt nga takimet me Alqin.

I kishte pëlqyer gjithnjë të shëtiste rrugëve të Tiranës me biçikletë, por ishte hera e parë që e bënte duke qarë. Nuk e ngrinte dorën të fshinte lotët. Atë ditë një gjë të tillë e merrte përsipër era. Asaj i linte vetëm atë ndjesinë e kripës së përtharë mbi buzë.

Zbriti nga biçikleta dhe mori të ecë më këmbë, midis një rreshti vilash të vjetra e plot hir të viteve tridhjetë në afërsi të Radiotelevizionit shqiptar. I kishte qëlluar të kalonte andej që kur ishte studente dhe i pëlqente të kthehej hera herës.

Shkretinë dhe qetësinë e atyre rrugëve e mori si shprehje të mirëkuptimit ndaj dhimbjes së saj. Tani që jam vetëm do ta dua më shumë veten, tha gati me zë. Do ta përkëdhel, do ta marr me të mira. Dhe ngriti dorën të fshinte lotët.

13

Për shkarkimin e Ministrit Manol Dobi nga të gjitha funksionet nuk u fol në asnjë nga mediet informative të vendit. Stefi e dëgjoi lajmin në zyrën e Arkës së kursimit ku punonte.

- Ah, vërtet? - i shpëtoi asaj, por e mblodhi shumë shpejt veten dhe u përkul mbi makinën llogaritëse.

- Vetëm ti po habitesh, - i tha duke qeshur një vajzë me emrin Vera. Ajo vetë sapo e kishte dëgjuar lajmin nga një klient i Arkës. - E pra, kishte kohë që flitej.

Vera vinte nga familjet e vjetra tiranase dhe të stepte në shikim të parë; fytyra e saj si prej porcelani i dukej mjaft e vogël në krahasim me trupin e bëshëm. Me Stefin ishte treguar gjithnjë e afërt dhe shpesh i sillte hurma nga oborri i shtëpisë së saj. Iu afrua dhe si u sigurua se nuk i dëgjonte njeri, i foli në vesh.

- Është vetëm fillimi. Presin sa të hapet ndonjë vrimë në burg, se ka shumë të tjerë në radhë.

Stefi shkoi e u mbyll në banjë dhe mbërtheu kokën me të dy duart. Kur iu duk se kishte ndenjur shumë aty, freskoi pak fytyrën dhe zgjidhi e mbërtheu më mirë lëmshin e flokëve, që kishte lidhur mbi kokë. Tek po kthehej në tavolinën e saj, Vera që i kishte dhënë lajmin, buzëqeshi dhe i shkeli syrin.

- Është vetëm fillimi, - i tha përsëri.

Stefi bëri sikur nuk e dëgjoi. Kishte frikë të ngatërrohej në biseda të tilla. Nga fjalët e atyre që hynin e dilnin në Arkë, kishte nisur të kuptonte diçka që kurrë nuk e kishte menduar më parë; kokat e njerëzve me emër ishin mjaft të kërkuara nga turma. Sa më nga lart të binin, aq më zbavitëse ishte. Shumica as që dinin gjë për ta, e shumta i kishin parë në ekranin e televizorit, por ajo që ndodhte me ato personazhe sikur i nxirrte nga monotonia e përditshmërisë së tyre, u jepte një farë gjallërie fytyrave të tyre, zakonisht pa shprehje. Lajme të tilla sikur i dëfrenin në një farë mënyrë. Por nuk është se shprehnin ndonjë urrejtje të veçantë ndaj theqafjeve të radhës. Atë që ndodhte e ndjenin thjesht si argëtimin e vetëm të ditës, si thyerje të monotonisë së saj.

Zoe nuk kishte lejuar kurrë biseda të tilla në shtëpinë e tyre. Kohët e fundit Stefi vriste mendjen të kujtonte se çfarë kishte ndjerë ajo vetë kur kishte dëgjuar për shkarkimin apo arrestimin e ndonjë funksionari të lartë. Të ministrit të mbrojtjes dhe nja tre gjeneralëve, p.sh., që i kishin pushkatuar? Po të kryetarit të Planit të Shtetit? Mbase ishte zbavitur edhe ajo? Nuk i kujtohej. Të shprehje keqardhje në publik ishte krejt e pakëshillueshme, madje e rrezikshme, por edhe që të ngriheshe e hiqje valle nuk të detyronte njeri. Kur lajmet ishin zyrtare, dhe kjo ndodhte herë pas here, ato jepeshin nëpërmjet komunikatash që lexoheshin nëpër qendra pune e shkolla. Në raste të tilla protokolli e kërkonte që të duartrokisje në fund të leximit, por rrallë herë të pranishmit kishin detyrimin të shprehnin mendimin Ishte thjesht një informacion. Megjithatë nuk mungonin kurrë ata që ngriheshin vullnetarisht dhe ulërinin solidaritetin e tyre me vendimet që ishte marrë lart. Sillnin edhe ndonjë fakt që provonte se edhe ata vetë prej kohësh kishin dyshuar për një veprimtari të tillë armiqësore...

Si llogaritare e thjeshtë, Stefi nuk kishte punë drejtpërdrejtë me klientët e arkës, por dëgjonte shpesh se sa me pasion i sillnin aty lajme të tilla. Zgjasnin qafën në sportele dhe para se të kërkonin shërbim nga Arka, rrëfenin lajmin e fundit për funksionarin e pushtetshëm që kishte rënë. Disa madje largoheshin duke harruar përse kishin ardhur dhe detyroheshin të ktheheshin përsëri më vonë. Kishte edhe nga ata që nuk ktheheshin fare dhe kjo tregonte se kishin ardhur aty vetëm për të ndarë me to lajmin që sapo kishin dëgjuar.

Ata që dëgjonin, ndjenin kënaqësinë e sigurisë se atyre kurrë nuk do t'u ndodhte një gjë e tillë. Se askënd nuk mund të rrëzosh nga një post i lartë që nuk e ka.

Një siguri të tillë e kishin ndjerë edhe Bendot në shtëpinë e tyre. Gjithçka kishte ndryshuar për shkak të asaj që u ishte dukur gjëja më e lumtur që u kishte ndodhur në jetë: transferimi i Zoes në Tiranë.

Krejt të pafuqishëm, tani do të rrinin në pritje të shihnin si do ta trajtonte ministri i ri çështjen Zoes. Prerja e menjëhershme e rrogës do të linte të kuptonte se e keqja më e madhe nuk do të vononte të vinte. Po të mos ia prisnin, kjo do të thoshte se rasti i tij ishte ende në shqyrtim, një vendim do të merrej diku lart fare, siç i kishte thënë i vëllai.

Për ditët e para të mosparaqitjes së tij në punë, kishin një raport mjekësor të dr. Kavallës, me të cilin ai shoqëronte listën e gjatë të ilaçeve. Pastaj ai nuk ishte kthyer ta vizitonte më. Kishte premtuar por nuk ishte dukur më në shtëpinë e tyre. Qe shumë shqetësuese. Druanin se kishte frikë t'u shkelte në derë sepse dinte gjëra të tjera, që nuk donte t'ua thoshte.

14

Gjatë kthimit në shtëpi, Stefit nisi t'i bëhej zakon të kalonte nga një trotuar në tjetrin, hynte nëpër dyqane në të cilat nuk kishte ndërmend të blinte asgjë dhe kthehej në mes të rrugës të shihte nëse kishte njëri nga pas. Në pamundësi të ndiqnin Zoen që tani ndryhej natë e ditë në dhomë, ajo ishte e bindur se policia ndiqte atë, me shpresën se do të zbulonin lidhje e kontaktet e të shoqit.

Ngjiti shkallët e pallatit pa bërë zhurmë, kaloi duke ecur në majë të gishtave para apartamentit të Feros së Visho Xhuvelit, priti pak të shihte mos po vinte njeri nga pas dhe u fut në shtëpi.

Era e tymit të vajgurit me të cilin punonte dushi i shtëpisë i dha të kuptojë se ndonjë nga fëmijët do të kishte ardhur para saj.

Tani fliste hapur me të dy, por ndihej më e shpenguar me Lekën, atij mund t'i shprehte frikën e dyshimet që e brenin, gjë që nuk e bënte dot me Elsën. Ajo i dukej më e brishtë dhe më e murosur në vetvete.

U fut në dhomën e gjumit dhe shkoi hapi dritaren. Ajri brenda qe bërë i rëndë. Zoe rrinte gjithnjë symbyllur. Tani bisedonin gjithnjë e më rrallë. Në më të shumtën e kohës, ai fliste me vete, por nganjëherë kthehej papritur nga ajo dhe i inatosur i kërkonte llogari përse nuk i përgjigjej. Kjo ndodhte zakonisht pas mesnate. Pastaj i sfilitur mbështeste kokën mbi gjunjë dhe rrinte ashtu, deri në mëngjes. Pa i thënë asnjë fjalë më shumë. Në të rrallë i kërkonte ndjesë.

Stefi rregulloi batanijet që kishin rrëshqitur anash shtratit, mbylli përsëri dritaren dhe doli. Në korridor, Leka i mbështjellë me një peshqir të madh, po nxitonte të futej në dhomën e tij.

- Kanë shkarkuar shokun Manol, - i tha ajo, por nuk pati përshtypjen se një gjë e tillë i bëri përshtypje të madhe të birit.

- Është lajm i vjetër ky, mama, – ia ktheu ai. – Po nuk më duket aq i keq. Se siç thua ti, sot të arrestojnë njëherë dhe pastaj nisin hetimet. Ka mundësi që pastaj pyesin edhe vetë të arrestuarit përse i kanë arrestuar.

- Këtë e thua ti dhe jo unë.

- Është tamam kështu, mama. Atyre që mbajnë poste të larta, hekurat u vihen vetëm me urdhër nga akoma më lart. Duket për shokun Manol nuk ka urdhër të tillë arrestimi. Se kur ka, arsyet nuk i dinë as vetë hetuesit, të cilët kur fillojnë hetimet, i pyesin të arrestuarit se çfarë kanë bërë. Të shpresojmë që për babanë tim dhe burrin tënd, si këshilltar i Manol Dobit, të marrin mundimin të bëjnë ca hetime më parë. Se ata, as njëri e as tjetri nuk dinë gjë.

- Nuk e marr vesh nëse tallesh apo flet seriozisht, - i tha ajo e pakënaqur me tonin ironik të të birit.

- Për shkak të tij mund të hetojnë edhe për ne të gjithë, - shtoi ai, por u pendua menjëherë kur pa si u drodh e ëma.

- Yt atë kurrë nuk është ngatërruar në punë të dyshimta.

Leka nuk e kuptoi nga i erdhi një ide e tillë. Mbase për shkak të shqetësimit e frikës që kishte ndjerë kur kishte shkuar të tërhiqte poezitë që i kishin refuzuar për botim. Redaktori Emin Frakulla i kishte kërkuar gjatë nëpër sirtarë e tij, por nuk i gjeti. Më kot rrëmoi edhe në tavolinat e kolegëve. Poezitë ishin zhdukur.

Donte të besonte vërtet se ishte fjala për një rast humbje të rëndomtë siç ndodhte nëpër dosjet e redaksive. Por u turbullua më shumë kur te shkallët e klubit të Lidhjes së shkrimtarëve ndeshi poetin Vaso Matlia, që e ftoi për një kafe. Ai i përkiste një brezi tjetër krijuesish, ishte më i madh në moshë se Leka dhe vite më parë kishte bërë emër si poet. Tani botonte gjithnjë e më rrallë.

- Do të më vinte çudi po qe se do t'i gjenin dhe botonin poezitë e tua, - i tha Vaso kur mësoi arsyen e shqetësimit të tij. - Tani janë në modë krijimet e atyre mësuesve të fshatit, që u përshtaten fort mirë jubileve festivë. Do një poezi për ditën e artilerisë kundërajrore? Po një tjetër për përvjetorin e përurimit të ambulancës së kooperativës? Ata i kanë gati, t'i sjellin menjëherë.

Leka vështroi rrotull, për t'u siguruar se askush nuk e kishte mendjen te ata, por u kujdes të mos flasë.

- Nuk është se kam gjë kundër atyre djemve simpatikë, - vazhdoi Vaso, që e vuri re sikletin e tij, - U heq kapelën. Por e keqja është se redaksitë e gazetave kanë nisur të kërkojnë nga të gjithë të njëjtin model poezie me ... klasë punëtore, klasë fshatare, klasë muti! Çdo krijimtari tjetër e shohin me dyshim.

Dukej i pikëlluar por kur u zgjat drejt tij, Leka ndjeu erën e fortë të alkoolit.

- Nuk di çfarë flas! - ia bëri, Vaso Matlia, si të kishte një brengë të madhe në shpirt. - Po tani besoj e mësove përse janë zhdukur ato vjershat e tua. Nuk i duhen kujt poezitë e vërteta sot!

Leka u ngrit e iku. Kur u gjend në rrugë, e ndjeu të nevojshme të kthente kokën nga pas, që të sigurohej se nuk e ndiqte njeri.

Megjithatë, të ëmës nuk i tregoi për fatin e poezive. Shpresonte të mos i kishin dërguar gjëkundi për një ekspertizë më të thelluar të përmbajtjes ideologjike, siç kishte dëgjuar se kishte ndodhur me poetë të tjerë që kishin përfunduar keq.

15

Stefi ruante ende siluetën e një gruaje me moshë më të re nga sa ishte në të vërtetë. Vetëm ecja i ishte bërë disi mëdyshëse, jo shumë e sigurt dhe gjithnjë e më e rëndë, sikur peshonte çdo hap. Kur u gjend poshtë pallatit të dr. Kavallës nuk i ngjiti menjëherë shkallët që të shpinin në apartamentin e tij. Eci deri te një dyqan perimesh, i hodhi kalimthi një sy vitrinës së zbrazët dhe u kthye mbrapsht. Nuk iu duk se po e ndiqte njeri.

Nuk mësohej dot me mendimin se vitet me të bukura të jetës së tyre i kishin lënë pas në atë qytezën e largët minatore. Ishte e habitshme se si i kishin harruar të gjitha vështirësitë dhe në kujtesë ruanin ndjesinë e këndshme e mos marrjes seriozisht të shkretisë që i rrethonte në atë mjedis. Kishin jetuar atje si mundën, por tani kishin përshtypjen se kishin jetuar si kishin dashur. As që e mendonin si mund të jetohej ndryshe.

Atë ditë ishte ndjerë keq deri në çastin që mori vendimin t'i shkonte doktorit në shtëpi, pastaj nuk mendoi më për asgjë, edhe pse do të trokiste në një derë ku nuk ishte e bindur se do ta mirëprisnin si edhe më parë.

I ra ziles dhe e para gjë që dëgjoi ishte vërrima e një dhie, gjë që nuk e habiti shumë. E shoqja e Teos, Meropi, u kishte treguar se ishte dhuratë e një fshatari, e një prej atyre që banonin rrotull minierës. Edhe tani pas aq vitesh ai vazhdonte të vinte deri në Tiranë, që Teo ta mjekonte për një ulçër të vjetër të stomakut. Ua kishte sjell kec të vogël fare dhe do ta thernin për festën e Vitit të Ri. Pastaj të vegjlit e shtëpisë ishin mësuar aq shumë me të, sa nuk linin njeri ta prekte me dorë. Ndërkohë ishte rritur e bërë dhi me shumë karakter dhe kërkonte të kishte të njëjtat liri dhe të drejta si edhe pjesëtarët e tjerë të familjes.

Derën ia hapi një vajzë e vogël, që priste tjetërkënd dhe mbeti gojëhapur kur e pa. Dhia, që me sa mbante mend Stefi quhej Penelopë, u duk në fund të korridorit, duke rrahur dyshemenë me thundër. Edhe ajo aspak entuziaste për ardhjen e saj. Doktorin e dëgjoi që tutje duke thënë: mos u anko Penelopë, kë ngrënë sa ke dashur! Stefi e pa vetëm kur doli nga dhoma i veshur me një xhaketë pizhamesh. Sapo pa atë nxitoi ta shtyjë dhinë në sallën e banjës dhe ftoi Stefin të hynte brenda. Dhia vazhdonte të protestonte dhe godiste derën me brirë.

Teo nuk shprehu asnjë habi. Si gjithnjë me dhembët e mëdhenj e të rregullt përjashta dhe krifën që i lëkundej anash. Ngriti duart për ta marrë Stefin në krahët e tij dhe i tha se Meropi sapo kishte dalë të bënte ca pazare. Ai ishte aty vetëm me të mbesën.

- Ke bërë shumë mirë që erdhe, - i përsëriti disa herë duke e ftuar në kuzhinë. - Unë kisha vendosur t'ju vija këtë fundjavë. Po ti bërë mirë.

Stefi u nxitua t'i thotë se u kthye aty meqë i kishte rënë rruga andej, por nuk do vonohej. Teo këmbënguli të rehatohej në divan dhe doli të shihte të mbesën. Tej derës gjysmë të hapur të kuzhinës, Stefi e pa tek iu afrua hyrjes së jashtme në fund të korridorit, ku zgjati veshin, si për të diktuar ndonjë hap të dyshimtë nëpër shkallët e pallatit. Kur u kthye në kuzhinë nisi t'i thotë se tani Zoe tani do të bënte mirë të dilte të shëtiste ca. Në ndonjë park aty afër si fillim, pastaj ta shtonte ngadalë distancën. Ishte ende i ri për t'u shkëputur nga jeta aktive...

Asaj i erdhi mirë tek e dëgjonte ashtu, por edhe mëdyshej ta besonte. Nuk arrinte ta kuptonte nëse ishte ai që tallej me ta duke krijuar një realitet tjetër apo ishte ajo dhe i shoqi që nuk kuptonin më asgjë çfarë po ndodhte me ta.

Kur u kthye në kuzhinë duke mbërthyer trikon me të cilën kishte ndërruar xhaketën e pizhameve, doktori qëndroi gjatë pa folur para saj. I madh e i zeshkët, siç ishte, ai qe kujdesur edhe të krihej ca. Ajo ndjeu të skuqet.

- Besoj se të njoh mjaftueshëm, për të kuptuar sa vuan, - shtoi ai duke i kaluar dorën te flokët e saj, që e ruanin gjithmonë një ngjyresë të kuqe flakëruese, megjithë thinjat që ishin shfaqur nëpër to.

Ajo nuk foli.

- Çfarë ka ndodhur me të? - e pyeti pastaj. – Ulet në një karrige mu përpara Sekretarit të Përgjithshëm, që po flet për probleme kapitale dhe nuk merr shënime? Duhet të jesh i çmendur të bësh një gjë të tillë. Më fal se të flas kështu.

- Për këtë kam ardhur, - i tha Stefi me ton të vendosur. - Shkruaje në letër atë që the.

Doktor Kavalla u step.

- Çfarë thashë? - pyeti pa kuptuar asgjë.- Çfarë të shkruaj?

- Që Zoe Bendo është i çmendur. Shkruaje të lutem! – iu lut ajo duke ndjerë t'i rrjedhin lotët, - në do të më shpëtosh mua dhe familjen time, të lutem shkruaje këtë që sapo the. Për hir të...

Doktori zgjati dorën ta qetësojë.

- Stefi, ti e di se sa vlen për mua, por duhet ta dish se çmenduria është një diagnozë që nuk e vendos dot unë. Duhen firmat e një komisioni specialistësh psikiatër. Kur një individ shpallet mendërisht i paaftë, shteti angazhohet t'i japë një farë pagese për gjithë jetën.

- Le ta lënë pa asnjë grosh! – nxitoi ajo duke i marrë dorën dhe vënë në faqen e saj. - Do bëjmë si do bëjmë, vetëm të mos merren me të. Të thonë se është i luajtur mëndsh dhe, do ta harrojnë!

Tek pa gruan të përlotur, vajza e vogël u afrua plot kureshtje dhe u ngjesh pas gjyshit të saj.

- Stefi, të lutem, - tha doktori, duke marrë të mbesën në krah, - nëse vërtet ndiheni kaq keq, ka plot mënyra për ta zgjidhur këtë çështje. Thuaji Zoes t'i shkruajë vetë Sekretarit të Përgjithshëm, t'i kërkojë ndjesë dhe t'i japë ndonjë arsye si ndodhi që nuk mbante shënime.

- Është e pamundur!

- Si kështu?

- E vetmja arsye ishte se atë analizë e kishte shkruar Zoe. Këtë t'i thotë? Se ai, Sekretari i përgjithshëm po lexonte analizën e tij? – pyeti ajo duke ulur zërin.

- Ah, jo! Këtë jo! – ktheu vrullshëm doktori duke shtrirë dorën e lirë përpara, si të zmbrapste fjalët e saj. - Zoe nuk ma ka shpjeguar kështu. Këtë të mos ia thotë askujt!

- E pra, Teo, kjo është e vërteta. Atë analizë e ka shkruar im shoq. Prandaj edhe nuk kishte arsye të mbante shënime.

- Këtë harrojeni sa më shpejt! – urdhëroi doktori i tronditur, - As mua nuk duhej të ma kishe thënë. I ke parasysh ata mijëra e mijëra vetë që presin të lexojnë gazetat me fjalimet e tij? E merr me mend çfarë do të ndodhë nëse dikush ngrihet e thotë se nuk është Sekretari i Përgjithshëm që i shkruan?

Doktori heshti me shqetësimin se kishte folur më shumë se sa duhej.

- Tani, - e theu pastaj atë qetësi të tendosur, - nuk ka shumë rëndësi nëse ato që thuheshin në atë takim i ka shkruar Zoe apo ai vetë. Se gjërat duhen thënë ashtu siç janë, Stefi. Edhe Sekretari i Përgjithshëm shkruan shumë. Mjafton t'u hedhësh një sy rafteve të librarive që janë plot me veprat e tij. Ndaj them se Zoe mund t'i shkruajë për ndonjë arsye shëndetësore, t'i thotë se ishte i lodhur a ku ta di unë.

Teo Kavalla uli mbesën, që nxitoi të shkojë në dhomën matanë dhe iu afrua Stefit, me fytyrë çuditërisht të çelur.

- Tani Zoe e di se në cilën anë të sallës duhet të ulet herën tjetër. Kam biseduar me të. Le ta thotë ai vetë më mirë.

Nga dhoma matanë u dëgjua zhurmë dhe doktori nxitoi të shihte ç'bëhej. Ndërsa po kthehej përsëri me vajzën e vogël në krah, papritur dera e banjës u hap dhe dhia doli si e harbuar dhe iu vërsul Stefit.

- Ah, Penelopë! - bërtiti doktori i alarmuar, kur e pa Stefin të anohej nga goditja.

E tërhoqi dhinë me forcë për ta mbyllur përsëri në banjë dhe i shqetësuar u kthye te ajo. Stefi mezi merrte frymë nga dhimbja në brinjë.

- Harrova të them, të mos uleshe aty, dreqi e mori. Është vendi i saj.

Ajo nuk e dha veten, i tha se më shumë u tremb.

- Atëherë do të vish në fund të javës? – e pyeti pastaj duke u ngritur me vështirësi.

- Po, do të vijmë, bashkë me Meropin, - e siguroi ai dhe mori në dorë një bllok recetash e nisi të shkruajë. – Gjithsesi, disa ilaçe i ke këtu në rast se më del ndonjë urgjencë në spital. Janë disa qetësues të mirë, të gjeneratës së fundit. Nuk kanë asnjë pasojë anësore.

- Teo, çfarë do të ndodhë me ne? - e pyeti ajo duke e kapur me të dy duart nga trikoja.

Ai u turbullua. Pyetja e saj, e kishte zënë në befasi.

- Asgjë, - u mundua ta sig086uronte duke kaluar mbi flokë dorën që iu drodh, - Beson ti se po të dija ndonjë gjë do ta mbaja për vete?

Stefi deshi ta besoje me gjithë shpirt se fjalët e tij ishin të sinqerta, por tek doli nga shtëpia e tij kishte bindjen se ai nuk do të shkelte kurrë në shtëpinë e tyre. As nuk nxitonte dot siç do të deshte. Goditja e dhisë në brinjë ia bënte të vështirë frymëmarrjen.

16

Pasi kishte humbur nëpër disa rrugë dytësore dhe rrugica që nuk ua dinte emrin, Leka doli përsëri në Bulevardin e Madh. U fut pa dashur në një rrugë në mesin e së cilës qëndronte një ushtar dhe u kthye duke e lënë së fundi veten të shkonte nga e çonin këmbët. Zhurmat e qytetit ishin po ato që kishte dëgjuar gjatë gjithë jetës: britma grash të padukshme që thërrisnin fëmijët e tyre që luanin në rrugë, ndërkohë që nga dritaret e hapura të kateve të ulët të pallateve dëgjonte të njëjtën folëse të Radio Tiranës, që përsëriste të njëjtin buletin informativ. Zëri i saj bëhej i padëgjueshëm vetëm në çastin kur kalonte një autobus i lodhur që tërhiqej nga një motor i vjetër diesel.

Nuk i kujtohej prej sa orësh endej nëpër qytet, por shpresonte se dikur do ta kuptonte se çfarë po ndodhte me të. Nuk i kishte pëlqyer një telefonatë e Anit që në mëngjes herët dhe aq më pak këmbëngulja që të takoheshin urgjent. Pastaj ajo i telefonoi përsëri një orë më vonë, për t'i thënë të njëjtën gjë, pra që duhej të takoheshin sa më shpejt.

Atelieja e punës ku ndodhej telefoni ishte plot tavolina teknografike pas së cilave rrinin të përkulur kolegët e tij hartografë e topografë. Nuk kishte dëshirë të fliste në prani të tyre, ndaj nuk i bëri shumë pyetje, nuk i kërkoi hollësi për çfarë kishte ngjarë. I tha vetëm se do ta priste para shtëpisë së saj. Në asnjë mënyrë, ia ktheu ajo. Atëherë, do të dilte ta priste te zyrat e Postës qendrore. Ani përsëri e kundërshtoi, sikundër të papërshtatshëm shihte takimin edhe para çadrës së Cirkut të Tiranës. Së fundi pranoi të takoheshin diku në unazën e qytetit, në një stacion autobusi midis Politeknikumit dhe stacionit të trenit.

Megjithëse tregoheshin si të pavëmendshëm ndaj bisedave të njëri-tjetrit në telefon, Leka ishte i bindur se nuk ishte tamam ashtu. Kolegët e tij nuk hiqeshin si indiferentë por dinin gjithçka ndodhte me të. Nuk ishin armiqësorë ndaj tij, madje e shihnin me një lloj shqetësimi dhe frike. Nëse ruanin ende një sjellje të shpenguar së jashtmi, kjo sepse nuk vërenin ndonjë ndryshim të sjelljes të shefes ndaj tij. Liliana dinte më shumë se të gjithë për problemet e të atit.

Ai vetë ishte gati t'u jepte ndonjë shpjegim, si rastësisht, për t'i qetësuar dhe siguruar se prania e tij midis tyre nuk paraqiste asgjë të rrezikshme. Por nuk e dinte saktësisht se çfarë. Më torturuese ishte se as ai vetë nuk e kuptonte se çfarë po ndodhte me të atin...

Anin e pa së largu tek doli nga dera e autobusit, aty ku kishin lënë të takohen. I ngjau si dikush që zbriste për herë të parë në një tokë të panjohur, të huaj. Shihte gjithandej dhe matej ku të hidhte hapin, si të vlerësonte më parë se çfarë duhej të bënte nëse e pikasnin se nuk ishte e atyre anëve.

Ai e njihte natyrën e saj gjithnjë të shqetësuar, që alarmohej edhe për gjërat më të parëndësishme. Këtë herë ishte kureshtar të mësonte se si do ta përligjte zgjedhjen e atij vendi për t'u takuar. Herën e fundit e kishte thirrur me urgjencë se dyshonte që ishte shtatzënë. Nuk ia kishin thënë mjekët, as nuk kishte vënë re ndonjë shenjë klinike. Thjesht një shoqeje të klasës së cilës i ishte dukur më e shëndoshë se zakonisht. Pastaj, po me aq ngut e thirri për t'i thënë se nuk ishte e vërtetë. Por jo më në periferi të qytetit.

Edhe ajo mundi ta shohë së fundi, por nuk tundi gishtat në ajër, siç bënte zakonisht. Po t'u besoje syve të saj plot frikë dhe hapave të ngadaltë, kujdesi i saj i parë dukej se ishte që të mos binte në ndonjë minë të kurdisur.

- Çfarë do të bëhet tani me fëmijët tanë? - pyeti ajo me zë të ulët.

Leka deshi të qeshë por nuk iu duk se ajo po bënte shaka.

- Fëmijët tanë?

- Ata që do të kemi një ditë. Si do t'i trajtojnë kur të marrin vesh se vijnë nga familje njerëzish të padëshiruar politikisht? Familjesh të prekura.

- Shto edhe me njerëz të pushkatuar, - nxitoi të thotë ai me me ironi e pak inat.

- Edhe të pushkatuar, - shtoi ajo, që për çudi nuk e vuri re fare tonin e tij.

- A nuk ma thua pak më thjesht arsyen përse na solle deri këtu?

- Ti e kujton mirë që unë nuk të fsheha asgjë për dajën tim të pushkatuar, ndërsa ti nuk më ke thënë asnjë fjalë për babanë tënd.

- Mendova se nuk ia vlente, - i tha ai duke kuptuar diçka më mirë arsyen e atij takimi aty. – As nuk e dija se qenke vënë në kërkim të thashethemeve për tim atë.

- Nuk pata nevojë të kërkoj. Flasin gjithandej për një gjest të papranueshëm të dikujt në prani të Sekretarit të Përgjithshëm. Dje ia mësova emrin në sallën e mësuesve. Ndihem e fyer. Jam e para që duhej të më kishe thënë se babai është arrestuar.

Ai e pa me frikë dhe e kapi nga dora.

- Im atë është në shtëpi, Ani. Të kanë gënjyer.

Ajo vetëm atë çast e pa drejt e në sy, por u kujdes ta tërheqë menjëherë dorën.

- I sëmurë, por është në shtëpi,- i përsëriti ai.- Ka të drejtë edhe ai të sëmuret.

- E çfarë ndryshon? - nxitoi ajo si i kaloi ai hutimi i parë e bashkë me të një lloj shprese që u shua para se të lindte.

- Ndryshon se im atë është në shtëpi dhe jo në burg. As te dera nuk kemi policë që po e presin të shërohet e pastaj ta marrin me vete.

- Kështu ndodh, - zëri i saj ishte bërë krejt i pafuqishëm, - Në fillim gjithmonë dalin fjalë arrestimin. Njeh njeri që të mos jetë arrestuar pastaj? Më thuaj një, një të vetëm?

- Më ke thirrur këtu që të më akuzosh se nuk të kam folur për një arrestim që nuk ka ndodhur?

- Më vjen të qaj për fëmijët tanë, - i tha ajo duke e kapur nga mënga për t'u zhvendosur në anë të trotuarit, - Leka, do lindim fëmijë të prekur politikisht! Biografia jonë e keqe do të jetë identiteti i tyre i vetëm. Askush nuk do të ketë dëshirë të luajë me ta në oborrin e shkollës.

Ajo nxori një shami, të cilën e mbajti një copë herë të hapur para vetes, si të lexonte në të, pastaj fshiu sytë e skuqur dhe hundët që i kullonin.

- Kjo është qesharake, shumë qesharake! Më ke nxjerrë këtu për të vajtuar për fatin e ca fëmijëve që nuk ekzistojnë.

Por tamam ndërsa fliste ashtu i shkoi në mendje se mos Ani ishte shtatzënë. Kishte dëgjuar për rastet e delireve, të gjendjeve të dyta që shkaktonte shtatzënia te disa gra.

- Ani, më thuaj çfarë ka ndodhur që të di çfarë të përgjigjem.

- Ka ndodhur që ndihem e huaj edhe për kopsat e fustanit tim.

- Po unë, unë çfarë mund të bëj për ty, me këtë rast?

- Ti? Kujdesu për veten tënde dhe ma lërë mua këtë punë në dorë.

Ajo nisi të tundë çantën para vetes si një vajzë shkolle. Dikur, u largua pa e përshëndetur. Eci një copë herë dhe u kthye përsëri drejt tij.

- Të kam sjellë ca bukë, - i tha duke i zgjatur një pako që nxori nga çanta.

I kaloi dorën nëpër flokë duke u munduar t'i buzëqeshë dhe iku drejt stacionit të autobusit.

Para se të hipte në autobus, trokiti te dera e hapur. Me sa shihej nga larg, i kërkoi leje shoferit të futej brenda.

Leka futi në xhep duart që i dridheshin. Nuk deshi të kthehej përsëri në zyrë. Ndihej shumë i dëshpëruar. Kishte nevojë urgjente ta mendonte gjithçka në qetësi, me shpresë se do kuptonte më mirë se çfarë po ndodhte. Mbase do të kishte bërë mirë t'ia thoshte vetë Anit atë historinë e të atit. Duke e dëgjuar nga të tjerët ajo ishte turbulluar keq. Por ai nuk arrinte të kuptonte atë vuajtjen e saj absurde për fëmijë të prekur politikisht që nuk ekzistonin as në embrion.

"I prekur" qe term i një lloj zhargoni gjysmë zyrtar. Ai e kishte dëgjuar që në fëmijëri. Ashtu cilësohej një person në rrethin familjar të cilit kishte individë të shpallur si kundërshtarë politikë të regjimit, të persekutuar, internuar, dënuar a pushkatuar. Si të tillë, ishte e pa rekomanduar të shoqëroheshe me ta, se mund të infektonin me idetë e tyre politike. Ishte si një paradhomë e shpalljes armik.

Në shkollën fillore, kishte dëgjuar prindërit e këshillonin të mos afrohej me një djalë për të cilin thuhej se ishte i "i prekur". Figurën e tij të vogël, me pantallona të shkurtra e me pallto të madhe deri në fund të këmbëve, e shihte ende të mbledhur kruspull në bankën e fundit të klasës, pastaj në fund të oborrit të shkollës, kur bënin pushimin e madh. Ishte i biri i kryeinxhinierit të minierës. Sapo u arrestua i ati, atij nuk i afrohej asnjë shok klase, deri sa një ditë nuk e panë më në shkollë.

Gjithnjë duke u endur rrugëve, nisi të përfytyrojë fëmijë, të cilëve nuk ua shquante mirë tiparet, fëmijë me mushkri kavernoze, të gërryer dhe kalbur nga bacili i tuberkulozit. Ani i shtrëngonte në gji, duke ikur rrugëve si e handakosur. Ai e shihte nga larg dhe ndjeu t'i përzihet, lëngjet e stomakut i ngjiteshin deri lart dhe i vinte për të vjellë. Nuk deshi të kthehej në shtëpi, as të ulej gjëkundi. Të paktën jo në afërsi të Lanës. Mbi të kutërbonte erë e qelbur dhe gjethet e fundit të plepave anash saj, i dukeshin si rrecka të ndotura njerëzish të prekur që i kishte marrë era.

Në të dalë në njërës nga rrugët në afërsi të Gardës së Republikës, pa të motrën që po i afrohej me biçikletën.

- Nuk do të kisha ndaluar, po të mos të shihja duke folur me vete, - i tha ajo, duke e parë me dhembshuri në sy.

- Ndjen gjë një erë të keqe? - e pyeti ai.

- Jo, pse?

- Kot, se si m'u duk. Alqi si mbahet?

- Shumë mirë. Më pyet gjithnjë për ty.

- Mbase një ditë gjejmë pak kohë e ulemi për ndonjë gotë bashkë.

- Kur të duash. Edhe unë shpresoj të njihem më mirë me Anin.

- Pse jo?

- Shkëlqyer fare, atëherë! Paçim.

- Paçim.

U ndanë duke u kujdesur të mos e shohin në sy njëri-tjetrin.

17

Zoe u ngrit ngadalë nga shtrati. Qëndroi më këmbë deri sa iu largua një marramendje e lehtë dhe u çapit te dritarja. Arrestimet bëheshin ndaj të gdhirë. Poshtë në rrugë nuk dukej ende ndonjë makinë e policisë. Kishte kohë të bëhej gati, pa u ngutur. E kishte bezdi ta ngucnin.

Tek e dëgjoi të fliste me vete, Stefi hapi sytë dhe zgjati dorën nga abazhuri. Mund i kotë. Dritat ende nuk kishin ardhur. Iu afrua komosë me duart e ndera përpara dhe ndezi një gjysmë qiriu që kishte mbetur aty i patretur.

Netët pa gjumë e kishin lodhur. I shoqi gjithë kohës jepte e merrte me njerëz që vetëm ai i shihte. Zoe u shpjegonte cili ishte, çfarë kishte bërë në jetë, mbi të gjitha çfarë nuk kishte bërë. Pastaj ulte zërin dhe u thoshte se ishte mirë ta dinin se i kishte frikë torturat. Dukej se ata nuk e kuptonin. Atëherë, ai e fillonte gjithçka nga e para dhe këmbëngulte në atë se i kishte frikë torturat. Nëse deshën të dinin gjësendi, le të pyesnin.

Ajo kthehej hera herës nga ai dhe i lutej të flinte se ashtu linte edhe atë pa gjumë. Zoe gati nuk e kuptonte se për çfarë i fliste. Ndjente të ftohtë dhe i thoshte se ishte i sigurt se ajo i kishte futur nën jastëk një pulë të ngrirë. Pastaj kthehej dhe i kërkonte ndjesë për të tilla akuza që ajo nuk i meritonte.

Stefi nxorri një kostum nga rafti.

- Jo atë, - i tha ai duke zgjatur kokën ta shihte më mirë. - Të vjetrin.

- Mirë. Edhe unë ashtu them. Medaljet po t'i fus në xhep. Le të jenë aty.

- Jo, nuk i dua.

Ajo i kaloi një furçë përsipër kostumit të vjetër të të shoqit dhe nisi të merrej me një torbë, ku futi ndërresat e lara që do merrte me vete. Shkoi në banjë ku mori një gjysmë sapuni dhe makinën e rrojës dhe i futi edhe ato në torbë.

- Po një shall? – pyeti. - Mëngjeseve bën ftohtë.

- Jo, - i tha ai, - nuk ta lënë shallin në burg.

- As atyre që do të shpallen të pafajshëm?

- As atyre. Kanë frikë se varemi me to.

Stefi e pa shallin me frikë dhe e hodhi menjëherë në anë të raftit. Në kuzhinë ndezi një qiri tjetër dhe mori të përgatiste kafenë, por herë-herë kthehej dhe e shihte se ç'bënte. Nuk i pëlqente kur i afrohej shumë dritares. Kishte frikë se mos hidhej.

Zoe zgjatej të sigurohej se makina që do ta merrte nuk kishte mbërritur ende. Do të kishte kohë të pinte kafenë pa u ngutur. Kur të dëgjonte hapat e tyre, do të hapte derën dhe do t'i priste në korridor. Stefi mbase do të hutohej dhe kishte rrezik t'i ftonte në kuzhinë për ndonjë kafe. Ai, nga ana e tij, do t'u kërkonte të mos bërtisnin kur t'i komunikonin urdhër arrestin. Donte të ikte pa u ndjerë, pa e marrë vesh njeri. Por mbi të gjitha pa e ngucur, pa e shtyrë nga pas. Vërtet e kishte bezdi ta shtynin e ta ngucnin.

Mundësia tjetër ishte që me të dëgjuar hapat e tyre, të dilte dhe t'i priste në sheshpushimin e shkallës. E dinte se Stefi nuk do të pranonte. Kishte frikë se fqinja e tyre, Feroja e Visho Xhuvelit do të dilte edhe ajo te dera dhe do të priste. Ulur në karrige mbase, që ta shihte me nge kur t'i vinin hekurat dhe ta tërhiqnin poshtë shkallëve.

Ditët e para ai lutej që ata të vinin sa më herët, kur fëmijët të mos ishin zgjuar ende, të mos shihnin asgjë. Pastaj e gjitha kjo i qe dukur e kotë. Do të ishte më mirë që ta shihnin. Përderisa është një gjë që ndodh në këtë jetë, përse të mos e shihnin? Nuk do të jetonin në një botë të ndryshme nga e tija.

Kur e pa të afrohej te dera e kuzhinës me torbën në dorë, Stefi u drodh. Por nuk e dha veten, nuk tha asgjë. Kurrë nuk kishte menduar se një ditë do ta shihte të shoqin me një trastë në dorë, i gatshëm që ta shpinin në burg.

- Është vetëm punë ditësh, - i tha duke i vënë filxhanin përpara, - do ta mësojnë cili je dhe do të lirojnë menjëherë. Nuk do të lënë te dera e burgut. Do të sjellin po me makinën e tyre. Pastaj them të marrim ca ditë pushime e të ikim gjëkundi. Si thua ti?

Zoe nuk foli. Nuk donte ta shqetësonte me ato që mendonte vetë. Tani ishte i bindur se edhe vetë Manol Dobin po e sakrifikonin thjesht që të mos e bënin të njohur arsyen e vërtetë të arrestimit të tij. Kishin sajuar një grup sabotatorësh me në krye ish ministrin dhe si anëtar të atij grupi pastaj do të përfshinin edhe atë. Askush nuk do ta merrte vesh cila ishte arsyeja e vërtetë. Ajo puna e shënimeve nuk do të përmendej kurrë. E trishtonte e gjitha kjo. I kishte shkaktuar aq dhimbje edhe Manol Dobit e familjes së tij. Ishte ai që e kishte sjellë në Tiranë. Me sa dukej, për të keqen e vetes.

- Po fëmijëve çfarë t'u them? - e pyeti e shoqja .

- Asgjë. Nuk ka nevojë t'u thuash gjë.

- Po të më pyesin?

- Nuk do të të pyesin.

Uli filxhanin e kafesë në tryezë dhe me torbën në dorë, doli në korridor. Stefi fshiu sytë tinëz dhe i shtroi me dorë jakën e xhaketës, siç bënte çdo mëngjes. Hera herës shihte kthehej të shihte te vrima e çelësit duke uruar që fqinja e saj e parehatshme të vazhdonte të flinte edhe ca.

Ishte me sytë aty kur dëgjoi disa hapa, por nuk vinin nga poshtë. Me siguri ai nëpunësi i Stacionit të trenit që shkonte në radhën e qumështit. Shishet bosh tingëllonin si me inat në trastën e tij.

Zoe shpresonte të mos priste shumë pas derës. Ajo shkoi e mori një karrige të kuzhinës dhe ia solli në korridor. Ai la torbën në dysheme dhe u lëshua mbi karrige. Dritat erdhën krejt papritur dhe macja se nga doli dhe shkoi e u ul pranë tij.

Vetëm atë çast Stefi vërejti se ai ishte ende me pantoflat e tij të vjetra. Shkoi të marrë menjëherë këpucët dhe u ul t'ia veshë. Zoes i mbetën sytë te thinjat që po i shtoheshin gjithnjë e më shumë dhe futi gishtat në to. Stefi mbaroi se lidhuri këpucët por nuk e ngriti kokën.

- Është vetëm punë ditësh, nuk do të mbajnë shumë, - foli përsëri. - Unë do të ulem këtu në karrige dhe do të pres. Mos i bjer ziles. Me të dëgjuar hapat e tua, do ngrihem të hap derën. Do të pushosh ca dhe pastaj do të dalim të shëtisim, që të na shohin të gjithë.

Kaloi kurrizin e dorës mbi fytyrë dhe me zor u ngrit në këmbë.

Ankthi i pritjes ishte sfilitës. Por në thellësi të tyre ruanin pak shpresë se mbase nuk do të ndodhte asgjë, të paktën nuk do të vinin ta merrnin atë ditë. Edhe pse nuk e dinin se çfarë do të ndryshonte kjo.

- Nuk do të harrosh t'u flasësh për atë partizanen e plagosur, që fjeti një javë në shtëpinë e babait në fshat, - i tha ajo duk i vënë dorën në sup. - Gjynah që nuk ia kemi adresën t'i kishim kërkuar një dëshmi. Kur të kthehesh do të vihemi ta kërkojmë, se nuk i dihet.

- Harroje, - i tha ai. - Kam dëgjuar se e kanë pushkatuar të vetët më pas. U ngjit shumë lart pas lufte dhe pastaj e pushkatuan.

Ajo e vështroi e frikësuar. Nga ana e familjes së saj nuk dinte të kishin bërë ndonjë gjë të madhe. Vetëm një herë i ati i kishte treguar se kishte ngjitur një thes me miell për partizanët në mal.

Kur deshi t'ia kujtojë Zoes një gjë të tillë, u dëgjua zhurmë hapash. U panë në sy, me një shprehje të thellë dëshpërimi dhe pafuqie.

Ai kishte një copë herë që donte të shkonte të urinonte, por tani nuk kishte më kohë, vetëm i bëri shenjë së shoqes të mos qëndronte midis tij dhe derës së jashtme. Kaloi dorën nëpër gjoks, të shtronte jakën veref të xhaketës së tij të vjetër dhe hapi derën e apartamentit.

Në sheshpushimin midis dy kateve pa dy të panjohur që ngjiteshin duke vështruar rrotull. Asnjëri prej tyre nuk ishte me uniformë policie, as armë nuk kishin në dorë.

- Florian, miku ka dalë të na presë, - foli ai më i riu prej tyre, duke treguar Zoen.

Ai që quhej Florian, një burrë te të dyzetat, i veshur me kostum bezhë, me flokë të verdhë dhe shtat të ngjeshur, vazhdoi të ngjisë shkallët duke vështruar me këmbëngulje Zoen.

- Nuk është ky, - tha kur u ndodh m'u para tij, pa harruar të hedhë sytë edhe në hapësirën e portës gjysmë të hapur ku Stefi po qëndronte si një shtatore balte e plasaritur nga zjarri.

Megjithatë, të dy të panjohurit qëndruan pak çaste para atij burri me pamje të çuditshme. U tërhoqi vëmendjen edhe torba që shtrëngonte në dorë, por së fundi i kthyen kurrizin dhe shkuan e trokitën në portën përballë.

Në derë u shfaq menjherë Feroja e Visho Xhuvelit. Aq shpejt sa askush nuk dyshoi se ajo kishte qenë duke vëzhguar pas vrimës së çelësit.

- Duam Visho Xhuvelin, - foli ai që quhej Florian.

Plaka Fero nuk i dëgjoi mirë dhe ngriti mjekrën në drejtim të Zoes. Pas saj u shfaq i biri, drejtori i Rezervave të Shtetit.

- Visho Xhuveli? - pyeti ai më i riu?

- Po, shoku Visho Xhuveli, - buzëqeshi ai dhe tundi kokën për t'i siguruar se nuk kishin gabuar.

- Do të vish me ne, - i tha Floriani.

- Tani, menjëherë! - shtoi ai më i riu.

Visho Xhuveli u prish në fytyrë, por e ruante gjithnjë dinjitetin e funksionit të tij të lartë.

- Ka ndonjë urgjencë? - pyeti me gjysmë zëri, - Ja të vishem.

- Nuk ka nevojë, - i tha Floriani dhe e tërhoqi nga krahu.

- E di Partia që po më merrni djalin, kështu me pizhame? – klithi Feroja, që u kthjellua vetëm kur pa si po e tërhiqnin të birin përposhtë shkallëve.

Gruaja e Visho Xhuvelit u dha te dera, duke çjerrë faqet. Krejt e hutuar vrapoi pas të shoqit me republikën e tij në dorë dhe pa vënë re se ai ishte me pantallonat e pizhameve.

Floriani ia mori nga dora kapelën dhe pa ditur ç'të bënte me të, e hodhi nëpër shkallë.

Zoe u fut brenda, duke ndjerë në kurriz vështrimin e shkalafitur të fqinjës së tij të moshuar, që dyshonte se ata policët e veshur me rroba civile kishin bërë një gabim të hatashëm. Ai as ktheu kokën ta shohë. Mbylli derën pas vetes dhe u lëshua në karrigen që ishte ende në korridor. Stefi po qëndronte ende me kurriz ngjitur pas murit. Dukej sikur kishte harruar të merrte frymë.

- Ç'i thua ti, kësaj? - e pyeti dikur të shoqin.

- Tani e di se ai që do të vijë të më marrë quhet Florian, - iu përgjigj Zoe.

U ngrit duke i lënë qesen në dorë dhe nxitoi të shkojë në banjë.

Nga jashtë vinin copëza klithmash e ulërimash të dy grave të shtëpisë së fqinjit të tyre, i cili kishte kohë që nuk u fliste nëpër shkallë.

18

Në selinë e Lidhjes së Shkrimtarëve në Tiranë, ku ndodhej edhe redaksia e gazetës letrare "Drita", poeti Vaso Matlia ishte gjithnjë i gatshëm t'u ngrinte dorën nga larg të gjithë atyre që nuk gjenin njeri tjetër që mund t'i ftonte në tryezë. Tani alkoolizohej diçka më pak se më parë, por asnjëherë më shumë se sa e lejonin honorarët që merrte nga botimi i poezive të tij, madje edhe hesapet i bënte sipas numrit të vargjeve. Çmimi i një teke rakie ishte i barabartë me pagesën që merrte për dy vargje që botonte, ai i një racioni djathi të bardhë me një varg të vetëm, konjaku kushtonte sa tre vargje. Pjesa tjetër e asortimenteve që shërbeheshin aty nuk i interesonte. Banakierja, Bali, ia njihte zakonin dhe e dinte se ai kurrë nuk do të kërkonte një dopio raki, por katër vargje raki.

Diku, rreth orës njëmbëdhjetë aty bënte një kalim të shpejtë edhe Ismail Kadareja. Atij ishte e vështirë t'i afroheshe, gjithnjë qe i rrethuar nga një vetmi siderale që e mbronte nga të panjohurit e rastit. Kryetarit të Lidhjes, Dritëro Agollit ishte e vështirë t'i afroheshe për arsye të tjera. Gjithnjë do të qe i rrethuar nga një turmë pasuesish entuziastë, kryesisht alergjikë e armiqësorë ndaj Kadaresë. Në çdo çast të ditës a të natës ata ishin në numër më të shumtë se karriget rrotull tryezës së tij.

Edhe redaktorët e gazetës "Drita" mund t'i gjeje shpesh në kafenë e Lidhjes. Kur paraqisje diçka për të botuar, qe e rekomanduar t'u shkoje lart në zyrë dhe t'i ftoje për të pirë gjësendi në klub. Aty mund t'u bëje një paraqitje të shkurtër krijimeve që mbaje ende në xhep. Interesi ishte se në një mjedis disi më të shlirë ata të flisnin për planet e afërta të botimit në gazetë dhe madje të njoftonin pak a shumë me saktësi muajin kur parashikohej botimi i krijimtarisë tënde. Por gjithnjë pa dhënë shumë siguri. Në shtyp kishte përparësi të papritura.

Kur fitoje ca besimin e tyre, mund të merrje vesh diçka edhe nga luftërat e klaneve të brendshme në aparatin e Lidhjes, ndërkohë që në kushte normale kjo qe fusha e investigimeve të Vaso Matlisë dhe i disa miqve të tij të afërt.

Leka kishte patur rast të botonte ndonjë cikël krijimesh në shtypin për të rinj të Tiranës. Te «Drita" kishte botuar vetëm poezi të veçanta, në faqet e rralla që u kushtoheshin krijimtarisë së të rinjve. Nuk ishin pritur keq. Një kritik, edhe ai debutuant dhe i sapo transferuar nga Vlora, ku thuhej se kishte shitur frigoriferin e shtëpisë për t'i shtruar një darkë kryesisë së Lidhjes, e shihte Lekën në radhën e parë të atyre që premtonin në fushën e poezisë.

Mos botimi i ciklit të fundit që kishte paraqitur në gazetë dhe pastaj humbja për fare e tij, si rregull i jepte të drejtën të paraqiste një cikël tjetër. Kjo i vinte për së mbari. Kishte nevojë ta shihte emrin e tij në faqet e gazetës. Qe një mënyrë për të treguar se ekzistonte ende. Të gjithë e dinin se e drejta e botimit në gazetë ishte një farë dëshmie publike se nuk rrezikoje asgjë. Të paktën hëpërhë. Jo kushdo e kishte një mundësi të tillë. Gazetat dhe Shtëpia botuese ishin mjaft të kujdesshme në verifikimin e emrave të autorëve që botonin. Listën e atyre që nuk e kishin një të drejtë të tillë kujdeseshin ta përditësonin rregullisht pranë instancave të mirinformuara.

Ani nuk u përgjigjej më telefonatave të tij, por botimi i poezive ishte dëshmia zyrtare që Leka, ndryshe nga sa mund të mendonte ajo, nuk përndiqej. Nuk ishte i prekur politikisht, i kishte mushkëritë të pastra, pra, pa asnjë vatër infeksioni. Brenda atij cikli ai kishte ruajtur edhe një befasi, një vjershë në vargjet e së cilës Ani do të kuptonte sa e rëndësishme ishte për të.

Redaktori i faqes së poezisë, Emin Frakulla, e shihte me vërejtje përtej syzeve të tij me xhama që dukeshin të pa fshirë prej kohësh, si për të gjykuar së pari ciklin e poezive nga pamja e jashtme e autorit të tyre. Pastaj sa herë kishte dëshirë të gjerbte kafenë e tij, zgjaste dorën në syprinën e tryezës dhe kërkonte të gjente ku e kishte lënë filxhanin, pa i hequr sytë nga teksti që lexonte. Lekës i dukej enigmatik, e kishte të vështirë të depërtonte në mendimet e tij. Kishte dëgjuar se kishte shije të holla dhe fshehurazi lexonte Sharl Bodlerin, por kur ishte fjala për të botuar në gazetën ku punonte, kishte kërkesa të tjera. Një poeti të ri, që kishte paraqitur për botim një poezi dashurie midis dy të rinjve që u njohën në një rrugicë të kalasë së Beratit, ai i kishte rekomanduar ta vendoste idilin e tyre në sfondin e një qyteti tjetër. Në Gjirokastër për shembull. Berati nuk ishte qytet fort i rekomandueshëm. Gjatë një plenumi partie aty ishte krijuar një fraksion politik i rrezikshëm që kishte sulmuar egërsisht Sekretarin e Përgjithshëm, pa harruar pastaj edhe një betejë të rëndësishme që heroi Kombëtar Gjergj Kastrioti kishte humbur te portat e atij qyteti.

Lekës nuk iu duk indiferent ndaj krijimeve të tij, veçanërisht për nja dy poezi me temën e rinisë punëtore. Vjershën që i drejtohej Anit e lexoi duke vënë pak buzën në gaz, por nuk tha gjë. Ishte ajo që Leka ëndërronte ta shihte të botuar një ditë.

Flitej se nëse në fund të bisedës Emin Frakulla shkonte te banaku dhe e paguante vetë kafenë që sapo kishte pirë, atëherë, pavarësisht se çfarë të thoshte për krijimtarinë tënde, ajo nuk do të botohej kurrë. Përkundrazi, po qe se pranonte t'ia paguaje ti, kjo qe një shenjë e mirë. Poezitë e tua do të shfaqeshin shumë shpejt në faqet e gazetës. Dhe atë ditë Emin Frakulla la Lekën t'i paguante kafenë.

Kjo e solli në humor të mirë atë. Kur po dilte nga klubi, Vaso Matlia e kapi nga xhaketa dhe e ftoi të pinin një gotë bashkë. I biri sapo kishte përfunduar studimet për ekonomi dhe priste ta emëronin në një Institut studimesh ekonomike. Ka qenë student i shkëlqyer, i tha dhe pasi pa rrotull i pështpëriti në vesh se së shpejti si Sekretar i Lidhjes, për sektorin e Letërsisë do të emërohej një shok i Komitetit Qendror.

Leka u step.

- Po fryn erë e ftohtë, - ia bëri Vaso Matlia me vështrim të pikëlluar, që kinse Leka bëri sikur nuk e kuptoi. Kjo e solli menjëherë në vete Matlinë, që nxitoi të bënte korrigjimin e rastit, duke shtuar se nuk e kuptonte pse e linin gjithnjë hapur derën e Klubit të Lidhjes.

Leka u ngrit dhe e mbylli vetëm për t'i treguar se atë punën e erës së ftohët e kishte marrë në kuptimin e parë.

- Të pashë që i le ca letra në dorë Eminit, - i tha Vaso Matlia. - Me siguri një cikël vjershash të bukura?

Leka qeshi.

- Nuk e di, - i tha.

- Më bëhet qejfi, sinqerisht, - vazhdoi ai, - Ka kohë që të rinjtë e kryeqytetit lexojnë vetëm faqet e poezive të përkthyera. Kanë të drejtë. Që t'i kthejnë sytë nga poezia shqipe, duhet të shkruajnë djem si ti, që nuk kaloni kohën duke u rënë culeve e çiftelive.

- Vaso, po filloj të skuqem, - ia bëri ai gjithnjë duke qeshur

- Unë e di për çfarë flas, - vazhdoi tjetri gjithë entuziazëm, - Ta kam thënë njëherë. Ti nuk je nga ata provincialët e pacipë që i qethin e përdredhin vargjet e tyre si t'ua dojë kalendari i festave zyrtare.

Leka deshi të ngrihej.

Vaso pa majtas e djathtas dhe vazhdoi me zë më të ulët:

- I mbushin vjershat edhe me kaçurrelat e mjelësve të lopëve dhe të prashitëseve të zarzavateve edhe pse e dinë mirë se ato janë të detyruara të vjedhin ca presh të kooperativës dhe t'i fusin nëpër pantallonat e lidhura në fund të këmbëve që të ushqejnë kalamajtë. Ti shkruan nga këto?

Leka nuk deshi ta shtyjë më tej atë bisedë dhe u ngrit. Në krye të poezive që kishte lënë në duart e Emin Frakullës, ishte edhe një vjershë që fliste për rininë e kantiereve të ndërtimit. Diku nëpër të përshkruhej edhe silueta e një punëtori që me një bisk të njomë trëndafili në dorë ngjitej mbi një skelë të lartë, për t'ia dhuruar një vajze saldatore. E merrte me mënd se si do shpërbëhej fytyra e Vaso Matlisë para një banaliteti të tillë, por kur të zbriste pak më poshtë do të gjente një poezi tjetër. Atë që i kishte kushtuar Anit. Atëherë do ta kuptonte se vjersha e parë ishte taksa doganore për t'i hapur portën asaj tjetrës.

Një taksë ca e lartë, por besonte se ia vlente.

19

Afrimi i pasditeve po bëhej gjithnjë e më i mundimshëm për Elsën. Gati i ngjallte ankth. Që t'ia kursente vetes sfilitjen e pyetjeve të së ëmës, vazhdonte rregullisht të dilte, sipas ritmeve të takimeve të mëparshme me Alqin. Endej me biçikletë rrugëve të Tiranës, shpesh pa ditur ku shkonte. Këtë e bënte vetëm për të. Stefi kishte nevojë të besonte se ata takoheshin rregullisht, si më parë. Fejesa e së bijës ishte filli i fundit ku e gjithë familja mbahej buzë greminës. Derisa Godeshët, që kishin lidhjet e tyre edhe në strukturat e larta të shtetit, pranonin që Elsa të hynte rregullisht te ata, kjo për mamanë ishte shenjë se nuk kishin humbur gjithçka, se pas frikës e pasigurisë së ditëve të para, ata do të mund ta nxirrnin përsëri kokën mbi ujë.

Ajo shqetësohej që nuk merrte më të fala nga mamaja e Alqit, të cilës nuk ia kursente kurrë të sajat, por këtë e shihte më fort si harresë të së bijës për të shpënë e kthyer në kohë përshëndetjet e të dy familjeve.

Me t'u gjendur në rrugë mbi biçikletën e saj kineze, ajo përpiqej të harronte gjithçka. Mbi të gjitha të harronte se kishte dalë vetëm e vetëm që e ëma të besonte se ishte gjithnjë e fejuar me Alqin dhe ishte nisur ta takonte në atë orë të ditës kur ishin takuar gjithnjë. Ishte e vetmja mënyrë që ajo të besonte se në jetën e saj nuk kishte ndodhur asgjë e keqe. Se ai nuk e kishte ndarë për shkak të të atit.

Tani nuk i mbetej veçse të endej së koti. Qarkullimi i automobilave në rrugët e Tiranës ishte mjaft i rrallë dhe rreziku i ndonjë aksidenti ishte i paktë. Vetëm se aty, në mes të rrugës me biçikletë, ndihej fort e ekspozuar në sytë e kalimtarëve, si të ishte në një arenë cirku. Në çdo orë të ditës, trotuaret ishin plot me njerëz, që tek shihnin një grua të re në biçikletë, ia ngulnin sytë midis gjunjëve sikur më së fundi t'u ishte shfaqur objekti i dëshiruar. Gjallëroheshin menjëherë, ndiheshin të eksituar dhe dilnin si me magji nga bezdia me të cilën përshkonin itinerarin e përditshëm, ku nuk ndodhte asgjë.

Për femrat, të paktën për shumicën e tyre, kjo nënkuptonte se duhej të pedalonin duke e mbajtur njërën dorë midis gjunjëve, në përpjekje që të mos linin fustanin të ngrihej në erë e të zbulohej ndonjë centimetër katror i tepërt i lëkurës midis këmbëve, aty ku ajo fillonte e zbardhej dhe bëhej më turbulluese. Edhe pse kjo përkujdesje nganjëherë vinte në rrezik drejtpeshimin e tyre mbi dy rrotat e biçikletës. Ndonjërën e zinte frika si të qe në një ëndërr të keqe dhe ulte sytë të bindej se nuk kishte dalë krejt lakuriq.

Kishte edhe nga ato që nuk merakoseshin shumë për fustanin që u ngrihej lart, por ishin të paktë ata që e interpretonin këtë si shprehje të moskokëçarjes së tyre ndaj vështrimeve lubrikë që seksualizonin gjithçka, të refuzimit ndaj atij mjedisi të etur e të frustruar mashkullor, që dukej sikur i përdhunonte me sy në mes të qytetit.

E megjithatë, mesazhi se të mbuluara apo me këmbët në erë, ishin ato që zotëronin trupin e tyre, se nuk kishin pse i jepnin llogari kujt, aq më pak kalimtarëve anonimë të rrugës së madhe, rrallë arrinte deri te trotuari.

Në një fund pasditeje të tillë, ndërsa po zbriste poshtë rrugës së Elbasanit, Elsës iu bë se vështrimi i kalimtarëve ishte mjaft këmbëngulës mbi të, si kurrë më parë. Vetëm, në çifte apo grupe ata ndalonin dhe e ndiqnin me sy. E pra, ajo ngiste qetësisht një biçikletë kineze, ç'ka ishte gjëja më të zakonshme nëpër rrugët e Tiranës. U ndie nervoze. I dukeshin vështrime tallëse, edhe pse nuk drejtoheshin gjithnjë te gjunjët e saj të zbuluara. Kishte që ndalonin duke vënë dorën para gojës nga habia. Ajo pati përshtypjen se vraponte lakuriq midis tyre.

Dy djem që kishin qëndruar te dera e një ëmbëltoreje, kërcyen në biçikletat e tyre në trotuar dhe u vunë ta ndjekin. Vetëm kur mori kthesën në unazën e qytetit e skandalizuar vuri re se pas saj ishte rreshtuar një kolonë e gjatë djemsh me biçikleta. Kishte diçka qesharake ai rreshtim në njështkolonë pas saj. Një vajzë me flokë të kuq në erë, në krye të një detashmenti djemsh mbi biçikleta!

Ajo nuk njihte asnjërin prej tyre dhe kjo e frikësoi. Duhej të ishin nga ata që mërziteshin duke ngrënë fara kungulli e pështyrë në trotuar dhe kishin gjetur diçka tjetër për t'u zbavitur. Për kalimtarët, gjithë ajo lukuni urbane kishte një arsye që i ishin qepur asaj nga pas. Mjafton të shihje fustanin që i ngrihej në erë.

Kur kthente kokën, djemtë pushonin së qeshuri dhe vështronin majtas e djathtas si për të lënë të kuptonin se nuk kishin asgjë me të, se po ngisnin biçikletën në qejf të tyre. Nëse ajo kishte zgjedhur të rrinte në krye të kolonës, kjo ishte puna e saj.

Elsa mendoi një herë ta marrë me humor dhe në një rast tjetër ashtu do të kishte bërë, por atë ditë shakaja e djemve nuk i pëlqente. Donte të ishte vetëm, të mos i tërhiqte vëmendjen askujt, mundësisht të kalonte si një hije rrëzë një muri.

U përpoq t'u ikte duke u kthyer te një rrugicë pa shumë qarkullim, por edhe aty djemtë vazhduan ta ndjekin. Atëherë ndaloi me njërën këmbë në trotuar. Të njëjtën gjë bënë edhe ata. Ndaluan pas saj, përgjatë trotuarit, duke bërë kinse se ishin në punë të tyre. Prisnin të nisej ajo që t'i qepeshin përsëri si një bisht i gjatë balone.

Elsa mori biçikletën përdore dhe vazhdoi rrugën e saj lart, në trotuar. Djemtë nuk e prisnin një gjë të tillë. Hodhën ca fjalë që ajo nuk arriti t'i kuptojë dhe ikën. Mbase për të gjetur dhe bërë qesharake një tjetër.

Ajo mori frymë e lehtësuar, por kur deshi të zbresë në trotuar, ndjeu dikë që e kapi nga krahu.

Ishte një burrë në moshë të re, veshur me pantallona të zeza, këmishë të bardhë e jelek mëndafshi po të zi. Fytyra e tij nuk ishte fare e panjohur për Elsën por nuk iu kujtua menjëherë ku e kishte parë. Në të vërtetë edhe nuk deshi fare të vrasë mendjen. Nuk i pëlqeu mënyra si ai po e mbante prej krahu, si një i njohur i vjetër.

- Me siguri do t'i kemi fshirë hundët njëri-tjetrit, kur kemi qenë në kopësht - i tha me inat, kur ai nuk po ia lironte krahun, - se nuk di ndonjë arsye tjetër që t'ju lejojë të më kapni kështu.

- Ah, nuk kam faj, - ia ktheu tjetri, - ngela me dorën në ajër, por nuk më vure re.

- Jam e detyruar të vë re çfarë bëni ju me dorën tuaj? – e pyeti ajo po me të njëjtin ton.

- Gabim. Pardon, motre! Vetëm se desha të pyes pse nuk vjen më te Flora. Se po pres ta pimë një kafe bashkë. Kaq. Respekte!

Ajo u kujtua se kishte përpara banakierin e kafe Florës. Me sa dukej çdo ditë shkonte e ulej në karrigen rrotulluese të berberit të tij, sepse edhe atë ditë kundërmonte i gjithi erë të fortë parfumi livandoje.

- Kam dikë me të cilin mund të pi kafe, - i tha pastaj duke u përpjekur të shkëputet prej tij. - Deri sa më mban mend kaq mirë, ti duhet të dish këtë, apo jo?

- Nuk është se dua të flas keq për atë "dikë- në" që thua ti. Kam shokë të përbashkët me Alqin, unë. Dhe po ta them se nuk flitet ashtu si flet ai për ty.

- Alqi flet me ty për mua?

- Jo me mua, se unë nuk ia lejoj të flasë keq për ty. Por po të duash ti, mund t'ia them nja dy fjalë ashtu si di unë. Respekte!

- Faleminderit, mos u mundo. Shih punën tënde.

- Dëgjo, ai nuk e thotë tamam se ajo puna e babait tënd, i rrezikon karrierën pas atij kursit të diplomacisë, por njerëzit nuk janë syleshë.

Ja pra, që kujtove se kishe para vetes në shejtan-budalla, mendoi ajo. Ai e dinte mirë çfarë do t'i thoshte kur i kishte dalë përpara. I linte të kuptonte se kishte dijeni për një problem në biografinë e saj dhe për çdo rast, i jepte edhe një zgjidhje, e cila nuk mund të kalonte përveçse përmes atij vetë.

- Duket se te ai banaku yt te Flora, kryqëzohen të gjitha nalet urbane të informacionit, i tha me një përpjekje të fundit të çlirohej prej tij.

- Klientët kanë qejf të na i tregojnë të gjitha, - i tha ai gjithnjë duke i buzëqeshur në mënyrë joshëse - Ti je gocë për së mbëri dhe nuk e meriton sjelljen e atij trapit. Prandaj të ndalova këtu në rrugë, por mund të shkojmë të bisedojmë edhe në shtëpinë time. Nuk ftoj njerëz në shtëpi, por për ty kam shumë respekt.

Ai iu qas më shumë, pa ia ndarë sytë. Elsa përpiqej të kuptonte çfarë po ndodhte. Ftesa e banakierit që sapo kishte dalë nga berberi, bëri t'i dukej vetja si një copë mishi. Për më tepër, ai i linte të kuptonte se po bënte një sakrificë deri sa i afrohej një vajze me probleme në biografi, të cilës i ishte larguar edhe i fejuari i saj.

- Pse në shtëpinë tënde dhe të mos dalim rrugëve bashkë?

- Ku të duash, edhe lart nga kodrat e liqenit, po deshe ti. Ka vende të mira andej.

- Jo në ndonjë bodrum, pa drita?

- Çfarë?

- D.m.th ti nuk ke frikë se po të pa njeri me mua humbet atë postin tënd të lartë pas banakut të Kafe Florës?

- Shkojmë ku të të pëlqejë ty, po të them. Ku ta ketë qejfi ty! - ai u nervozua, nuk ndihej më aq i sigurt sa në fillim dhe futi dorën midis kofshëve që të kruhej.

- Meqë po më flet kaq hapur, dhe unë po të përgjigjem po ashtu: të lutem mos më dil më para në rrugë.

- Çfarë?! - bërtiti ai, – Ma thuaj edhe një herë?

Ajo tërhoqi krahun.

- Bibë! Nuk të pëlqen klasa punëtore ty? Mos e ke ndryshe nga të tjerat? – bërtiti ai, duke parë nga kalimtarët që nuk po kuptonin asgjë. - Po nuk ke faj ti! Deri sa të mbajnë këtu e nuk të internojnë në ndonjë kënetë!

Ajo iku duke e ndjerë fytyrën t'i përvëlonte nga frika e turpi.

- Punë laviresh! – vazhdonte të bërtiste ai duke parë kalimtarët që ndalonin. - Shko e gjej të tjerë, se me mua nuk të ecën!

Elsa nxitonte, pa e ditur se për ku. Nata sapo binte në Tiranë dhe për të ishte ende herët të kthehej në shtëpi.

20

- Mbylle atë muzikë! - i kërkoi Leka së ëmës.

Stefi po lante enët dhe nuk e dëgjoi mirë.

- Të ul volumin e radios? - pyeti të birin, që sapo ishte ulur të hante.

Kënga që po transmetohej fliste për një brigadë minatorësh që hynin në minierë të sulmonin me entuziazëm shkëmbin, një këngë si qindra të tjera, që gjithnjë e kishin dëgjuar pa e patur mendjen.

- Mbylle fare! - bërtiti ai.

Ajo qëndroi më këmbë para tij. Nuk i erdhi mirë nga toni i të birit.

- Ke ndryshuar shumë, - tha e shqetësuar.

- Po ti, që ul zërin kur flet, ti nuk ke ndryshuar ?

- Kam ndryshuar edhe unë, atëherë. Kjo të shtyn të më flasësh kështu?

Ai heshti një copë herë të gjatë.

- Nuk e kisha me ty, - i tha së fundi.

Kënga që po vinte nga radioja e kishte turbulluar sepse i solli ndërmend ciklin e poezive të tij që do të botoheshin të dielën e ardhshme. Deri atë çast kishte kujtuar se ishte fjala për një kompromis të arsyeshëm, midis ca vargjeve skematikë e të angazhuar dhe të tjerave më intime, më personale. Llogari që e bënin të gjithë, por teksti i këngës që po dëgjonte ia kishte nxjerrë në një dritë të fortë poshtërimin e kompromisit të tij. Me shëmtinë e të tjerëve jemi më të pamëshirshëm se me tonën, mendoi. Kurrë nuk duhej t'i kishte dërguar ato vargje për botim. Kishe ishte mjaftuar një këngë banale e Radios që t'i zbulonte marrëzinë që kishte bërë. As poezia për Anin nuk e përligjte përpjekjen për të kaluar kufijtë e censurës.

Në vargjet e tij, nëse botoheshin, lexuesit nuk do të shihnin gjë tjetër veç imoralitetit të llogarive të autorit.

Ishte ditë e martë dhe mbase nuk ishte shumë vonë të shkonte e t'i tërhiqte në redaksinë e "Dritës". Kishte dëgjuar se atë ditë në shtypshkronjë dërgohej për radhitje një pjesë e lëndës së numrit që do të dilte të dielën e ardhshme.

Shtyu mënjanë pjatën dhe u ngrit.

E ëma e ndoqi në korridor.

- Çfarë ndodhi? - e pyeti, me zë të ulët.

- Asgjë, - i tha ai, - kam nevojë të dal.

- Ti jashtë ishe deri tani...

Ai zbriti me shpejtësi shkallët, duke shpresuar se do të gjente ndonjë redaktor te zyrat e gazetës. Kishte nga ata që pëlqenin të punonin darkave, kur në redaksi kishte më pak hyrje e dalje. Po qe se vjershat e tij i kishin dërguar të derdheshin në plumb, nuk do të ngurronte të shkonte edhe në shtypshkronjë të merrte dorëshkrimin e tij. Dhe nuk do të shkruante më. Poezitë më të mira i kishte lexuar nëpër fletoret e shokëve e shoqeve të klasës dhe asnjëherë nëpër gazeta. Nuk e kishte fort të qartë përse vitet e fundit i kishte lindur ideja t'i dërgonte të vetat për botim.

Kur mbërriti në fund të një rrugice që të nxirrte përballë redaksisë së gazetës "Drita", iu desh të ngadalësojë hapin. Nuk e priste të shihte të motrën duke ngarë biçikletën. Deshi t'i thërrasë, por Elsa tashmë ishte larg. I kishte thënë se në darkë do të shkonte në teatër me Alqin për të ndjekur një pjesë të Bertot Brehtit. E pra, ishte ora kur ajo duhej të ndodhej në sallën e teatrit.

Ndjeu t'i dridheshin duart. Iu duk se kuptoi diçka tjetër. E motra nuk kishte dalë nga shtëpia për të shkuar në teatër. Madje as që të takohej fare me Alqin. Me siguri nuk shihej më me të. Leka as që guxonte ta përfytyronte se si do ta prisnin në familje një lajm të tillë.

Redaksia ndodhej në anën tjetër të trotuarit dhe në dritaret e saj kishte dritë.

Iu afrua shkallëve të hyrjes, por nuk shkoi më tej. Duhej të mendohej edhe një herë. Nëse dalja e atyre poezive në gazetë nuk do t'i vlente shumë emrit të tij si poet, madje do ta paraqiste në mënyrë disi qesharake, për Anin dhe familjarët e tij puna shtrohej ndryshe. Dihej se për t'i nxjerrë dikujt emrin në gazetë, redaksia merrte miratim te ato që quheshin "organet kompetente", që dinin çdo gjë që kishte ndodhur e që madje do të ndodhte në jetën e çdo shtetasi.

Emri dhe mbiemri i tij poshtë atij cikli poezish do të ishte shenjë se diku ishte vendosur t'i linin të qetë, t'i harronin. I ati nuk do të fliste më gjithë natën me vete dhe e ëma nuk do të hidhej të vinte veshin te dera sapo të dëgjonte hapa nëpër shkallë.

Bëri prapa ktheu dhe doli në rrugë. Por nuk do të kthehej menjëherë në shtëpi. Kishte nevojë të ecte rrugëve fillikat.

21

Para se të dilte nga shtëpia, Stefi kujdesej të vendoste gazeta të vjetra midis shisheve të qumështit. Trokëllima e tyre ndihej shumë më pak. Megjithëse kishin zhurmën e tyre nëpër këmbë, shumë vetë kthenin kokën sapo dëgjonin shishet e të tjerëve. Ndihej më mirë kur kalonte pa u vënë re. Ata që e njihnin, nuk qenë të detyruar të bënin sikur nuk e shihnin, edhe pse t'ia kursyer vetes të tilla rrethana, ajo përpiqej t'i shihte së largu dhe ndërronte rrugë.

Ndërsa nxitonte të kthehej në shtëpi, e kënaqur që kishte gjetur qumësht, Stefi fërgëlloi e gjitha kur pa një kamion ushtarak para hyrjes së pallatit. Pak më vonë i vinte turp kur e kujtonte, por atë çast, e para gjë që i erdhi ndërmend ishte që të hidhte shishet tej e të ikte me vrap. Vetëm një çast i vogël frike ishte, e ngushëllonte veten më pas. Në të vërtetë pati frikë edhe të ngadalësonte hapin, por edhe të nxitonte nuk donte. I dukej se çdo ndryshim, sado i vogël i sjelljes së saj do të tërhiqte vëmendjen e kureshtarëve, do i shtynte të kthenin kokën nga ajo dhe të bërtisnin: ja tek është!

Në anë të kamionit qëndronte një polic. Në të vërtetë priste që polici ta pyeste si quhej, që të sigurohej se ishte ajo vetë, para se ta urdhëronte të ngjitej në kamion, ku do të gjente edhe fëmijët dhe Zoen. Por ai nuk i tha asgjë. E vështroi mirë tek i kaloi përpara dhe i nuk foli. As asaj dhe as atij ish nëpunësit të stacionit të trenit, që ajo pa të vinte ngadalë pas saj. Edhe ai me dy shishe qumështi në trastë.

Mori të ngjisë shkallët me frikën se mos polici kujtohej me vonesë për të. Asgjë e tillë. Nxitoi hapat të mbyllej sa më parë në apartamentin e saj dhe nuk e priste që të ndeshte në dy të panjohur që zbrisnin shkallët të ngarkuar me karrige dhe thasë me plaçka. Nuk e dinte çfarë kishte brenda atyre thasëve, por atyre karrigeve ua nguli sytë mirë. Nuk ishin të sajat. E ndjeu përsëri frymën t'i shkonte deri thellë mushkërive dhe vazhdoi të ngjisë shkallët. Nuk donte të dinte kë po nxirrnin nga shtëpia në atë orë të mëngjesit, kë po internonin. I mjaftonte që nuk ishin njerëzit e saj.

Pa mbërritur në sheshpushimin e katit të saj, pa profesorin e mjekësisë ligjore, që sapo doli nga apartamenti i tij. Ishte trupmadh dhe nuk e kthente kohën asnjëherë, sikur njerëzit i interesonin vetëm kur i shihte të shtrirë në tryezën e tij të diseksionit prej llamarine të paoksidueshme dhe me vrima në fund për të kulluar lëngjet e trupit. Ja që për herë të parë atë ditë, ai vështronte gjithandej, sikur kërkonte rreth vetes. Madje i drejtoi Stefit një vështrim pyetës e gati të trembur, për të mësuar se çfarë po ndodhte, por nuk foli. Ngriti përsëri kokën e iku. Gjithnjë me ngurtësinë e tij kadavrike, por pa atë sigurinë e herëve të shkuara.

Ishte e qara e mbytur e një gruaje që ia preu gjunjët Stefit. Një çast më vonë, u detyrua të ngjeshej pas murit, që të linte të kalonte gruan e drejtorit të Rezervave të shtetit, të cilin e kishin arrestuar ditë më parë. Dy policë, edhe pse nuk e shtynin, e kishin vënë përpara dhe nuk i linin asnjë mundësi tjetër lëvizjeje përveçse të zbriste teposhtë shkallëve. Ajo mbante në krahë vajzën e saj të vogël që flinte ende dhe i ktheu sytë e përlotur nga Stefi. Si për të kërkuar prej saj t'i shpjegonte se çfarë po u ndodhte. Stefi uli kokën e skuqur nga pafuqia dhe pafytyrësia që ndjeu. Pastaj iu desh të mblidhte të gjitha fuqitë që të ngjiste edhe ato pak shkallë që i kishin mbetur.

Dy ditë më parë nga Vera, që ishte një agjenci e vërtetë lajmesh jozyrtare, kishte mësuar arsyet e arrestimin të drejtorit të Rezervave të shtetit. Në një mbledhje qeverie, ai kishte kërkuar fonde për shtimin e rezervave të grurit, që ishin prekur shumë kohët e fundit. Kjo kishte shkaktuar zemërimin e papërmbajtur të shefave të tij që e kishin akuzuar për miop politik, që nuk arrinte të kuptonte ato që në zhargonin zyrtar quheshin "vështirësitë e rritjes". Vërtet që ka shumë gjëra që nuk i kuptoj, i kishte thënë ai një kolegu pas mbledhjes, nuk e kuptoj si për shembull problemi i vendeve të tjera është që nuk arrijnë të konsumojnë atë që prodhojnë dhe ne nuk arrijmë të prodhojmë atë që kemi nevojë të konsumojmë...Arrestimi i tij kishte ardhur vetëm dy ditë më pas.

Nëpunësi i stacionit të trenit, të cilit deri atë çast Stefi i kishte dëgjuar vetëm frymëmarrjen e rëndë, ndaloi para fqinjës që shoqërohej nga policë që qante me fëmijë në krah. Ajo nuk kishte nga kalonte dhe një polic i bëri shenjë atij të hapte rrugën. Ai priti të mbushej me frymë, i lodhur por me vështrim të qetë e të paqmë. Kur u ndie më mirë, i zgjati dy shishe me qumësht gruas së ish Drejtorit të rezervave të shtetit.

- Ja, shishet e tua, - i tha, duke e parë në sy, - ja edhe kusuri yt.

- Ej, ti xhaxho, – u nxeh polici, – do ikësh tani me gjithë ato shishet e tua?

- Nuk janë të miat, shoku polic – iu kthye ai me zë të ulët e me vështrimin krejt të e qetë.

Stefi, e tronditur u shty përsëri anash murit dhe la të kalojë edhe ish nëpunësin e stacionit të trenit. Ai i ngjiste shkallët me vështirësi, por me shumë dinjitet. Në duar mbante vetëm një kapele republikë të vjetruar dhe trastën bosh. Ajo ishte e sigurtë se ai i kishte dhënë shishet e tij.

Para se të fuste çelësin në bravën e apartamentit Stefit iu desh të bëhet përsëri dëshmitare e një skene tjetër të pabesueshme. Feroja e Visho Xhuvelit ishte mbërthyer fort pas kafazit të derës së saj e nuk lëvizte vendit. Turbani i zi i kishte rënë mbi sy dhe nga goja nxirrte vetëm ca pasthirrma që të kujtonin një grua që shtërzonte.

- Sqarimet do t'i japin atje ku do të shkosh! - i thoshte me zë të vendosur polici që e shtynte nga pas.

Ajo nuk pranonte t'i shkulte duart nga dera.

- Jo! Do të pres këtu Sekretarin e Përgjithshëm. - bërtiti ajo, - Atje lart uji rrjedh i kulluar. Jeni ju poshtë që e turbulloni!

Atë çast u dukën ata dy burrat, që sapo kishin zbritur karriget dhe thasët me plaçka. Mbërthyen Feron nga krahët dhe morën ta zbresin duke e mbajtur peshë. Ajo lëshoi një si vikamë të mbytur, që menjëherë mori trajtën një vaji të hidhur, të thellë. Nga pas i varej një cep i trikos së madhe prej leshi në ngjyrë të murrmë, që nuk kishte mundur ta vishte siç duhej.

Nga kati i sipërm, nisi të zbresë shkallët me shpejtësi, si zakonisht, profesori i fizkulturës. Me të parë atë skenë, ai u kthye mbrapsht. Po me të njëjtën shpejtësi iu ngjit shkallëve që sapo kishte zbritur.

Me duart që me zor i urdhëroheshin, Stefi hapi së fundi derën e shtëpisë dhe nxitoi te rafti i ushqimeve. Nxori një qese me miell dhe deshi të zbresë menjëherë poshtë t'ua jepte fqinjave të saj. Me të dalë në krye të shkallëve, ndjeu frikë. I vinte keq për to, por nuk guxoi të zbresë shkallët.

U kthye në kuzhinë dhe nisi të qajë.

Fëmijëve vendosi të mos u tregojë asgjë. As edhe se ajo nuk kishte guxuar t'u jepte atyre dy grave një qese miell.

22

Kur dëgjoi dikë ta thërrasë me emër, Leka kuptoi se deri atë çast kishte qenë duke folur me veten. Nuk besonte se lëvizte buzët e bënte gjeste të dukshme, që mund t'u tërhiqnin vëmendjen kalimtarëve, por nuk kishte dyshim se po fliste me vete. E ndjeu këtë sepse zëri që dëgjoi ia preu brutalisht dialogun që po bënte me veten, një dialog, përmbajtja e të cilit iu avullua menjëherë nga kujtesa. I kishte lënë veç një gjendjeje të tendosur dhe pak dhimbje nofullash e koke.

Vaso Matlia po vinte nga trotuari tjetër duke tundur dorën në ajër. Ja, pikërisht këtë njeri nuk desha ta takoj, tha me vete. Edhe në klubin e Lidhjes së Shkrimtarëve nuk kishte shkuar që të shmangte takimin me të. Zakonisht të nesërmen e botimit në gazetë, autorët e rinj gjenin gjithnjë kohë të kalonin aty për të marrë përshtypjet e kolegëve. Mbi të gjitha, urimet e tyre. E pra, cikli i poezive të tij kishte dalë në faqet e gazetës "Drita", veçse poezia, që kishte shpresuar ta afronte me Anin, nuk ishte aty. Të gjitha të tjerat ishin, vetëm ajo mungonte. E kishin hequr pa i thënë gjë.

- Çfarë ka ndodhur me ty? - e pyeti Vaso, duke e kapur nga shpatullat. - I kuptoj poetët e atyre fshatrave të largët kur shkruajnë çfarë t'u kërkojë kalendari i festave me shpresë se do t'i sjellin me punë në Tiranë, por ty nuk të kuptoj. Hiç fare. Çfarë ke dashur të thuash me ato horrore që pashë në gazetë?

- Asgjë.

- Jo, kjo nuk shkon. Më thuaj ndonjë gjë tjetër.

Vaso dukej vërtet i zhgënjyer, duart i mbante të ngritura para vetes, sikur kishte vendosur t'i ulte vetëm pasi ai t'i jepte një shpjegim bindës. Por një shpjegim të tillë Leka nuk kishte ndërmend t'ia jepte.

- Vaso, a të vjen keq të më lësh të qetë?

- Nuk të kuptova?

- M'u hiq sysh e më lër të qetë!- bërtiti.

Çfarëdo shpjegimesh që t'i jepte atij, ajo që do të mbetej përjetë në faqet e gazetës ishin ca vargëzime idiote që mbanin emrin e tij.

Vaso u skuq, por ajo buzëqeshja e zorshme ende nuk ishte arratisur nga fytyra me hundë të hollë dhe lëkurë gati transparente.

- Futemi diku për një kafe? – e pyeti si të mos i besonte vetes për ato që kishte dëgjuar. - E shoh që nuk ndjehesh mirë. Bëra gabim që t'i përmenda. Eja ulemi diku. Nuk e di në ta kam thënë, por tim bir ma kanë emëruar në një fshat majë malit, në kufi. Është kokëkrisur dhe kam frikë se do të bëjë ndonjë marrëzi e do na marrë në qafë të gjithëve. Kam frikë se do të arratiset...

Leka i ktheu krahët e iku.

23

Kur pa një pastruese rrugësh që la punën dhe po e vështronte si me qesëndi, ai kuptoi se përsëri se po fliste me vete. Këtë radhë mbase me zë të lartë.

Nuk e dinte nëse ajo gjendje kishte ndonjë histori të vjetër në personin e tij apo në kishte filluar vetëm ca ditë më parë, tek nisi të shante nëpër dhëmbë kur Ani nuk pranoi t'i dilte në telefon. Pati formuar të paktën katër herë numrin e telefonit të saj dhe e ëma as kërkoi të dinte në kishte ndonjë porosi për të bijën.

U mbyll në dhomë duke bluar me veten dhe doli veç të nesërmen në mëngjes, kur u nis drejt e te Shkolla e Kuqe, ku Ani bënte stazhin e mësuesisë.

Kishte mbërritur para kohe, por nuk iu desh të priste shumë. E pa që larg, me atë trikon e lehtë gjithnjë të pa mbërthyer përpara, mbi të cilën kishte kaluar rripin e hollë të çantës që mbante shtrënguar përpara vetes. Në vend të fustanit të saj me ngjyra vjeshte, kishte një palë pantallona ngjyrë kafe, me një vijë të hollë të bardhë, që i derdheshin hijshëm në këmbët e saj të gjata. Iu duk se ajo ngriti dorën nga larg dhe i buzëqeshi, gjë që e habiti pak. Atë buzëqeshje ajo e ruajti edhe kur po i afrohej atij, një buzëqeshje vërtet plot dritë, që iu duk pak e shpërpjesëtuar tek kujtoi ndarjen e tyre të fundit dhe heshtjen e pashpjegueshme të atyre ditëve.

- Ti, - i tha ajo, duke i venë gishtin mbi hundë, - ti mbase vazhdon të mendosh se kemi arsye të jemi të dëshpëruar. Kështu apo jo?

- Nuk e di, - i tha ai i habitur.

- Ja, pra, - vazhdoi ajo si të mos e kishte dëgjuar fare, - po të them se gabohesh. Ti gabohesh!

Ai mendoi se botimi i atij ciklit të sakatuar të poezive të tij, kishte patur si pasojë përmirësimin e gjendjes së saj shpirtërore, i kishte larguar atë frikën e thellë të persekutimit dhe delirin e fëmijëve të prekur. Me një baba që i del emri në gazetë, ata nuk mund të ishin as të kërcënuar e as të prekur.

- E lexove ciklin e poezive të mia? – e pyeti.

- Për çfarë po flet? Leka im i vogël, nuk kam nevojë të shoh emrin tënd në gazetë që të kem besim se gjithçka do të shkojë mirë për ne të dy. Ato që më interesojnë për jetën time unë i mësoj nga burime të sigurta.

- Nuk po të kuptoj.

- Nuk është e rëndësishme të më kuptosh. Të paktën jo menjëherë, - ajo iu afrua dhe vazhdoi t'i flasë në vesh. - Një ditë do t'i shpjegoj të gjitha, vetëm më lërë kohë.

Ani i fliste atij dhe ndërkohë përshëndeste nxënësit e saj që i thërrisnin nga larg "mirëmëngjesi zysh Ani". U buzëqeshte e lumtur dhe ndonjërit i përkëdhelte faqet, një tjetri i rregullonte jakën e bardhë të përparëses, madje dikujt i fshiu hundën me shaminë e saj. Në një rast u shkëput prej tij dhe shkoi e përshëndeti edhe një kolege, e cila e pyeti nëse ai ishte prindi i ndonjë nxënësi.

- Jo, ia ktheu ajo, këtë djalin simpatik e kam zgjedhur si prindin e fëmijës tim të ardhshëm.

Ai kurrë nuk e kishte parë Anin në një paqe e lumturi të tillë me veten dhe botën. I ngjalli pak shqetësim. Në çantën e saj të pambyllur mirë iu duk se pa një kuti të vogla ilaçesh me emra barbiturikësh, disa prej të cilëve kishte kohë që i shihte edhe mbi komodinën e të atit.

- Ki besim, - i tha ajo duke ulur zërin. - Por të lutem mos eja më këtu. Do të të thërras unë. Atë ditë gjithçka do të jetë ndryshe. Krejt ndryshe.

Ajo i buzëqeshi dhe iku duke ecur plot lezet e duke tundur pak këllqet, tek mbante nga dora një nxënëse të vogël që e kishte pritur duke qëndruar midis atyre të dyve, pa ua ndarë sytë.

Ai mori autobusin të kthehej në punë. Ndihej mjaft i shqetësuar nga ai gazmendi i ëmbël e i sikletshëm i Anit. Që ta harronte, vështronte me ngulm midis një miriade grimcash pluhuri që ngriheshin nga dyshemeja e autobusit për t'u bërë të dukshme sapo hynin në fashën e rrezeve të diellit që përshkonin xhamat e tij të pisët.

Kur po hapte derën e zyrës pa Lilianën që po vinte nga atelieja e topografëve me disa fletë skicash hartografike në dorë.

- Leka, - i tha, - pashë ato poezitë e tua në gazetë të dielën që shkoi.

Ai hapi derën por nuk hyri menjëherë brenda.

- Të pëlqyen? - e pyeti sa për të thënë diçka

- Hiç fare! - i tha ajo duke qeshur.

- As mua, - ia ktheu, ai, - veçse duhet të dish se në atë cikël kishte edhe dedikim të veçantë, që nuk e botuan. Tepër personale, më thanë.

- Ah! E cila është ajo fatlumja që i drejtohej?

Ai e vështroi me ngulm në sy.

- Je gati ta mësosh?

Ajo lëshoi një klithmë habie.

- Shpresoj se nuk ke luajtur mendsh akoma. — i tha duke ngritur dorën nga ai si të kërkonte ta ndalonte të fliste, - Kur të pashë nga larg që flisje me vete, thashë se kjo ka ndodhur.

- Ke të drejtë,- ia bëri ai, - para vetes ke një të marrë.

Ajo tundte kokën e nuk reshte së qeshuri, sa ishte e pamundur të hapte derën e zyrës.

- Gjithsesi ma sill të lexoj dorëshkrimin, - i tha. - Vetëm më siguro se destinacioni i saj nuk është ndryshuar në minutën e fundit.

- Jo, - ia bëri ai dhe u habit me veten që nuk ndjeu të skuqet.

24

Nëpunësi i shërbimit në hyrje të ministrisë, nuk e vuri re fare kur ai i kaloi përpara. Zoes nuk i kishte pëlqyer kjo dhe kishte dalë përsëri jashtë institucionit. Qe kthyer duke ecur ngadalë para sportelit, madje kishte kthyer edhe kokën, por ai as që i kishte ngritur sytë nga gazeta. Që nga ai çast Zoe kishte ndjerë frikë se praninë e tij nuk e pikaste më askush. Se ishte bërë i padukshëm.

Një ndjenjë e tillë iu përforcua nëpër shkallë kur dikush që zbriste me shpejtësi u përplas me të dhe iku tutje pa i kërkuar ndjesë. Kështu ndodhi edhe lart, në korridorin e madh ku ishin zyrat kryesore të ministrisë. Kolegët e tij i kalonin pranë pa i folur por edhe pa asnjë grimasë rrethanore që të tregonte se e kishin vënë re. Gjithnjë do t'i kishin sytë mbi ndonjë shkresë apo duke biseduar me njëri-tjetrin. Ai nuk dinte ç'të bënte, duhej t'i përshëndeste apo jo. Dikur vendosi t'i flasë një anëtari të Kolegjiumit të Ministrisë, me të cilin njiheshin mirë, por ai vetëm se nxori një laps nga xhepi dhe mbajti shënim në një fije letër. Nuk e kuptoi nëse shënoi përshëndetjen e tij apo diçka tjetër që i erdhi në mendje atë çast.

Derës së zyrës së tij ia kishin ndërruar bravën. U shqetësua shumë dhe shkoi te sekretarja e ministrit. Edhe ajo ishte ndërruar. Një vajzë tjetër, e panjohur për të, ishte përkulur mbi një ibrik çaji që ziente mbi një plitkë elektrike në anë të parvazit të dritares dhe kruante prapanicën pa e vënë re se dera e zyrës ishte hapur.

Doli përsëri në korridor. Një turmë nëpunësish që mizëronin kryq e tërthor tij, nxituan të mbyllen nëpër zyra, duke shtyrë njëri-tjetrin. As shenja më e vogël se i kishin parë. Ndjeu atë nevojën e pafrenueshme të trokiste katër herë mureve të korridorit të ministrisë, siç bënte në kokën e shtratit të tij. E hutuar pastruesja, që ishte shfaqur në fund të shkallëve, lëvizte pa reshtur fshesën nga të dy anët, si të ishte duke lundruar në një kanal. Trokitjen e tij në mur e kuptoi si shenjë të një mallkimi ekstrem, të një falli të keq për të.

- Kam punuar ndershmërish! - bërtiti Zoe me ashk e mllef sa i kërcitën protezat e dhëmbëve në gojë. Deshi të shtojë edhe diçka tjetër për medaljet që kishte marrë në saje të punës së tij, por nuk dinte kujt t'i drejtohej më. Korridori i lyer me bojë vaji deri në lartësinë e një shtati njeriu, ishte krejt i zbrazët. Edhe pastruesja u mbyll në banjë dhe tërhoqi derën pas vetes.

Vendosi të zbresë në lokalin e kafesë. Jo vetëm aty, por në të gjitha institucionet e larta, lokale të tilla i gjeje në katin e tyre të nëndheshëm. Si për t'i mbajtur fshehur, si diçka e trashëguar nga kohë të tjera, bashkë me ndërtesën ku gjendej institucioni. Që nga larg ndjeu erën e tymit të duhanit, që nuk e kishte duruar asnjëherë, por që atë ditë nuk e shqetësoi fare.

Nga larg dëgjoi mërmërima e copa bisedash, gjë që ia ngrohu zemrën, i kujtoi kohën kur ai lokal ishte aq familjar për të. Shtyu derën dhe përshëndeti, pa iu drejtuar askujt. Nuk iu përgjigj njeri, përveç një llogaritari që u zu në befasi dhe, kur i ra në të se kujt i kishte folur, ngriu në vend. Zoe i buzëqeshi. Më në fund kishte në dorë provën se lëngata e atyre ditëve nuk e kishte shndërruar në të padukshëm. U drejtua nga tavolina e tij. Llogaritarin e zuri një kollë e fortë që e shtyu të dalë jashtë, duke e lënë fare të paprekur kafenë.

Zoe e ndoqi i merakosur me sy. Kur nuk e pa të kthehej, vazhdoi të ecë deri te banaku. Në të shërbente një grua e re që mbase edhe ajo do të quhej Bali, sikundër kishte përshtypjen që quheshin të gjitha gratë që shërbenin në kafenetë e institucioneve. Një farë kohe priti në radhë me sytë te makina e ekspresit. Nuk e kishte ditur sa shumë i kishte munguar. Fishkëllima e avullit që dilte me presion nga valvulat e tij i kujtonte kohë më të lumtura, i qetësonte nervat i jepte sigurinë se edhe ai ishte si gjithë të tjerët aty. Gjithë çka kishte ndodhur kishte qenë një ëndërr që duhej ta harronte. Pa sheqer fare, i tha banakieres që po e vështronte në sy, duke pritur porosinë e tij.

U kënaq pa masë që kishte patur rast të nxirrte dy fjalë nga goja, të cilat u kujdes t'i shqiptojë me zë anormalisht të lartë, si një rast i mirë për t'u njoftuar praninë e tij edhe atyre që aksidentalisht nuk e kishin vënë re. Pa sheqer fare, përsëriti edhe një herë, i gatshëm të besonte se nuk e kishin dëgjuar.

Kur mori filxhanin dhe u kthye të shihte ku mund të gjente ndonjë vend, që ta gjerbte ngadalë e mundësisht duke këmbyer në mos ndonjë fjalë, të paktën një buzëqeshje me ndokënd, pa se salla e vogël e kafenesë ishte boshatisur e gjitha.

Mbi tavolinat e zbrazura nxitimthi, si të ishte shfaqur një rrezik i beftë e mjaft kërcënues, shiheshin vetëm disa fjolla tymi cigareje, që edhe ato ishin në ikje e sipër, duke u spërdredhur e lënë në ajër imazhin e një reverence elegante e tinzare.

U kthye në shtëpi i dërrmuar e i zvogëluar. Kur u mbyll në dhomën e tij, duke rrotulluar çelësin nga pas, Stefit iu ngjall një parandjenjë të keqe. Trokiti me forcë në derë dhe iu lut e përgjërua që të mos bënte ndonjë marrëzi. Kishte frikë se ai do të hidhej nga dritarja. Do u prishësh jetën fëmijëve, i thirri pas derës.

Ai hapi derën vetëm kur ajo i tha se ata që nuk na duan do të kënaqen e thonë se ti ke gjëra që fsheh, ndaj e ke bërë një gjë të tillë! Dëgjove?

Ai doli nga dhoma vetëm kur ndjeu nevojën të shkonte në banjë. Gjithë atë mbas dite qëndroi i mbyllur aty, pa mundur të dalë dot jashtë. Një mjek i ri që kishte ardhur nga poliambulanca e qytetit i kishte thënë se mund të qe fjala për një kolopati funksionale dhe e kishte këshilluar të pinte lëng hoshafi kumbullash. Me sa dukej, jo pa rezultat.

25

Kur i ndodhte të kthehej e lodhur nga puna, Elsa nuk dilte mbrëmjeve nga shtëpia. Vështrimit të shqetësuar të së ëmës i përgjigjej se Alqi ndiqte deri vonë leksionet e kursit të diplomacisë. Po e mërzisnin sajesa të tilla, por nuk mund të bënte ndryshe. E ëma nuk ishte ende e gatshme të mësonte të vërtetën e fejesës së saj. Me ato pak forca që i kishin mbetur duhej të përgjonte mbi shpirtin e lodhur të gjithë familjes.

Më parë ajo e pyeste edhe nëse kishin mësuar se në cilin shtet do t'i dërgonin me shërbim, por tani jo më. Përpiqej të kënaqej me aq sa i thoshte e bija.

Ajo hynte në majë të gishtave në dhomën e të atit dhe qëndronte te kryet e shtratit të tij. Disa herë ishte përpjekur të nxirrte jashtë macen që flinte me të, por ai niste e lëvizte i shqetësuar, kthehej gjithandej e nuk gjente rehat. Kishte nevojë të dëgjonte gërhimën e maces në dhomë. Qetësohej vetëm kur ajo shkonte e mblidhej kruspull pas tij. Nganjëherë, nxirrte dorën nga jorgani dhe trokiste katër herë në kokën e krevatit. Megjithëse e ëma e kishte paralajmëruar, Elsa qe trembur shumë kur e pa për herë të parë.

Nuk e kujtonte më që kur nuk kishin këmbyer ndonjë fjalë bashkë. Të dielave ai nuk vinte në kuzhinë të ulej në tryezë me ta. E ëma i kishte porositur që edhe kur ta ndeshin në korridor, të mos i flisnin.

Në një prej atyre ditëve ai ishte ankuar edhe për një dritë të vagullt që hynte nga dritarja. Thoshte se bezdiste, se i jepte dhimbje midis syve. U ndie më mirë vetëm kur i mbuloi sytë me një shall të zi shtrënguar fort pas kokës. Nja dy ditë nuk u ankua më, por më pas dritë që vinte nga larg, nisi ta acarojë përsëri. E ëma i kërkoi Elsës ta ndihmonte të vendosnin një palë perde të errëta, prej kadifeje të trashë e me push. Në dhomë qe bërë errësirë e plotë, por atë shallin e zi, vazhdonte ta mbante përsëri të lidhur te sytë. Ato nuk e kuptonin përse i duhej më, por ai këmbëngulte të mos ia hiqte. Thoshte se ai nuk lejonte që t'i shpërthente koka.

Përpjekja e fundit për t'u kthyer në punë, e kishte dërrmuar fare. Stefi ndihej fajtoren sepse ajo e kishte shtyrë të shkonte, për hir të fëmijëve. Nuk dua të bëni asnjë sakrificë, kish bërtitur Elsa kur e mësoi, të paktën jo për mua!

Në errësirën e dhomës, ajo përpiqej të kuptonte diçka kur ai niste e fliste me vete. Qenë fjalë të shkëputura që shoqëroheshin nga lëvizje të befta të shpatullave dhe pastaj ajo e trokitura katër herë mbi dërrasën e kokës së krevatit. Pastaj vinin çaste të gjata heshtjeje, kur frymëmarrja e tij ishte në sintoni të plotë me gërhimat e maces. Kjo i bënte mirë.

Gjatë çasteve të tilla, Elsa përpiqej të pranonte se sa shumë kishte ndryshuar jeta e tyre. Tani nuk e përfytyronte ndryshe të atin veçse duke folur me vete. Por i ndodhte të shihte edhe të vëllanë dhe të ëmën që flisnin me veten. Pastaj kur dilte në rrugë kishte përshtypjen se gjithandej shihte kalimtarë që bënin të njëjtën gjë. Ata nuk xhindoseshin, nuk hungërinin, nuk shprehin asnjë lloj ankese, nuk revoltoheshin, nuk zemëroheshin, nuk qanin. Të gjitha këto dukej sikur i mbledhin bashkë, i rrasin në fund të shpirtit të tyre, aty ku humbet gjithçka, dhe viheshin e flisnin me vete.

Kohët e fundit edhe asaj i dukej se nuk arrinte t'i kontrollonte të gjitha skajet e neuroneve të veta, madje jashtë kontrolli i dilnin edhe grupe të veçanta të muskujve të nofullave e të faqeve, si të ngacmuara nga një burim i panjohur impulsesh elektrikë. Nuk duhet të jem kaq nervoze, këshillonte veten, duhet të shtendosem. E megjithatë, një ditë dyshoi se edhe ajo fliste me veten.

Stefi mbylli derën e shtëpisë pas vetes dhe u lëshua në një karrige të kuzhinës. Vuri duart mbi gjunjë, uli kokën dhe nisi të flasë me vete. Kishte ditë që e bënte një gjë të tillë, por ende nuk e dinte.

Atë mëngjes, sapo kishte hyrë në zyrë Vera, mezi kishte pritur rastin të mbeteshin vetëm. Në sy i larvonte një ndriçim djallëzor.

- Stefani, e mban mend kur të thashë se një ministër nuk shkarkohet? - i tha me zë të ulët. - Një ministër ose vdes ministër ose duhet të ketë shumë shans që ta burgosin. Zakonisht i pushkatojnë, por asnjëherë nuk i lënë të mërziten vetëm në shtëpi.

- Nuk e di... ti më thua shumë gjëra... - ajo e kishte ndjerë menjëherë të keqen. Çfarë ka ndodhur?

- Manol Dobi, të kujtohet? - ia bëri kolegia e saj, me fytyrën si prej porcelani. - Edhe ai vetë do ta ketë kuptuar se qe bërë ndonjë gabim që e lanë në shtëpi dhe ka menduar ta ndreqë punën duke vrarë veten.

Stefi deshi të ngrihej e të ikte prej aty, por nuk guxoi. Priti përfundimin e orarit zyrtar por edhe atëherë nuk shkoi drejtpërdrejtë në shtëpinë e saj. Ktheu diku nga stadiumi Dinamo dhe iu avit shtëpisë së Manol Dobit. Shpresonte të shihte ndonjë shenjë që t'i thoshte se fjalët e Verës nuk ishin të vërteta. Vila ishte krejt e zbrazët. Perdet ishin hequr. Te shkallët dukej një vazo e madhe betoni e rrëzuar. Dukej qartë se aty nuk kishte më njeri. Familjen e tij do e kishin internuar menjëherë, kushedi se në cilin fshat të largët.

Iku duke kthyer kokën pas, me frikë. Nga larg shtëpia dukej edhe më e braktisur sa edhe nga afër.

Deri atëherë kishte dëgjuar se Manol Dobi vazhdonte të dilte çdo mëngjes nga shtëpia, edhe pasi ishte shkarkuar nga funksioni i tij. Askush nuk dinte të thoshte ku shkonte. Po t'u besoje fjalëve, ai gjithçka e bënte për vajzën e tij, e cila në shkollë dëgjonte të thuheshin gjëra të tmerrshme për të atin. Ai e siguronte se gjithçka ishte si më parë dhe për t'ia provuar, çdo mëngjes vishte kostumin, merrte në dorë çantën e tij të hollë, siç kishte bërë gjithnjë dhe dilte, pasi i uronte të shoqes ditë të mirë dhe puthte vajzën në ballë.

Stefi deshi të priste orën e ilaçeve që t'i tregonte të shoqit se çfarë kishte ngjarë, por e zuri paniku kur mendoi se ai polici i veshur civil me emrin Florian, mund të shfaqej aty në kërkim të sekreteve që kishte marrë me vete Manol Dobi. Nuk donte që kjo të ndodhte para se Zoe të kishte dëgjuar çfarë i kishte ndodhur ish shefit të tij.

Hyri me hap të vendosur në dhomë dhe shtyu perden e trashë të dritares.

- Shoku Manol ka vrarë veten! – tha duke qëndruar më këmbë para shtratit të tij, - është hedhur nga dritarja!

Në të vërtetë, nuk e kuptoi pse ia tha ashtu copë, por të paktën ia tha.

Zoe nuk foli dhe kur ajo mendoi se duhej t'ia përsëriste edhe një herë, ai lëvizi shpatullën e zbuluar, zgjati dorën drejt kokës së krevatit me rimeso arre dhe e goditi katër me kyçet e gishtave. Vetëm pas kësaj hoqi ngadalë shallin e zi me të cilin mbulonte sytë dhe e kaloi dorën mbi ato pak flokë të rrallë që shkonin e hapeshin mbi jastëk, si të ishin qimet e harruara të maces.

- Perden, mbylle perden, - iu lut dhe u ngrit ndenjur mbi shtrat.

Ajo u ul në fund të shtratit.

- Përse më sheh, kështu? - e pyeti ai ngadalë, - Ti asnjëherë nuk ke dashur të bëj atë që paska bërë Manoli. Do që të hidhem tani?

- Jo, - i tha ajo dhe me zërin që erdhi duke iu shuar, shtoi. – Quhet vetëvrasje. Manol Dobi atë ka bërë. Kjo punë nuk u ka pëlqyer atyre shokëve lart. Ndryshe nuk kishin pse e nxirrnin inatin me Jolandën dhe vajzën e tij. I kanë hequr nga shtëpia. I kanë internuar.

Ai anoi kokën, i fikur e dëshpëruar. Pastaj ktheu sytë nga kutitë me anksiolitikë e gjumëndjellës, që mbulonin syprinën e komodinës. Po të gllabëronte nja tridhjetë të tilla njëherësh, puna do zgjidhej në një farë mënyre. Askush nuk do të merrej më me të.

- Jo, - ia bëri e shoqja që e kuptoi në sy. - Edhe kjo quhet vetëvrasje, Zoe. Të hapin barkun dhe e marrin vesh çfarë ke gëlltitur. Ngrije kokën dhe më shih mua. Nuk kemi të drejtë të zgjedhim vdekjen që duam. Jolanda dhe vajza nesër do ta fillojnë ditën duke nxjerrë patate me thonj nga toka. Po të kishte vdekur Manoli nga zemra a një kancer në mëlçi, nuk do t'i internonte kush ato të dyja. E ke menduar këtë?

- Vetëm këtë punë bëj, - tha ai me një fije zëri. - Ka një javë që nuk i marr ilaçet e zemrës, por asgjë nuk po më ndodh. Mos u zemëro, ti m'i ke dhënë rregullisht, por unë nuk i kam gëlltitur...

Atë ditë Stefi nuk kishte ndërmend të zemërohej. U ngrit më këmbë dhe e pa gjatë e ëmbëlsisht si ta falënderonte për përpjekjet e tij, sado modeste e pa rezultat.

- Do flasim prapë, - i tha ajo duke ia fërkuar gishtërinjtë me duart e saj.

- Kur të vijnë fëmijët, dua të më ndërroni vendin e krevatit. Më nxirrni aty në mes që ta kem derën para syve.

Ajo e priste një kërkesë të tillë. E dinte se ai ishte i bindur se do të vinin ta arrestonin, prandaj donte të ndërronte vend që t'i shihte me kohë kur të hynin në dhomë. Nuk i pëlqente ta zgjonin me të bërtitura dhe ta shtynin e nxirrnin jashtë, ashtu siç ishte në pizhame.

Ajo fiku dritën e doli. U ul në një karrige në kuzhinë, e kapluar nga një trishtim i madh. Iu bë se bashkë me njerëzit e saj më të dashur gjendej mbi një barkë që po zhytej nga ngarkesa dhe asaj i binte barra të vendoste se cilin duhej të hidhte në det që të shpëtonin të tjerët. Qau.

Netëve të gjata pa gjumë, i ndodhte gjithnjë e më shpesh të mendonte se nëse Zoen shëndeti do e linte e do të ikte nga kjo botë, mbase askush nuk do të kujtohej për një grua të ve me dy fëmijë jetimë. Nuk e dinte nëse ligji parashikonte një moshë të caktuar kur fëmijët me një ose të dy prindërit të vdekur, cilësoheshin jetimë, por ajo vetë, gjithsesi do të quhej grua e ve. Dhe një grua të ve nuk e nxjerr dot në mes të rrugës, për çfarëdo që mund të kishte bërë burri i saj.

Po të vdiste Zoe nga zemra, autoriteteve nuk do u binte më ndërmend për të. Fëmijëve nuk do t'u kërkohej një shtesë në biografinë e tyre, siç ishte procedura zyrtare, kur prindërit në fjalë dënoheshin. Do të shkruanin thjesht se ai ka vdekur dhe nuk do të jetonin më me frikën e internimit për shkak të tij.

Elsa u kthye herët në shtëpi atë ditë. Tha diçka si përshëndetje dhe shkoi të zhvishej në dhomë. Prej andej doli thuajse lakuriq dhe shkoi e u fut drejt e në banjë. Të ëmës i dukej fort i çuditshëm zakoni që kishte marrë për të qëndruar në banjë me orë të tëra, por të paktën tani ajo tregohej më e duruar me të dhe nuk acarohej më për çdo pyetje që i bënte.

Stefi u ngrit dhe nisi të kontrollojë nëpër të gjitha qoshet e kuzhinës. U ndërroi edhe një herë vendin tabakave dhe pjatancave të bufesë, u ngrit majë gishtave të shihte në raftet e sipërme të librave, ktheu telefonin nga të gjitha anët, pa harruar të dilte hera-herës në korridor e të vinte veshin te dera e jashtme. Dyshonte se kishin nisur t'i përgjonin.

Leka e gjeti të përkulur poshtë pjatalarëses. Mendoi se kishte ndonjë rrjedhje uji dhe i kërkoi të merrej vetë me të. Ajo i bëri shenjë të mos fliste me zë të lartë. I biri ngriti dorën në ajër në shenjë bezdie për frikën e saj të tepruar dhe shkoi të mbyllej në dhomë. Ajo e ndoqi nga pas dhe duke i folur rrëzë veshit i tregoi për Manol Dobin. Leka deshi t'i thotë diçka, por ajo vuri gishtin mbi buzë që të mos fliste asnjë fjalë, të paktën jo për atë subjekt.

Kur të tre u gjenden rrotull tryezës për të ngrënë darkë, Stefi u përkul mbi ta me garuzhde në dorë.

- Që nga sot nuk dua të dëgjoj biseda që mund të keqinterpretohen, - u tha me një ton të ulët por duke i shkoqitur mirë fjalët.

- Atëherë na jep një listë të temave që nuk duhet të prekim, - i tha Elsa me një ton që asaj nuk i pëlqeu fare.

- Shpresoj se të paktën për planetin Mars mund të flasim... - ia bëri Leka me qesëndi.

Ajo i vështroi të dy, e pakënaqur, por nuk donte të shtonte asnjë fjalë më shumë nga frika se mos shamatoheshin. U kujdes t'u mbushë pjatat me gjellën e ditës dhe shkoi të shohë të shoqin në dhomë. Ishte ende në korridor kur dëgjoi Lekën që iu drejtua së motrës me një ton të lartë:

- Meqë përmenda Marsin, m'u kujtua se diku lexova se aty shkencëtarët kanë zbuluar ujë.

E pakënaqur, Stefi u kthye menjëherë.

- Leka, të lutem, - tha duke u përkulur midis të dyve, që ta dëgjonin pa qenë nevoja të ngrite zërin, - çfarë do të thuash me këtë? Që edhe në Mars ka ujë dhe këtu te ne mbetesh pa gjë po nuk i mbushe bidonët që pa gdhirë? Këtë do të thuash?

- Ti po e tepron! - bërtiti i biri.

Ajo drejtoi shtatin e fyer.

- Nëse nuk keni patur ndonjëherë frikë në jetën tuaj, - u tha ngadalë, - përpiquni të merrni me mend dhe respektoni frikën time!

Ata të dy u panë në sy.

- Shpresoj të mos jemi prekur nga ndonjë formë e lehtë paranoje, - ia bëri Elsa, si duke folur me vete.

Stefi doli në korridor, por pak para se të hynte në dhomë, mundi të dëgjojë përsëri Lekën që iu drejta së motrës.

- Ke ndonjë ide të përafërt sa qime mund të ketë njeriu midis vetullave?

- Jo, - qe përgjegj e saj, - por jam e bindur se evolucioni di t'i bëjë mirë punët e veta dhe asnjë qime nuk është e tepërt aty ku është.

- Kur mendon se një yll deti nuk ka fare tru, madje as këmbë për të vrapuar, mua më lindin shumë pyetje për evolucionin.

- Mua, jo. Mjedisi ku ai jeton është i tillë sa po të ketë tru për ta kuptuar rrezikshmërinë e lartë, menjëherë do të fillojë të vuajë nga apopatodiafulatofobia. – shpjegoi Elsa, kinse, seriozisht. - Thënë ndryshe një lloj frike nga kapsllëku.

- Gjithsesi ka subjekte më të gëzueshme, - ia bëri e ëma duke ulur së fundi dorezën e dhomës ku flinte i shoqi.

28

Leka po fillonte të besonte se e fejuara e tij kishte hyrë në një lloj klandestiniteti të vullnetshëm rrethanor. Vazhdonte të mos i dilte në telefon dhe e ëma po ashtu vazhdonte të mos e pyeste nëse kishte ndonjë porosi për të bijën.

Në një çast padurimi ai i telefonoi në sekretarinë e shkollës. Ajo u përgjigj pa e ditur cili ishte në anën tjetër të fillit. Atij iu duk se priste dikë tjetër, por nuk shprehu as habi e as u zemërua kur mësoi se ishte ai.

- Leka, - tha duke ulur zërin, - edhe pak ditë dhe do të jap një lajm të mirë.

- Nuk kam nevojë për lajmin tënd të mirë. - bërtiti ai – Duhet të bisedojmë. Do të vij aty në përfundim të mësimit.

- Jo! – klithi ajo e alarmuar dhe mbylli telefonin..

Ai priti disa çaste, para se ta përplasë mbi tryezën e vogël të ateliesë. Kolegët kthyen sytë nga njëri tjetri. Nuk ishin mësuar ta shihnin të zemëruar. Luhatjet e sjelljes së tij, u jepnin të kuptonin se punët nuk i shkonin aq mirë. Leka u kthye në zyrën dhe gjatë gjithë kohës e mbante inat veten që nuk kishte mundur t'i bënte ballë një vale dalldie dhe i kishte telefonuar Anit nga atelieja. E fyente këmbëngulja e saj për ta mbajtur larg.

Gjatë pushimit të mesditës u nis në drejtim të shkollës së saj. Do t'i thoshte hapur se nëse nuk donte të shiheshin më bashkë, nuk kishte pse sajonte histori idiote me lajme të mira. Ndryshe ai kishte të drejtë të besonte se ajo veçse kërkonte të fitonte kohë të shihte çfarë do të ndodhte me të atin e tij.

Kur mbërriti para shkollës kuptoi se ishte me vonesë. Por vetëm për punë sekondash. Mundi ta shohë atë së largu tek mori autobusin që shkonte drejt qendrës. Mendoi se ishte më mirë që ndodhi ashtu. Në atë gjendje të acaruar siç ishte do t'i thoshte gjëra për të cilat do të pendohej më pas.

Një grua e moshuar ktheu kokën dhe e vështroi me dhembshuri. Ai nuk kuptoi asgjë përse. Diçka nisi t'i shkojë nëpër mendje kur dy vajza të vogla që po vinin përballë tij, u mënjanuan tutje për t'i hapur rrugë. Arsyen e vërtetë të shprehjes së fytyrave të tyre e kapi vetëm pas disa çastesh. Po fliste me veten.

U ngjit në autobusin pasardhës të linjës, që sapo ndaloi te këmbët e tij. Ndërsa po i afrohej Bibliotekës Kombëtare, iu lut shoferit të ndalonte. Kishte parë Anin tek ecte me nxitim në trotuarin tjetër. Shoferi ngriti supet. Nuk mund të ndalonte aty. Me të zbritur pak më tutje, Leka u lëshua me vrap përmes Sheshit qendror. Ajo po ecte drejt trotuarit të Bashkisë së Tiranës dhe ai deshi t'i thërrasë, por ishte ende larg. Ani u fut midis godinave të ministrive dhe ndaloi para një klubi me dyer të mbyllura që frekuentohej vetëm nga punonjësit e Ministrisë së Punëve të Brendshme.

Nuk e kishte menduar se një ditë do të ndiqte ashtu të fejuarën e tij dhe i vinte turp për atë që bënte. Por as nuk po e kuptonte se çfarë kërkonte ajo aty. Ndaloi duke sharë me vete. Pastaj qe diçka tjetër që e la gojëhapur. Ani u lëshua gati me vrap drejt një burri që doli nga ai klubi i Ministrisë së Brendshme. Personi nuk ishte i panjohur edhe për atë vetë. E kishte parë atë mbrëmjen e paharruar që kishte kaluar me Anin në restorantin veror te kodrat e Parkut të madh të liqenit. Ishte personi që urdhëroi orkestrën e lokalit të ndalonte së luajturi një muzikë jazz-i. Mbante mend mirë se i kishte thënë: "Kam një qytetar i thjeshtë, quhem Gjikë Luçi". Nuk e dinte se njihej me Anin, të paktën atë natë nuk e kishte kuptuar një gjë të tillë.

Në çastin që Ani iu afrua t'i flasë, Gjikë Luçi bëri një lëvizje padurimi të kokës si të mos e priste të ndeshte në të. Pastaj vazhdoi të ecë pa ia vënë fare veshin. Ani i fliste pareshtur dhe përpiqej të ecte në krah të tij. Po të mos e shihte me sytë e tij, Leka nuk do ta kishte besuar kurrë një skenë të tillë.

Nga zyrat e institucioneve rrotull një numër i madh nëpunësish drejtoheshin në kafete dhe restorantet rrotull qendrës. Ata që shihnin Gjikë Luçin, e përshëndesnin dhe bënin anash t'i hapnin rrugën. Të tjerë kthenin kokën ta shihnin nga pas tek e shihnin në shoqëri të një gruaje të re e të bukur.

Ani vazhdonte t'i fliste duke shtrënguar me të dy duart çantën e saj. Gjikë Luçi edhe pse nuk e fshihte një farë bezdie nga prania e saj, megjithatë buzëqeshte duke tundur kokën, por jo në drejtim të saj.

Po vinin drejt tij dhe Leka vendosi të mos lëvizë fare nga vendi. Pati dëshirë që ajo ta shihte që ai po e ndiqte atë skenë të pabesueshme. Vetëm aq mund të bënte.

- Kam nevojë të di mendimin tuaj, - dëgjoi ai fare qartë zërin e Anit, - si do të trajtohen fëmijët e mi, shoku Gjikë?

Nuk ishin veçse pak metra larg prej tij dhe ajo vazhdonte.

- Mendoja se do të më telefononit, - vazhdoi ajo, - u detyrova të vij përsëri, se nuk mund të prisja më gjatë. Mendoni se fëmijët e mi do të jenë të prekur politikisht?

Ajo rrezikonte të përplasej me të dhe Leka u zmbraps pak që ta linte të kalonte. Nuk është se ajo bëri sikur nuk e vuri re. Ai ishte i sigurt se ajo vërtet nuk e pikasi fare. Ishte e çorientuar nga boshllëku që krijonte heshtja e Gjikë Luçit, i cili sikur kërkonte një shteg që t'i ikte asaj shoqërie dukshëm të padëshiruar për të.

Ajo këmbëngulte në të vetën, por atë çast Gjikë Luçi i ngriti dorën një xhipsi ushtarak, që frenoi pak metra tutje. Nxitoi hapin dhe u fut brenda, pa e kthyer kokën. Ani vrapoi pas tij duke vazhduar t'i flasë. E ndoqi edhe një copë herë nga pas, deri sa e dëshpëruar ndaloi, duke vështruar makinën që u zhduk tutje nga Sheshi Skënderbe.

Leka nuk e po e merrte veten nga ajo skenë aq tronditëse dhe poshtruesee pabesueshme, por nuk donte të bante sikur nuk kishte parë asgjë. U drejtua nga ajo, madje nxitoi që ta arrinte. Ani e pa më në fund, por nuk shprehu asnjë lloj habie, sikur ta priste. Nxori një shami dhe fshiu hundët e sytë.

- Erdha deri te shkolla të shiheshim, - i tha ai.

- Çfarë? - e pyeti ajo.

- Nuk e prisja të të gjeja këtu.

- Ku këtu? – pyeti duke vështruar rrotull, si të donte edhe ajo të kuptonte se ku ishte.

- Këtu ku je, - i tha ai me inat.

- Po ku të jem tjetër? - bërtiti ajo. - Ku mund të mësoj tjetër cila do të jetë e ardhmja e fëmijëve të mi?

Ai ndjeu një ngërç në nofull dhe ndenji ashtu disa çaste, deri sa iu kthye të folurit.

- Dhe këtë erdhe ta mësosh nga ai tipi i policisë? – foli me nerv duke drejtuar dorën andej nga ishte larguar xhipi ushtarak.

- Atë njoh. Di ti ndonjë tjetër që ka të drejtë të lexojë dosjet tona? - ajo futi shaminë në çantë dhe mori të ikë.

- Kam gjëra për të të thënë. Do të shihemi sot?

- Jo, - ia ktheu ajo me kryeneçësi dhe duke u larguar, si të kishte frikë se mos ndërronte mendje. - Jo përpara se të marr vesh të vërtetën!

- Ti je e sëmurë! - i thirri ai nga pas, duke tërhequr vëmendjen e disa kalimtarëve, - Ani, ti je vërtet e sëmurë.

Ani ndaloi.

- Nuk jam e sëmurë, - i tha, si t'i kishte mbetur qejfi që ai nuk e dinte të vërtetën. - Mjekohem në mënyrë ambulatore për një depresion të lehtë, por nuk jam e sëmurë. Eshtë depresion stine nga i cili vuan një në shtatë vetë. Mbase edhe ti, por nuk e di ende.

Dhe u kthye përsëri të ikë.

Atij i shkrepi në mendje t'i lëshohej nga pas e t'i bërtiste se ishte i sigurt se ajo qe e sëmurë rëndë, se ishte e çmendur fare.

Befas ajo u kthye e bëri disa hapa drejt tij.

- As e çmendur nuk jam, - i tha, ndërkohë që fytyra i kishte marrë një dritë të bardhë.

Ai nuk hodhi më asnjë hap. Qëndroi ashtu deri sa iu zhduk një si kërcitje e dhimbshme telash të ndryshkur brenda vetes, që e kishte bërë të dyshojë se mos ishte pre e një procesi oksidimi të menjëhershëm të sistemit të tij nervor.

E pa edhe një copë herë tek ikte dhe si u kthjellua disi, mori të kthehej në punë.

Lilianën e dalloi së largu tek po hipte në makinën e të shoqit, që kishte ndaluar para ateliesë. Ai ia dërgonte kur nxitonin të iknin gjëkundi në fundjavë. Makina bëri një gjysmë rrotullim dhe qëndroi te këmbët e tij.

- Për bisedat e tua familjare, mund të përdorësh telefonin e zyrës sime, - i tha pasi uli xhamin e dritares. - Në atelie kolegët e tu flasin... mbase edhe ndihen ngushtë kur janë dëshmitarë të detyruar të historive të tua me të dashurën.

- Jemi të fejuar, - saktësoi ai.

- Nuk kam kureshtje të di më shumë, por mos harro çfarë të thashë. Kur të kesh nevojë të jap çelësin e zyrës sime.

- Shpresoj të mos kem asnjëherë nevojë! – i tha ai si me inat.

Ajo tundi kokën dhe i tha shoferit të nisej.

29

Elsa u dha fort këmbëzave të biçikletës. Kur u gjend jashtë fushës së shikimit të së ëmës, që ishte ende në dritare, pyeti veten se nga dreqin do t'i kalonte edhe ato dy-tre orë të asaj pas diteje. Tirana ishte bërë një qytet i huaj e kërcënues për të, nuk i ngjallte më atë harenë e mëparshme tek nxitonte me biçikletë rrugëve të saj të sapo lagura nga një makinë e shërbimeve komunale, pas së cilës vraponte një turmë fëmijësh gjysmë lakuriq.

Përpiqej të merrte itinerare ku nuk kishte shumë lëvizje. Ndihej më e mbrojtur nga të papriturat e rrugës. Atë mbas dite, me të zbritur deri në fund të Bulevardit të madh, u kthye në anë të Muzeut arkeologjik, la anash ndërtesën e Radiotelevizionit Shqiptar dhe mori një rrugë që nuk ia dinte emrin. Gjatë gjithë kohës nuk harronte të kthente kryet që të sigurohej se nuk e kishte pas vetes një shpurë djemsh me biçikleta. Asgjë e tillë atë ditë. Për të qenë më e sigurt nuk doli drejtpërdrejt në unazën e qytetit, por u fut midis një pallati në ngjyrë qielli të shpëlarë dhe një parku të vogël lojërash.

I zbriti biçikletës dhe eci më këmbë duke vështruar fëmijët që lëkundeshin në një kolovajzë hekuri, e cila lëshonte rregullisht një kuisje të mprehtë fërkimi hekurash të ndryshkur. Më tutje një lokomotivë e vogël tërhiqte me shpirt ndër dhembë vagonët e mbushur me fëmijë, të cilët kur nuk qanin nga frika, merrnin një qëndrim mjaft serioz e madje nuk kthenin kokën të shihnin fare prindërit që u bënin shenja me dorë.

Kthehej gjithnjë e më shpesh aty. I pëlqenin pamje të tilla, që kishin fuqi të çuditshme qetësuese. Ndërsa deshi të vazhdonte rrugën e saj në drejtimin të Unazës së qytetit, pa t'i afrohen dy çuna të vegjël, që dolën duke vrapuar nga një shkallë e pallatit.

- Teta, - dëgjoi t'i thotë njëri prej tyre, - kemi mbetur jashtë.

Ajo qeshi dhe hipi në biçikletë, por nuk u nis.

- E çfarë mund të bëj unë për ju? – i pyeti duke vënë njërën këmbë në tokë.

Djali më i madh, nxori që poshtë bluzës një çelës dhe e tundi para hundës së tij.

- Nuk arrijmë ta hapim derën, - i tha duke mbajtur nga dora fëmijën tjetër që deshi të ikë. - Mami nuk është kthyer nga puna.

Kur iu duk se ajo ngurronte, ai i tregoi se banonin në katin e parë, të pallatit përballë.

Pasi kujtoi në fillim se bënin shaka, ajo u kthye t'i ndihmonte, edhe pse nuk e kuptoi përse ata nuk u drejtoheshin fqinjëve. Mbështeti biçikletën buzë trotuarit të pallatit dhe shkoi pas tyre.

- Si e keni emrin? Ti i madhi si quhesh? - pyeti ajo kur u ndodhën para derës, por nuk mori përgjigje. Vetëm ai më i vogli i tha diçka dhe çau e iku.

- Pra, nuk më thoni as emrin? – vazhdoi ajo, por ndërsa rrotulloi çelësin në bravë, vërejti e habitur se edhe fëmija tjetër u kthye dhe iku me vrap.

I erdhi për të qeshur, por edhe u shqetësua tek e pa veten të hapte një apartament të huaj. Deshi të zbresë shkallët e të thërrasë fëmijët dhe nuk e dëgjoi kur dera ku kishte futur çelësin u hap me vrull pas krahëve të saj dhe dy duar të fuqishme e përfshinë nga mesi dhe e tërhoqën brenda korridorit të errët të apartamentit. Pati kohë vetëm sa të lëshojë një britmë të shkurtër paniku, pak para se t'ia hapnin nofullat me forcë dhe t'i fusin në grykë një shuk rrecke të ndragur dyshemeje. E tërhoqën zvarrë nëpër korridor dhe e përplasën në një krevat. E paralizuar nga tmerri mendoi se po jetonte çastet e fundit të jetës së saj. U lut që të mos kishte një vdekje të dhunshme.

Zhurmat e fundit që merrte nga kjo jetë do të ishin frymëmarrjet e rënduara të dy burrave, një brambullimë mushkërish që nuk arrinin të qetësoheshin. Veçanërisht njërin prej tyre e ndjente shumë afër, ngjitur me fytyrën e saj. E shtynë mbi një shtrat dhe i lidhën krahët nga pas. I dhëmbi sa iu duk se shpatullat i dolën vendit. Një dorë e madhe ia mbërtheu fort kokën dhe ia ngjeshi pas teshave me erë naftalinë të shtratit ku e kishin hedhur. I mështoi me forcë dhe ia mbajti aq gjatë sa asaj iu duk se do t'i pëlciste gjaku nga veshët.

Paniku dhe dhimbja nuk po e linte të kuptonte se çfarë po ndodhte. Në mendje i erdhën imazhe drurësh të vjetër dhe degësh të nyjshme. Kjo bëri që të mos i ndjejë menjëherë dy duar që po i rrëshqisnin në anë të kofshëve. Dikur iu futën poshtë të mbathurave që ia hoqën me forcë dhe i prekën seksin.

Kuptoi se e kishin rrëmbyer për ta përdhunuar.

Me forcën e dëshpërimit deshi të kërkojë ndihmë, por qe e pamundur të nxirrte më shumë se një zhurmë të mbytur që mundi të formonte në fund të gurmazit. Rrecka që kishte në gojë i ngjallte një shtysë të papërmbajtshme krupe që i vinte nga fundi i zorrëve. Kapi zërin e largët e të njohur të një gruaje dhe i lindi shpresa. Por shpejt kuptoi se ishte një spikere e Radio Tiranës që paraqiste Koncertin nr. 4 të Brandeburgut të J.S. Bach-ut. Kur notat e para ende nuk kishin filluar, ndjeu një seks mashkulli që me një lëvizje padurimi e nervozizmi iu ngjesh fort nga pas, duke i shkaktuar dhimbje. Gjithçka mund të bënte ishte që të ulërinte më një zë që nuk dëgjohej. Pasta iu bë se po kalonte me biçikletë pranë dritareve të hapura të një banese të gjatë një katëshe ku shihte të njëjtën skenë: dy burra që po përdhunonin pjesë të trupit të një gruaje. U dha këmbëve me shpejtësi, por edhe në dritaret pasardhëse shihte të njëjtën gjë, copa të gruas që përdhunonin. Nisi të dyshojë dhe në mendjen e saj u përpoq të bashkojë pjesët e asaj gruaje, deri sa në fund nuk kishte më dyshim: ishte ajo vetë që po përdhunonin. I njohu tiparet e saj, pas xhamave të palarë të dritareve të atyre dhomave torture të rreshtuara njëra pas tjetrës deri në pafundësi. U kthye te vetja duke ndjerë dhimbje në thellësi të barkut. Bërtiti me lebeti. Ose të paktën ashtu iu duk.

Midis dy ulërimave që i vinin nga fundi i shpirtit, ndjeu një erë parfumi jo krejt të panjohur, një erë parfumi, nga ato që berberët u hidhnin pa kursim klientëve nëpër rrojtoret e qytetit. Parfum erë livandoje.

Kur nuk e priste, nisi të çlirohej disi nga trysnia e gishtërinjve që ia ngjishnin kokën pas teshave me erë naftalinë të shtratit dhe para vetes pa hijen e dikujt në gjunjë në shtrat para saj. Duhej të ishte me moshë të mesme, aty te dyzetat, me flokë të krehur anash, por me lëkurën e mjekrës të errët, edhe pse të rruar dhe me një nishan rrëzë hundës. Zgjeshi rripin e mesit dhe uli pantallonat e nxori seksin. Ajo zhyti kokën pas shtratit. Sikur të kishte pritur atë çast ai e mbërtheu nga flokët dhe ia ngriti aq vrullshëm sa ajo besoi se iu thye arrëza e qafës. Nuk kishte asnjë mundësi tjetër, përveçse të rrinte duke vështruar nga ai. Nuk mundte të kuptonte se vështrimi i saj lutës dhe flokët e kuqërremtë që ai ia mbante tufë, e eksituan më shumë. Me dorën e lirë ai nisi të masturbohej.

E vetmja gjë që mund të bënte atë çast ishte që të mos merrte pjesë në përdhunimin e saj, t'i linte të bënin ç'të donin me trupin e saj, të mos lëvizte, të mos lëshonte as britmën më të vogël. Mbylli sytë dhe qëndroi si një troftë në agoni. Kur po zhytej në një zonë të thellë të mosndjeri dhe indiference, pa një derë që u hap pas krahëve të personit që vazhdonte të masturbohej para saj.

Nuk u besoi syve kur u shfaq një grua e moshuar. Më shumë se e veshur, dukej si e mbështjellë me një këmishë fanellate gri, që i shkonte deri në fund të këmbëve. Flokët e thinjur i lëshoheshin deri poshtë. Gruaja ndaloi në mes të dhomës dhe me një lëvizje pothuaj të hirshme e fare të ngeshme, anoi pak kokën dhe ngadalë nisi të kaloi një krehër të madh përgjatë flokëve të saj.

Elsa nuk mund t'i kërkonte ta çlironte nga duart e përdhunuesve të saj, ajo dukej mjaft e dobët, por priste t'i afrohej dhe t'i thoshte se ajo që po i ndodhte nuk ishte e vërtetë. Vetëm kaq priste prej saj. Por gruaja përballë nuk bënte asnjë gjest tjetër veçse kalonte krehrin e madh në flokët e saj të gjatë, aq të gjatë sa dukej sikur i ngatërroheshin nëpër këmbë. Dhe e gjitha kjo pas shpatullave të atij masturbuesit, të cilit i ishte shpeshtuar frymëmarrja dhe kishte nisur të rënkonte e ofshante. Dikur, në prag të shpërthimit, duke dashur të shohë ku ishte fiksuar vështrimi i saj, ai ktheu kokën.

- Shko fli, teze, - i tha me inat pasi u mbërthye dhe u kthye nga ajo. - Nuk ka ardhur autobusi.

Gruaja me kryeneçësi e shtyu tutje krahun nga e kapi ai dhe u përkul pak të vështrojë me kureshtje nga Elsa. Por vetëm për një grimë kohe. Pastaj vazhdoi me atë lëvizjen e gjatë të krahut të saj nga maja e kokës e deri poshtë, pas shpatullave. Britmat e mbytura të Elsës kushedi se nga shkonin. Ajo përveçse të krihej nuk linte të kuptohej se po e dëgjonte.

Pasi e ktheu mbrapsht, si të ishte një manekin këmbëzbathur i arratisur nga një vitrinë konfeksionesh të dala mode, burri, që kujdesej të mbante pantallonat me njërën dorë, e shtyu gruan drejt dhomës nga kishte dalë dhe mbylli derën me forcë.

Kur iu afrua Elsës, dukej i nervozuar. Vazhdoi përsëri të masturbohej duke gulçuar, por nuk i pëlqente më që ajo ta vështronte. Vështrimi i saj e sikletoste. Hodhi sytë rrotull dhe u përkul në anë të shtratit, ku gjeti një rrobë që ia hodhi mbi kokë. Gjithçka u zhyt në errësirë. Dëgjohej vetëm Koncerti i Brandeburgut në surdinë...

Kur e pa veten jashtë në rrugë, nata kishte rënë prej kohësh. Iu desh të mendohej disa çaste nga duhej të shkonte. U kujtua për biçikletën e saj. Nuk ishte aty ku e kishte lënë. Pa rrotull, por më kot.

U nis më këmbë andej nga iu duk se kishte më shumë drita.

30

- Ndjen më marrje mëndsh? - e pyeti Stefi të shoqin duke tërhequr pas vetes derën e apartamentit. - Në të vërtetë nuk ke arsye, me tensionin nuk ke pasur probleme serioze... Shumë rrallë.

Zoen e kaploi ajo nevoja e papërballueshme për të trokitur në mur. E shoqja priti me sytë e mbërthyer te dera dhe numëroi me radhë të katër trokitjet. Pastaj kyçi derën e jashtme.

Ai u ndije më mirë. E pa Stefin me kureshtje tek futi çelësin në bravë dhe e rrotulloi dy herë, pastaj e ndoqi me sy si shtyu derën me bërryl që të sigurohej se qe mbyllur mirë dhe së fundi kur lëshoi çelësin të binte brenda çantës që mbante në dorën tjetër. Zinxhirin e saj e mbylli me një lëvizje të shpejtë të dy gishtave që shtrëngonin verigën.

E pa në sy të shoqen dhe i buzëqeshi. E pëlqente çdo lëvizje e saj. E kishin kapërcyer aq herë bashkë derën e atij apartamenti dhe vetëm atë ditë u kujtua se nuk i kishte vënë re kurrë më parë lëvizjet e saj të sigurta, të sakta e gjithë lezet. Bile nuk i kujtohej kush e mbyllte derën kur dilnin bashkë, ai apo ajo? Me siguri edhe ai do ta kishte mbyllur ndonjëherë, por pa atë hir e bukuri të veçantë lëvizjesh, aq të menduara e të kursyera, si ato të Stefit.

U shtrëngua fort pas krahut të saj dhe të dy, me të njëjtin hap, nisën të zbresin shkallët. Ajo ndalonte rregullisht në sheshpushimin e shkallëve. Zoe e falënderonte, por në mendje kishte gjithnjë atë rregullsinë e lëvizjeve të saj tek mbyllte derën. Vetja kurrë nuk i ishte dukur aq i zoti sa të habiste të tjerët me hijeshinë e veprimeve të tilla aq të zakonshme.

- Kur je me mua nuk ke nevojë të flasësh me vete, - i tha ajo. - Nëse mendon se je i vetmi që mund të durosh veten, gabohesh. Unë jam këtu për të dëgjuar sa herë që ke dëshirë të flasësh. Ti nuk je njeri pa njeri.

Ai i kërkoi ndjesë dhe i tha se e dinte sa e vështirë do të kishte qenë jeta e tij pa të. Stefi nuk e ktheu kokën ta shohë. Duhej të

shmangte çdo akt me natyrë emocionale që mund t'ia bënte akoma
më të vështirë atë që priste të ndodhte atë ditë. Vdekjen e tij.

Vërshimi i dritës që e rrethoi aq papritur kur mbërritën në
fund të shkallëve e trembi Zoen dhe i shkaktoi marrje mendsh. E zuri
frika se nuk do të mund të qëndronte dot në këmbë dhe vështroi
rrotull, sikur priste që globi, në mos do të ndalonte rrotullimin, të
paktën ta ngadalësonte ca sa të sigurohej ai se mund të qëndronte më
këmbë.

Stefi i fërkoi gishtat me dorën e saj si për ta inkurajuar. I tha
se dita i dukej e mirë edhe pse një natë më parë buletini
meteorologjik i televizionit kishte paralajmëruar reshje shiu.

Zoe mërmëriti se edhe më mirë do të kishte qenë që atë punë
ta kishin lënë për në darkë, pasi të ishte errur.

- Jo. Është mirë që njerëzit të të shohin në dritë të diellit..., - i
tha. - Që të mos habiten pastaj. Mbahu fort tek unë dhe hidhi ngadalë
këmbët. Ti je i sëmurë, shpirti im. Mezi ecën. Këtë ka rëndësi ta vënë
re të gjithë.

- Po të dua, mund të eci edhe më shpejt, - i tha ai duke e
hedhur pak më anash këmbën e djathtë, pasojë e një luksasioni të
vjetër femoral.

- Jo, nuk ecën dot më shpejt. Po ta lëshoj unë dorën, ti bie
përtokë. Bam!

- Nuk është e vërtetë! – ngriti zërin, ai. - Po iki, por nuk jam
ende për të vdekur! Ta dish edhe ti bashkë me të tjerët!

- Mos më trishto kështu! - foli ajo me dëshpërim, - Po ta
përsëritësh do të kthehemi në shtëpi. Le të na internojnë me gjithë
fëmijë e macen bashkë!

- Më ndje, - u shfajësua ai. - Nuk e kisha me ty. Sikur të
qëndronim pak?

Edhe pse nuk bënte pjesë në programin e asaj dite, ajo ndaloi
dhe i fërkoi përsëri gishtat e dorës, si për t'i thënë se e kishte harruar
ashpërsinë me të cilën i foli pak më parë.

Një copë herë pastaj ecën pa folur, duke ndjekur me sy një
turmë fëmijësh që vraponte fshehurazi pas karrocës që shpërndante
akullin në pastiçeritë e Tiranës. Përpiqeshin të thyenin dhe rrëmbenin
ndonjë copë të mirë.

Punët kishin ardhur në zgrip dhe ata duhej t'i shkonin deri në
fund asaj që kishin vendosur. Dy ditë më parë i vëllai e kishte

njoftuar se postin e Zoes në ministri e kishte marrë një tjetër, që edhe atë e kishin sjellë nga një minierë e largët.

- Nuk më kujtohet... - dëgjoi të shoqin, - Pasi mbylle derën e shtëpisë, ti e fute menjëherë çelësin në çantë apo më parë hape zinxhirin dhe pastaj e lëshove çelësin në të?

Ajo nuk diti t'i përgjigjej menjëherë.

- Ka mundësi ta kem lënë çantën të hapur, - i tha pasi e pa një copë herë në sy. - Pse do ta mbyllja kur duhej ta hapja përsëri për të futur çelsin?

- Prandaj po të pyes.

- Pse të intereson kjo?

- Se më pëlqeu shumë... Përpiqem të bashkoj me mendje një e nga një të gjitha lëvizjet që bëre. Më mungon njëra. Në fillim e kishe çelësin në dorë, pastaj e fute në bravë dhe e ktheve dy herë, pastaj e shtyre derën me bërryl, që të bindes se ishte mbyllur mirë, pastaj... Këtu më turbullohet ca. E fute çelësin në çantë dhe mbylle zinxhirin apo hape një herë zinxhirin, fute çelësin në çantë dhe pastaj e mbylle përsëri?

- Mos të pëlqen të ulemi gjëkundi? - e pyeti ajo.

- Jo... Hë të kujtohet?

- Duhet ta kem lënë hapur, por nuk jam e sigurt. Mbase edhe mund ta kem mbyllur pa dashje dhe pastaj e kam hapur për të futur çelësin. Nuk e di...

- Nuk është se e fute çelësin në çantë si një shtëpiake që nxiton se ka frikë se e gjen të mbyllur dyqanin e patateve. E pashë mirë që e lëshove nga një farë lartësie dhe ai ra me nge brenda, si ta dinte se diku aty poshtë kishte një qoshe rezervuar për të. Ajo që nuk më kujtohet është puna e zinxhirit, e hape atë çast, apo e kishe lënë hapur...

Ajo nuk foli një copë të gjatë, deri sa ai e harroi se për çfarë e kishte pyetur.

Ndërsa linin pas shtëpitë e fundit të kryeqytetit dhe po gjendeshin në afërsi të digës së Liqenit artificial, ajo nisi të shqetësohet që kishin bërë goxha rrugë dhe buza e tij e poshtme nuk po bëhej mavi. Tani që nuk merrte ilaçet e zemrës, kjo i ndodhte edhe kur shkonte në banjë. Aty, jo.

Tani asgjë nuk ishte më në dorë të saj, përveçse të ndalonin gjithnjë e më pak. Në mos, fare. Ai kishte nisur përsëri të fliste me veten. Ajo e dinte se pas një copë here do të nervozohej dhe do ta pyeste atë përse nuk i përgjigjej. Ajo do t'i fërkonte pëllëmbën e dorës.

Në shëtitoren kryesore të Liqenit, nuk ishin krejt vetëm. Në stolat e rrallë shihnin burra të një farë moshe, por qëllonte që t'u shfaqeshin edhe nga ata tipat që ecnin ngeshëm dhe të shihnin në sy duke fërshëllyer. Ndonjëri qëllonte me shkop ferrave e gëmushave si të kërkonte të ngrinte ndonjë lepur.

Kur u futën në një rrugicë që humbiste midis dy radhë akaciesh, ajo e shpejtoi ca hapin. Zoe nisi të dihasë, por bashkë me të edhe ajo vetë.

Sa fundi u gjendën rrëzë një kodre, ku ngrihej një teatër veror gjysmë i rrënuar. Vështruan rrotull, pa guxuar t'i thonë njëri-tjetrit se kishin mbërritur aty ku duhej. Nuk mund të gjenin vend më të mirë për çastet e fundit të jetës së tij. Pjerrësia ishte e madh, e mundimshme për t'u ngjitur. Zoe mbase mund të arrinte deri në gjysmë të saj, por kurrë më shumë se aq. Prej ditësh ishte përgatitur për atë ditë duke mos marrë ilaçet e zemrës.

Asaj i erdhi turp me veten që rrinte e bënte llogari të tilla, por nuk kishte si ta fshihte. Kishin ardhur aty të shkaktonin një infarkt të të zemrës së tij. Edhe sikur të arrinte të ngjitej majë kodrës dhe nuk ndodhte gjë, Zoen nuk e pengonte njeri të zbriste e të provonte t'i ngjitej përsëri e përsëri...

Pas infarktit të parë, mjekët e kishin këshilluar të lëvizte me këmbë, por pa u ngutur e mjaft kujdesshëm. Kurrë nuk duhej të kalonte tutje një numri të caktuar rrahjesh të zemrës. Por ashtu siç u kishte ardhur jeta, porosinë e mjekëve tani e shihnin si një recetë të sigurt vdekjeje, pa shumë vuajtje. Mjaft që të bënin të kundërtën dhe ai do të vdiste. Atëhere Stefin dhe fëmijët nuk do t'i shqetësonte më kush.

Kjo duhej të ndodhte kur të ngjitej deri diuku afër majës së kodrës. Të rrahurat e zemrës do t'i dilnin menjëherë jashtë kontrollit.

- Do ta provosh të ngjitesh? – e pyeti ajo.- Nuk ka tjetër njeri veç nesh.

Ai sikur u befasua.

- Hë si thua?

- Vetëm? – pyeti duke i hedhur një vështrim mosbesues pjerrësisë së kodrës.

- Do që t'i ngjitemi bashkë?

I futi krahun dhe nisën të ngjiten të dy. Shtegu ishte i ngushtë dhe vende-vende rrëshqitës, si pasojë e çarjes së një tubi shkarkimi prej gresi lart, në shkallët e teatrit veror. I hidhnin hapat si të mundnin, ndonjëherë edhe duke u mbajtur pas degëve të ndonjë shkurreje. Dikur Zoe qëndroi duke marrë frymë me zor.

- Nuk u ndamë, - i tha, - nuk u përshëndoshëm fare.

Ajo nuk e hapi gojën.

- Nuk do të lë të presësh gjatë atje ku do të shkosh, - i tha me sytë që iu njomën.

Ai buzëqeshi në shenjë mirënjohjeje.

- Do të vij shumë shpejt, - e siguroi përsëri ajo.

Zoe u ndie vërtet i mallëngjyer.

- Nuk ka nevojë të vish menjëherë, - i tha dikur, - vëri një herë në rregull punët e kalamajve, pastaj...

Ai nuk po ngjitej më.

- Si ndihesh? - e pyeti ajo.

- Më merret pak fryma por nuk ndihem keq. Po ti?

- Kemi ardhur për ty e jo për mua, - ajo i mori krahun por t'i matur pak pulsin.

- E di. Faleminderit, - i tha ai duke përfituar të marrë frymë thellë.

- Nuk kemi gjë kështu. Sikur të shpejtonim ca? – shtoi ajo e pakënaqur nga ritmi pothuaj normal i pulsit të tij.

- Të dy?

- Po flas për ty. Duhet të nxitosh pak, - dhe e la aty në brinjë. Vetë shkoi të ulet në shkallët e teatrit të rrënuar veror.

Zoe nisi të ngjitej vetëm, i pikëlluar. Pak hapa më pas vuri dorën mbi ballë për të vështruar majën e kodrës. Pastaj u kthye nga ajo.

- Sikur të vish të më marrësh pak xhaketën, - i tha me zë lutës.

Ajo e vështroi në heshtje. Ai nuk e hapi më gojën. Mori xhaketën në dorë dhe vazhdoi të ngjitej.

- Si ndihesh? – e pyeti Stefi e shqetësuar kur vërejti ai po i afrohej majës së kodrës pa ndonjë shenjë të dukshme vështirësie.

- Fryma. Sikur më merret pak fryma.

- Jepi edhe pak, - i tha dha zemër dhe u ngrit më këmbë.

Do të deshte ta nxiste që të nxitonte edhe më, por nga shkallët e sipërme të teatrit veror po zbriste një çift të rinjsh që erdhën e u ulën në shkallët pas saj. U ul edhe ajo dhe vuri duart mbi gjunjë. Ndihej e acaruar nga prania e tyre, pa vënë re se edhe ata nuk ndiheshin rehat nga prania e saj.

Zoe, me gjithë vullnetin e tij të mirë, nuk po nxitonte më fare. Ndalonte të merrte frymë dhe kur i mbushej mendja, hidhte ndonjë hap të vogël.

Kështu mundi të arrijë deri në majë të kodrës. Ngriti dorën, duke shpresuar se ajo nuk do t'i kërkonte të kthehej poshtë dhe të fillonte t'i ngjitej kodrës nga e para. Mbase më me shumë shpejtësi.

Veçse prania e atij çiftit të të rinjve e kishte rrënuar gjithçka.

Stefi u ngrit dhe i shkoi pranë të shoqit.

- Je zemëruar me mua? – e pyeti ai, kur e pa me buzë të shtrënguara.

- Kthehemi në shtëpi tani, - u nëpërdhëmb ajo.

Ai ngriti supet dhe e ndoqi pas nëpër ca rrugina të vogla të shtruara me asfalt.

- Nuk më del nga mendja ajo puna e çelësit... - ia bëri ai.

- Hapi mirë sytë kur ta mbyll herën tjetër.- i tha shkurt e shoqja.

- Ah, nuk më shkoi në mendje! Harrova se nuk më ndodhi asgjë sot. Nuk kam vdekur ende.

Liliana dërgoi pastruesen të njoftonte Lekën. I la telefonin në dorë dhe vetë doli jashtë. Në anën tjetër të fillit ishte Ani. Ai i kërkoi menjëherë të shiheshin. Kishin aq shumë për të biseduar. Ajo dukej se e kishte humbur aftësinë e të dëgjuarit. Vetëm fliste plot eufori e përpiqej ta bindte se nuk kishte fare dyshim se problemi i tyre do gjente zgjidhje shumë shpejt. Karakterin dhe identitetin e vërtetë, fëmijët e tyre do ta trashëgonin nga ata të dy, që ishin ushqyer me ideale të shëndetshme proletare, të një shoqërie të denjë socialiste. Pas një tentative tjetër që t'i linte radhë edhe atij të fliste, ata vetëm se folën gjatë të dy në të njëjtën kohë. Pa u kuptuar fare. Ai heshti dhe vendosi të dëgjojë Anin që kishte filluar t'i thoshte se e donte pa masë. Këtë e kuptonte më mirë tani kur shihte aq shumë meshkuj që i vinin rrotull ngado që shkonte.

- Nuk është faji im. Më ndjekin dhe më lënë në dorë copa letrash ku kërkojnë të martohen me mua... E kanë kot. Njeriu duhet të bëjë një zgjedhje në jetë dhe unë e kam bërë timen.

Ai uli telefonin. Ishte zbehur dhe kishte frikë se do të fillonte të dridhej e ulërinte mu aty në zyrën e shefes së tij.

Të nesërmen doli ta presë jo larg shtëpisë së saj, në anë të kioskës së cigareve ku ishin takuar aq herë. Ndryshe nga sa e priste ai, Ani doli bashkë me të ëmën, që e mbante prej krahu. Një çast mendoi t'i ndalonte dhe t'i fliste në prani të së ëmës. Por pati frikë se do ta trondiste atë grua të moshuar, që megjithë shëndetin e saj të rrënuar, bënte çmos që të mbante prej krahu të bijën.

Ani dukej sikur në çdo çast mund t'i ikte duarsh të ëmës e të merrte rrugën kuturu. Kishte veshur këpucë me taka të larta dhe përshëndeste të gjithë ata që i kalonin pranë. Një këndellje e brendshme sikur i kishte kthyer në fytyrë atë ndriçimin e lehtë ngjyrë qumështi fytyrës së saj, që ai e njihte mirë. Ndokujt i bënte shenja me kokë, një tjetri i ngrinte dorën. Kishte nga ata që nxitonin t'i kthenin përshëndetjen dhe ndalonin për ta parë nga pas. Në ndonjë rast, ajo ndalonte të përkëdhelte fëmijët e vegjël dhe u bënte pyetje prindërve, të cilët në fillim u përgjigjeshin seriozisht dhe pastaj nxitonin të iknin tutje. Që të mund të vazhdonin rrugën, e ëma kujdesej ta tërhiqte thuajse pa dëshirën e saj.

Leka nuk besonte se ajo nxitonte ta shoqëronte të bijën në shkollë, ku Anit i kishte mbetur edhe një javë që të përfundonte stazhin, por as nuk e priste që ato të dyja t'i drejtoheshin Ambulancës qendrore të Tiranës. Dhe ashtu ndodhi.

Përtej korridoreve me xhama të palarë, ai mundi të shohë se të dyja gratë, trokitën në kabinetin e shërbimit psikiatrik në katin e parë. Iu kujtua se Ani i kishte thënë se ndiqej nga shërbimi ambulator i qytetit, duke u kujdesur ta siguronte se ajo nuk ishte e çmendur. Por tek e shihte me sytë e tij të kapërcente pragun e atij kabineti psikiatrik, nuk u ndie fare mirë. Sytë iu mbushën me lot.

32

Leka donte të besonte se ishte gjithnjë dikush për Lilianën. Me kohë pastaj kishte nisur të dyshonte se ide të tilla bënin jetë vetëm në mendjen e tij. Liliana kishte një logjikë të sajën, që ai nuk e kapte dot. I vetmi person në botë që dukej se i interesonte ishte i shoqi, për të cilën nuk lodhej së foluri.

Kur i kishte thënë se Pavli ishte në dijeni të lidhjes së tyre ai nuk ishte ndjerë i rrezikuar. Ajo e dinte ku hidhte këmbët. Në ditët që pasuan, nuk ndihej më i sigurt për asgjë. Kjo e shtyri ta pyesë nëse i kishte menduar pasojat e atij rrëfimi që i kishte bërë të shoqit. E trembte ideja se një ditë mund të ndodhej përballë Pavli Isakut.

- Duhej ta bëja, - i tha shkurt ajo. Ai duhej ta dinte. Mund të kisha më shumë pasoja po të mos ia kisha thënë. Desha të jem e qetë me veten time.

Leka nuk kishte ditur si ta merrte.

- Po a nuk mendove se personazhi tjetër i historisë jam unë, - e pyeti si u mendua gjatë.

- Nuk di të kem pasur një histori me ty, - ia ktheu ajo, duke shtuar një buzëqeshje të lehtë, si për të zbutur pasojat e një pohimi aq të pakëndshëm. Pastaj, tek e vuri re se ai u hutua si një nxënës shkolle, që nuk ka marrë vlerësimin që priste, ajo i kaloi dorën mbi kokë dhe i shpupuriti flokët.

- Qe një përvojë jo pa interes, - shtoi tha, - por e kotë të kërkosh një histori aty brenda. Do kisha dëshirë të kishte, por nuk ka. Ruaj gjithnjë përshtypje të mirë për kujdesin që tregove kur erdha këtu. Një djalë të edukuar, gjithnjë veshur dhe krehur me kujdes, nuk e ndesh çdo ditë. Ajo që më habit tani është se ti nuk pranon të rrezikosh për asgjë. Thonë se frika nuk të vret, veçse të pengon të jetosh.

- Atëherë, - iu kthye ai me një ton revanshi, - beson vërtet se ia vlen të rrezikosh për një jo histori? Ia vlen në kushte të tilla të bëhesh vullnetarisht preh e xhelozisë së një burri?

- Ai nuk është xheloz, - e siguroi ajo, -por unë nuk mund të përfitoja nga kjo, nuk mund t'ia mbaja të fshehur. Përpiqu ta kuptosh këtë.

Me atë që i kishte ndodhur të atit, gjithçka kishte ndryshuar. Tani Leka ndjente praninë e vazhdueshme të një kërcënimi. Nuk besonte në mungesën e xhelozisë te një burrë. Shpresonte vetëm se Liliana do të dinte diçka tjetër që i jepte aq siguri në marrëdhëniet me të. Nuk kishte ngjarë që një funksionar i lartë politik të divorconte gruan e tij pa rrezikuar postin. Ajo mbase njihte natyrën e thellë të shoqit dhe e dinte se ai nuk do të sakrifikonte gjithçka kishte ndërtuar deri atë çast duke iu drejtuar gjykatës, për t'u divorcuar. Dhe kjo nisur vetëm nga pohimet të saj, që ajo mund t'i mohonte në çdo çast.

Kjo histori e turbullonte shume dhe Leka përpiqej të harronte. Por e kishte të vështirë. Pas asaj që i kishte ndodhur të atit, burri i fuqishëm i Lilianës mund të bënte ç'të donte me të, pa zgjuar as dyshimin më të vogël se kjo ishte pasojë e asaj "përvojës jo pa interes" me të shoqen.

Elsa qëndroi para pallatit me shpresë se do të shihte dy fëmijët që i kishin kërkuar t'u hapte derën e apartamentit. Kishte ngurruar të bënte kallëzim në rajonin e policisë për përdhunim. I trembej informacionit që ata do të kërkonin për të dhe prindërit e saj. E mundonte edhe një ngathtësi e pashpjegueshme e trurit për të kuptuar të vërtetën e asaj dite. I bëhej se kishte jetuar deri atëherë vetëm e vetëm për të mbërritur te çaste të tilla lemerie dhe tani ishte murosur brenda tyre, si një shtazë e theruar në fund të një frigoriferi të vjetër e të ndryshkur.

Eci përgjatë grilës rrethuese të parkut të lodrave, pa mundur të shohë asnjërin prej tyre. Nuk donte të largohej si herët e tjera. Atë ditë kishte ardhur për të mos ikur aq shpejt.

Në pamundësi të gjente ndonjë nga fëmijët, u drejtua nga hyrja e pallatit. Ngjiti shkallët dhe u ndodh përpara derës së atij apartamentit që e mbante mend mirë. Trokiti dhe u përpoq të mos mendonte për atë që po bënte. Druhej se nuk do të ishte e zonja të qëndronte gjatë më këmbë para asaj dere.

Priti shumë deri sa dëgjoi zhurmë nga brenda apartamentit, por dera nuk u hap. Ishte kërcitja e një çelësi që rrotullohej ngadalë në bravë, doreza ulej, por dera nuk hapej. Çelësi rrotullohej përsëri, ngadalë, me një zhurmë të thatë e gërvishtëse. E zuri paniku dhe mori të ikë kur dëgjoi derën të hapej pas krahëve të saj. Ndaloi të shohë dhe njohu gruan e moshuar me flokë të thinjur e të lëshuar. Atë ditë kishte menduar se ishte vetëm një përhitje. Tani ajo qëndronte në mes të derës gjysmë të hapur me fytyrën si prej mermeri varrezash që ka nisur të bëhej poroz nga koha.

Të dyja u vështruan gjatë, si të ishin në kërkim të detajeve plotësues të njohjes së tyre të mëparshme.

- Erdhi autobusi? – pyeti ajo duke zgjatur kokën të shihte tutje supeve të saj.

Elsa deshi të kthehej e të ikte. Dhe ashtu do të bënte sikur gruaja të mos e kishte lënë derën hapur dhe të zhdukej në brendësi të apartamentit. Deshi ta mbyllë derën dhe të zhdukej prej aty por nuk e priste ta shihte përsëri atë grua tek priste në fund të korridorit, me sy të mëdhenj e lutës. Hodhi disa hapa drejt saj që të kuptonte më mirë se çfarë kërkonte. Gruaja u tërhoq përsëri drejt një dhome dhe ndaloi para një shtrati të vjetër hekuri.

Elsa shkoi dhe ndaloi pranë saj. Gruaja nxori nga xhepi një krehër dhe nisi ta kalojë ngadalë mbi flokë, pa ia hequr sytë. Lëvizja e dorës ishte e lehtë dhe e shpenguar. Pas krehrit kaloi ngadalë duart përmbi flokë. Si u bind se çdo fije ishte në vendin e vet, largoi njërin cep të batanijes dhe u shtri në shtrat. Mblodhi gjunjët dhe qëndroi me sy të kthyer nga Elsa, si një fëmijë që pret ta mbulojnë dhe t'i tregojnë një përrallë. Ajo ngurroi pak, por pastaj i hodhi batanijen përsipër.

Së fundi guxoi të vështrojë rrotull dhe u ul ngadalë në karrigen që ishte në anë të shtratit. Tutje korridorit sytë i zunë një derë e mbyllur. U ngrit menjëherë dhe shkoi ta hapë. Ishte një dhomë tjetër, hapësirën më të madhe të së cilës e zinte një shtrat i shprishur. Në anë kishte vend vetëm për një komodinë mbi të cilën gjendej një radio e vjetër sovjetike. Në veshë i shpërthyen menjëherë harqet e koncertit të Brandeburgut. U zmbraps e trembur dhe përplasi derën pas vetes.

Kur u kthye përsëri pranë shtratit të gruas, atë e kishte zënë gjumi. Por vetëm sa iu duk ashtu. Gruaja zgjati dorën dhe e kapi nga gishtërinjtë, si të kërkonte të mos e linte vetëm. Elsa u ul në karrige pa ia larguar dorën.

Nuk dinte të thoshte sa kohë kishte kaluar, kur ndjeu se frymëmarrja iu bë më e rrallë dhe më e thellë. Elsa u përkul të vështrojë me mirë fytyrën e saj të kthjellët, si të shpresonte të kuptonte sekretin e atij gjumi të paqmë. Befas dëgjoi zhurmën e derës së jashtme, që u hap. Ende më e frikshme ishte zhurma që bëri kur u mbyll. Disa hapa të nxituar u dëgjuan në korridor, por ende nuk dukej njeri. Ajo u ngrit më këmbë. Kërkonte me çdo kusht t'i bënte ballë frikës së saj.

- Teze, aty je?- dëgjoi një zë të burri, që nuk nxitonte të shfaqej te dera.

Nuk iu duk i panjohur. Instinktet e saj ulërinë. I thonin të ngrihej e të ikte me vrap. Por vetëm sa drejtoi shtatin dhe priti.

Vështrimin e kujtdo që do të shfaqej aty donte ta përballonte ulur dhe pa u trazuar. Qe mjaft e rëndësishme për të.

Së fundi, personi që ishte në korridor vendosi të hedhë edhe një hap që të shihte brenda në dhomë. Nuk ishte britma e ngjirur e banakierit të Florës, që e bëri të dridhej por e atij tjetrit, e atij që i ngrinte kokën duke e tërhequr prej flokësh kur masturbohej. Dhe po të mos bërtiste ai i pari, do të ulërinte ajo. Ajo e vështroi me një ftohtësi të tillë që e frikësoi edhe atë vetë.

Me xhaketën, nga e cila kishte nxjerrë vetëm një mëngë, ai ulëriu edhe një herë si t'i ishte shfaqur një hije varrezash dhe u zhduk në korridor. Kur desh të hapë derën, ndaloi. Merrte e jepte me xhaketën, të cilës nuk i gjente dot mëngën. U nxeh dhe nisi të shajë ndyrë nga inati e dëshpërimi.

- Nuk isha unë, ti e di cili ishte, - tha së fundi por dukej se ato fjalë ua adresonte më tepër personave të fshehur diku e përgjonin, të gatshëm t'i hidhnin hekurat.

Elsa u ngrit në këmbë.

- Jo, nuk e di, - i tha duke e ndjerë se atë çast mund të ngrihej pa frikë.

- Ti e njeh vetë... E njeh mirë ti, e di atë...

Dukej se ishte gati të shtrihej për tokë që ajo ta besonte, por në të njëjtën kohë kishte një dritë të frikshme në sy. Ai do t'i hidhej përsipër po qe se do të kishte sigurinë se ishin vetëm.

- Shumë i dhunshëm me mua. Pse? Çfarë të kam bërë? - foli Elsa duke ecur drejt tij.

Ai u tërhoq përmes korridorit dhe iu afrua përsëri derës së jashtme. Mbase mendoi se kishte ardhur çasti fatal, kur dikush do të hynte menjëherë dhe t'i hidhte një rrjetë metalike përsipër, si të ishte një hienë që u duhej e gjallë. Por asgjë nuk ndodhi.

Elsa kaloi para tij e doli jashtë.

Fytyra e tij erdhi duke u çliruar.

- Faleminderit që je kujdesur për tezen, - i tha gjithnjë me zë të lartë që u drejtohej edhe personave që nuk i shihte. - Bëhet dy një javë që nuk flinte.

- Ç'të kam bërë? – pyeti ajo dhe u kthye të ikë.

- Më ngatërron me kushëririn tim. Unë jam Thanasi, Thanas Gripshi... Atë ti e njeh vetë. Unë nuk jam ai. Jam hidraulik me kategori të pestë, - i bërtiti ai nga pas.

Në rrugë Elsa ndihej pak më ndryshe, edhe pse i vinte të qante. Kishte bërë diçka që nuk kishte menduar se ishte e zonja ta bënte. Kishte parë të keqen në sy. Kjo sikur e pajtoi disi me veten...

Mendimet iu ndërprenë tek ndjeu hapat e dikujt që nxitonte pas saj. Thanasi po e ndiqte dhe ajo ndjeu më shumë frikë se sa kur ishte brenda në apartament. Priti që ai ta shante e ta kërcënonte duke bërtitur, që të tërhiqte vëmendjen e kalimtarëve, ta akuzonte për gjësendi dhe ta tregonte me gisht.

- Edhe unë do të bëj diçka për ty, - i tha ai, duke iu afruar sikur të ishin duke ecur bashkë. - Kushëririt tim i është mbushur mendja të vijë aty ku punon ti, që t'u tregojë shefave të tu atë që ka bërë babai tënd, por unë do t'i mbush mendjen ta lërë atë punë.

Ajo ngadalësoi hapin. Nuk e priste. E donte profesionin e saj dhe e dinte se sa e rëndësishme ishte të ngrihej çdo mëngjes e të ikte në punë. Për të dhe për familjen e saj. Po të merrej vesh e vërteta e babait të saj, asnjë nga kolegët nuk do të ngrinte qoftë edhe gishtin e vogël për ta mbrojtur.

Shpejtoi hapin, si për të fshehur dobësinë e madhe që ndjeu dhe u mundua të shkëputej prej tij.

- Do t'ia mbush mendjen të mos duket andej!

- Nuk më intereson kujdesi yt! - tha ajo dhe u vu të vrapojë me lotët në sy.

- Unë do të bëj, punën time, - vazhdoi ai, duke u përpjekur të mbante hapin me të e ta shihte në sy. - Kujdesi për tezen më ka mallëngjyer. Prekem kollaj unë.

- Nuk më intereson asgjë, kupton!

- Po deshe të kujdesesh prapë, eja kur të duash, - i tha duke e lënë të ikte. - Darkave është më mirë. Thanas quhem unë... Thanas Gripshi, mos harro.

34

Liliana nuk e mendonte veten të fliste në një seminar për problemet e hartografisë. Ftesa e organizatorëve në të vërtetë kishte ardhur në emër të ateliesë dhe ajo, si e mbajti një copë herë në dorë, thirri Lekën. E dinte mirë emrin që gëzonte ai midis brezit të ri të studiuesve në fushën e hartografisë.

Në zyrën e saj ai tani vinte vetëm kur e thërriste për ndonjë problem teknik. Ajo i dha ftesën që ai e lexoi në këmbë, para tryezës. Midis organizatorëve të seminarit njohu emrat e disa bashkëstudentëve dhe pedagogëve të fakultetit. Ftesat për takime të tilla zakonisht ata i dërgonin në emër të tij, por kjo kishte ndryshuar pas fjalëve që do të kishin dëgjuar për të atin, nuk dinin çfarë duhej të bënin. Dukej se kishin dijeni që atë nuk e kishin larguar ende nga një sektor që cilësohej si i natyrës strategjike, por dyshonin nëse kishte ende të drejtë të ngjitej në podiumin e një seminari kombëtar.

Për Lekën ishte një shenjë e qartë se mjedisi rrotull tij ndryshonte më shpejtësi. Nuk duhej të habitej që një rrotull vetes të mos shihte asgjë tjetër veç hijes së vet, që edhe ajo me kohë, do t'i dukej se e ndiqte me frikë.

- Urime, - i tha shefes duke i kthyer ftesën, - është për ju.

Ajo ngriti kokën si e habitur dhe e pa në sy.

- Pse ma thua këtë? – e pyeti pa e kuptuar mirë ku donte të dilte.

Ai i kërkoi leje të ulej në karrigen që ishte përballë tryezës së saj dhe nisi t'i shpjegojë se tematika e seminarit i përshtatej statusit të saj si shefe. Ajo mund të fliste për gamën e hartave të reja lokale dhe rajonale që përgatiteshin në atelie. Tribuna e seminarit qe një mundësi e mirë paraqitjeje të punës së tyre. Dhe për këtë, askush nuk ishte në pozicion më të mirë se sa ajo.

- Nuk e kisha menduar kështu, - ia bëri ajo e turbulluar, por jo fare e pa interesuar ndaj idesë së tij.

Leka e dinte se në podiumin e një simpoziumi, për të cilin nuk do të mungonin kronikat televizive, ai vetë do të rrezikonte të tërhiqte edhe vëmendjen e personave që nuk duhej. Mbiemri i tij nuk do të tingëllonte fort i padëgjuar dhe kishte të ngjarë të shkruheshin letra anonime dhe telefonat do të ngriheshin reshtnin për të mësuar lidhjen e tij me një farë Zoe Bendo.

Ngriti dorën te kollarja e tij dhe liroi pak jakën e këmishës, por ndërkohë ndiqte me vëmendje çdo gjest të shefes së tij. Buzëqeshja e saj dhe vështrimi që i hidhte herë-herë, i la përshtypjen se ajo ftesë ishte edhe një mundësi afrimi me të. Një mundësi krejt e papritur.

Liliana u ngrit nga tavolina. Ideja e tij e kishte prekur në diçka të fshehtë e të ndjeshme. Në opinionin e shumë vetëve ajo shihej si e shoqja e Pavli Isakut. Gjithçka e saj personale rrafshohej e shuhej nën emrin e tij. Kjo nuk i pëlqente dhe thellë në vetvete ishte në pritje të një rasti që do t'i jepte mundësi të shprehte atë çka ishte e zonja të bënte.

- Sikur mëdyshjesh, – i tha ai, - do të flasësh për gjëra me të cilat merresh çdo ditë.

- Më lër pak të mendohem, - foli ajo, duke hedhur fundin e një gote uji në vazon e një luleje. - Më le gjithë këtë barrë në duar... Nuk mund të marr vendim menjëherë.

- Po qe se pranon, unë do të rendis disa shënime, të cilat pastaj mund t'i shohësh vetë...

Ajo e vështroi si e mpirë dhe pati dëshirë t'i bërtiste e t'i thoshte: dua të ekzistoj jashtë autoritetit të tim shoqi, por dua të rri edhe larg teje!

Shtrëngoi buzët e heshti. Nuk ishte e sigurt se qe ashtu. Kjo e turbulloi ca, por shpresoi se nuk kishte rënë në dashuri me të.

Leka e ndjeu se kishte hedhur hapin e tepërt, pas suksesit të parë. Hapin që nuk duhej. I tha se pa dyshim ajo mund ta bënte gjithçka vetë dhe u kthye e doli jashtë. Liliana ndjeu se në prani të atij tipi bënte gjithnjë të kundërtën e asaj që duhej. Prapë shpresoi se nuk kishte rënë në dashuri me të. Megjithatë ndihej gjithnjë e më e paqartë se si duhej të sillej ndaj tij. E ndjente se ai kishte ndërmarrë një strategji afrimi dhe ajo nuk kishte ende një të sajën. Nuk ia falte mënyrën se si ishte shkëputur prej saj. E dinte se ai do t'i largohej një ditë, por ama duke i lënë asaj kohën e nevojshme për t'u përshtatur.

Largimin e tij të menjëhershëm e kishte përjetuar si një mësim fyes morali që ai i jepte.

Përpiqej të kuptonte se çfarë kishte ndodhur te ai kur i kishte thënë se i shoqi ishte në dijeni të lidhjes së tyre. Por po aq pak kuptonte veten përse ia kishte thënë. Mbase për t'i treguar se ishte në gjendje t'i dilte zot çdo hapi që hidhte në jetë.

Pas pak ditësh, i kërkoi të ulej përballë tryezës së saj dhe i zgjati të gjithë materialin që kishte përgatitur për seminarin.

Maniak i saktësimeve, Leka i shkoi deri në fund, duke vënë ndonjë pikëpyetje anash dhe ngriti kokën nga ajo.

- Je grua e zonja, - ia bëri duke e parë në sy .

- Ma thuaj përsëri.

- Je vërtet grua e zonja, - qeshi ai.

- E di, - i tha ajo, duke mbyllur sytë, - e di, por herë pas here dua të kem dikë afër që të më thotë se jam e tillë.

Duke u kujdesuar të zgjedhë fjalët e duhura, ai i foli edhe për idenë e ndonjë riformulimi që duhej të bënte.

- Jam e dënuar të mahnitem prej teje gjithë jetën time, - tha ajo duke mbajtur ndonjë shënim që të mos harronte vërejtjet e tij.

Ai u ngrit dhe vështroi orën.

- E anasjella është po aq e vërtetë, -ia bëri ndërsa u drejtua nga dera.

- Gabohem, - nxitoi t'i thotë ajo nga pas, - apo... Leka ka kohë që nuk më ke folur për atë vajzën, Anin.

Ai u kthye ta shohë në sy. Nuk ndihej fort i befasuar. Kishte bërë gjithçka për ta shtyrë atë drejt asaj pyetjeje.

- Mbase mund ta formuloja ndryshe, - shtoi Liliana, - por në thelb desha të pyes çfarë po ndodh midis teje dhe asaj? Natyrisht, nuk je i detyruar të përgjigjesh.

- Këtë do të desha ta di edhe unë, - foli ai si me vete dhe doli.

35

Si asnjëherë tjetër më parë, Stefi u kërkoi fëmijëve të përshëndesnin të atin para se të iknin në punë. Mbylli derën pas tyre dhe si qëndroi një copë herë pas saj, u fut në dhomën ku ishte i shoqi.

Zoe nuk kishte çehre të mirë atë mëngjes. Natën kishte parë ëndërr sikur erdhën ta merrnin me një ambulance ushtarake që e tërhiqnin dy lopë. Ishte ngritur i trembur dhe u përpoq të rrijë zgjuar. Ishte e vetmja mënyrë që të mos i dëgjonte më kuisjet e rrotave të pa grasatuara të ambulancës ushtarake në korridorin e tyre.

Nuk ishte hera e parë që flinte aq keq, por atë mëngjes, nuk do të mund të merrte një sy gjumë, siç bënte nganjëherë kur ngelej vetëm. Kishin vendosur t'u ngjiteshin edhe një herë kodrave në Parkun e madh të qytetit. Mbase kishin më shumë shans dhe ai e linte pa dhimbje këtë botë. ta shtynin më tej qe bërë shumë e rrezikshme. Javën e shkuar, në derën e tyre kishte trokitur një burrë i shkurtër e me flokë të rralla, që i ngjante shumë Zoes dhe kishte këmbëngulur të vizitonte apartamentin.

- Këtu banojmë ne, - i kishte thënë Stefi e trembur.

- Ju shoh, në ballë i kam sytë, - ishte nxehur ai. – unë dua të di nëse i pëlqen gruas sime ky apartament. Nesër mos dilni nga shtëpia se do të vijmë ta shohim bashkë.

Të nesërmen ai nuk ishte dukur. Ajo qe e sigurt se do të ishte personi që kishte marrë postin e Zoes në ministri. Tani kërkonte apartamentin.

Kur zbritën në fund të shkallëve të pallatit, i shoqi iu lut të mos merrnin rrugicat e periferisë për të shkuar "te vendi". Do të dilnin fillimisht te Bulevardi i Madh. Donte të ecnin edhe një herë të fundit përmes tij, deri sa të mbërrinin te kodrat e qytetit. Asaj nuk i pëlqeu ideja e të shoqit, por nuk deshi të shamatoheshin në një ditë të tillë. Zoe prej kohe acarohej edhe për gjënë më të vogël.

Ndryshe nga kalimtarët e tjerë që nxitonin në punët e tyre, ata nuk ecnin shpejt, por nuk deshën të duken as si të ngeshëm. Stefi kishte veshur një pardesy që mund të kthehej e të përdorej nga të dyja anët, të cilat kishin ngjyra të ndryshme. Zoe ia kishte sjellë pas një vizite pune disa ditëshe në Bullgari. Zakonisht ajo e vishte duke lënë së jashtmi ngjyrën e saj gri, ndërsa atë ditë e kishte kthyer nga ana me ngjyrë mjalti të errët e me pak refleks, që e përdorte vetëm për raste të veçanta. Të kthyerit në atë anë, i diktonte edhe një mënyrë të veçantë të ecuri, më solemne. Qafa i ngurtësohej dhe supet sikur i lëviznin rrotull një aksi të shtangët, që i fillonte nga maja e kokën e deri në skajin më të poshtëm të shtyllës kurrizore. Buzët i mbante të shtrënguara fort dhe flokët, të kuqërremtë si asnjëherë tjetër, i kishte lidhur topuz mbi kokë, por pa ndonjë kujdes të veçantë. Fije të veçanta i rebeloheshin dhe ia merrte era.

Zoe kishte kërkuar të vishte një triko të madhe të cilën e fuste në pantallonat e kostumit të vjetër që që të mos i vareshin poshtë. Ecte me hapa më të vegjël, por detyrimisht më të shpejtë se të së shoqes.

Krahu i Stefit ku mbahej fort, atë ditë i dukej më pak i ndjeshëm, si të ishte i veshur me allçi. Kishte kërkuar të kalonin përmes Bulevardit me shpresë të largonte atë ndjenjën e fëlliqët të njeriut që kujdeset të ikë nga kjo botë fshehurazi, nga frika se mos edhe vdekja e tij u ngjall bezdi atyre që e kanë shtyrë deri aty. Kthente kryet gjithandej dhe nuk ngurronte të ndiqte me sy edhe ata që kalonin në trotuarin tjetër, por askush nuk i kthente sytë nga ai. Vërtet, asnjë që ta vështronte pak më gjatë se sa dikush që kryqëzojmë rastësisht në rrugë. Të gjithë nxitonin në punë të tyre.

Qëllonte që ndokush t'u hidhte ndonjë vështrim kalimthi në mos atij, të shoqes, por qe një vështrim që nuk shprehte asgjë, që kishte humbur rrugën e ishte ndaluar kot mbi ta.

- Ja edhe pak, - i dha kurajë ajo. - Nuk ke nevojë të inatosesh me veten.

- E kam me këta rrotull, - i tha ai i me sytë tashmë nga ato ndërtesat e mëdha prej stilesh të përzier ku ishin institucionet e larta të vendit. - Dua ta dinë se çfarë mendoj unë për ta.

- Nuk ke punë me ta.

- Unë tani i kam këtu në kokë mendimet e mia dhe dua që ata t'i mësojnë!

- Nuk ka nevojë të bërtasësh, - u tremb ajo se mos tërhiqnin vëmendjen e rojeve që ruanin godinat qeveritare.

Zoe ktheu sytë te godina ku ishin zyrat e Komitetit Qendror të Partisë. Dritaret anësore të katit të tretë fillonin mbi një frizë graniti në ngjyrë të kuqërremtë, flitej se i përkisnin zyrës së Sekretarit të Përgjithshëm.

Ishin të mbyllura, por ai nuk i largonte sytë prej andej. Analiza e tij, ajo për të cilën kishte punuar me aq pasion, do të qe ende aty, në ndonjë sirtar të tryezës së asaj zyre. Mbase ndonjë orë më vonë ai do të hynte aty. Duke kërkuar diçka tjetër, ndodhta do të hapte sirtarin dhe do t'i hidhte një sy asaj e do kënaqej për punën e mirë që kujton se ka bërë vetë. Një kopje e saj mund të ishte gjetiu. Sekretarët e tij po i bënin korrigjimet e rastit për ta botuar në ndonjë nga ato librat që shfaqen çdo muaj me emrin e tij.

U pengua te një plloçë e shkulur e rrugës dhe do të kishte rënë përtokë po të mos shtrëngonte me kohë krahun e së shoqes.

- Aty do të jetë, - tha me inat, - në tavolinën e tij! Ai edhe tani mendon se e ka shkruar vetë.

- Nuk të mora vesh?- pyeti e shoqja, me zë të ulët.

- Do ta ketë parë edhe në televizion veten atë natë, duke e lexuar. - vazhdoi ai gjithë mllef.- Do t'i ketë pëlqyer mjaft analiza që lexoi.

- Nuk ka asnjë dobi të flasësh me veten, - ajo ishte gjithnjë e më e shqetësuar.

- E kam me të! – bërtiti ai, - Edhe me ty!

Stefi i shtrëngoi krahun duke u lutur që të mos përmendte ndonjë emër që nuk duhej. Por ndërkohë u kujdes të nxitonte hapin që të largoheshin një çast e më parë nga ajo zonë e survejuar.

Te shkallaret monumentale të Rektoratit të Universitetit, në fund të Bulevardit, ndeshën në një grup studentësh të Institutit të Arteve. Kishin ngritur kavaletat dhe me akuarelet e tyre përpiqeshin të kapnin dritën e zymtë të mëngjesit që varej mbi kodrat e qytetit. Ata të dy kaluan si hije përmes tyre dhe shkuan të futen në një kabine telefonike. Ishte një ide e Stefit, që të shihnin se mos po i ndiqte kush.

Kodrave që fillonin menjëherë më pas, iu ngjitën duke ndjekur një rrugë të ngushtë me asfalt të çarë e të deformuar si lëvozhga e një trungu të vjetër pishe. Zoe nisi të mos ndihej mirë. Ajo nuk e priste aq shpejt, por për të qenë më e sigurt, nxitoi hapin edhe më shumë. Frymëmarrja e Zoes po bëhej më e shpeshtë dhe më fërshëllyese. Dikur nisi të dihaste. Nuk ishin gjendur asnjëherë aq afër asaj që prisnin. Nëse ndodhte që ai të harronte përse kishin ardhur aty dhe të kërkonte të ndalonin ca, që të çlodhej, Stefi ishte e vendosur të bënte sikur nuk kishte dëgjuar. Iu duk e tmerrshme ajo që mendoi. Po ashtu do të bënte.

Dikur e detyronte ajo të shoqin të ulej dhe do t'i maste pulsin. Nëse ishte e nevojshme, do t'i vinte një tabletë trinitrinë nën gjuhë. Por kohët kishin ndryshuar për të keq. Nga frika se mos ligështohej dhe kthente mëndje, ajo ishte kujdesur të "harronte" në shtëpi të gjitha ilaçet e tij. Nuk shihte asnjë mundësi tjetër. Fëmijët nuk i kemi rritur për t'ua hedhur qenve, i kishte thënë natën të shoqit. Ishte në emër të tyre që ajo tani i kishte vënë zemrës një gur dhe kthente sytë tinëz të vërente buzën e tij që po nxihej. Ishte shenja që priste: zemra e tij punonte tutje kapaciteteve të saj. Gjaku duke mos lëvizur dot në rrugët e tij të zakonshme, nga pafuqia e zemrës, fillonte e mblidhej në mushkri dhe në rajonin e kokës. E kapi nga dora dhe i pa gishtat. Ajo hënëza e vogël, zakonisht në ngjyrë qumështi të holluar, aty në rrënjë të thonjve të tij, kishte nisur të bëhej mavi. Ia përkëdheli gishtërinjtë dhe ia lëshoi menjëherë. Ai nuk duhej t'i shihte, sikundër nuk shihte dot as buzët e tij të nxira.

Zoe nuk e priste që mu ato çaste ajo t'u jepte më shpejt këmbëve. Shtrëngoi dhëmbët dhe e ndoqi si mundi. Kishte vendosur të bënte gjithçka ishte në dorë të tij. Nëse duhej të vdiste, le të ikte një orë më parë.

- Ka kërpudha këndej? – pyeti papritur Stefin.
- Kërpudha? ...Nuk di të jetë tani koha tyre.
- Në fshat i gjeje edhe në këtë kohë. Të kujtohet?
- Jo.

Kur dolën nga rruga e asfaltuar dhe këmbët u shkelën në halat e disa borigave që kërcisnin nën peshën e tyre, Stefi nuk u ndije mirë. Atë vendim e kishin marrë bashkë, por asaj vetja i dukej vërtet mizore. Deshte të mbështesë kokën pas një trungu peme e të ulërinte, madje zgjodhi edhe një pemë. Por po të ndalonte ajo, do të ndalonte edhe ai. Kjo nuk duhej të ndodhte. Veçanërisht jo në ato çaste. Se vërtet kurrë nuk kishin qenë aq afër. Vështroi rrotull dhe si la të kalonte një grup vajzash sportiste që vraponin duke folur me zë të lartë, u drejtua te një stol dërrasash të trasha e të plasaritura. Zoe deshi të shkonte me të, por ajo ia shqiti dorën nga krahu i saj. U ul vetë, por nuk e ftoi të ulej edhe ai. U mjaftua t'i tregojë me gisht një rrruginë të zhveshur nga bari që fillonte te këmbët e stolit dhe gjarpëronte tatëpjetë kodrës.

- Andej të shkoj? - e pyeti ai, por në sy i lexohej qartë dëshira se do të donte të ulej ca me të.

- Andej, - i tha shkurt ajo dhe nxori një shami të fshinte gushën e djersitur, - vazhdo andej.

Zoes nuk i bëhej të ikte, por as nuk donte të rebelohej aty. Duke folur si me vete, mori të heqë trikon e madhe prej leshi, e palosi me kujdes më dysh dhe ia la asaj.

- Ah, jo. Duhet ta marrësh me vete, Zoe, - e këshilloi ajo, duke vështruar anash se mos i dëgjonte ndokush instruksionet që jepte, - Do dyshojnë menjëherë se ke ardhur me mendje që të vraposh, ndryshe nga sa të ka porositur mjeku. Do të thonë se e ke provokuar vetë vdekjen. Se ke bërë vetëvrasja, pra!

Duhej ta gjenin të shtrirë të veshur ashtu siç kishte dalë për të shëtitur, pa e menduar se çfarë do t'i ngjiste. Zoe veshi trikon, por e humbi fare gjallërinë e lëvizjeve. Si i zënë në turp, zgjati dorën dhe trokiti katër herë në shpinoren e stolit. Pas kësaj u ndie disi më i shkrifët.

- Po dhëmbët t'i mbaj? - e pyeti, - Kam frikë se mos i gëlltis kur të bie.

Ajo nuk foli. E mori si shprehje të dëshirës së tij, për të ndenjur edhe ca me të. Në pritje të përgjigjes së saj, ai iu afrua dhe i puthi flokët e kuqërremtë. Pastaj u përkul edhe pak më shumë dhe e puthi në faqe.

Ajo qëndroi si një grumbull dheu. Pa lëvizur, si të kishte frikë se mos rrëzohej, e ndoqi me sy tek u drejtua poshtë kodrës. Ashtu siç e kishte porositur.

- Atje ku po shkon nuk do të jesh vetëm për shumë kohë, - i foli nga pas e ngashëryer. - Po të vonohem ca do të thotë se kam edhe ndonjë punë për të rregulluar.

Ai ndaloi për t'i buzëqeshur.

-    Do të pres!

Pastaj u kthye e vazhdoi rrugën.

Rrotull vendi ishte krejt i shkretë. Dy peshkatarë, në breg, ishin përqendruar te kallamat prej bambuje e nuk donin t'ia dinin për asgjë. Stefi u shqetësua pak kur grupi i vajzave sportive la rrugën e asfaltuar dhe vazhdoi vrapin andej nga kishte shkuar Zoe. Kaluan anash tij dhe vazhduan tutje.

Nxori nga çanta një shall të lehtë dhe si e vuri mbi kokë, e lidhi shtrënguar nën mjekër. Do të kishte dashur ta shtrëngonte fort, deri sa të mbyste veten, por as këtë nuk kishte të drejtë ta bënte.

Kaluan disa minuta dhe Zoe nuk po dukej në faqen e kodrës përballë, sikundër ato vajzat që vazhdonin vrapin. U ngrit pa ditur çfarë të mendonte. Dridhej e gjitha, por së fundi e pa në anë të një akacieje të madhe. Kishte mbështetur dorën në trungun e saj dhe përpiqej të mbushej me frymë. Dorën tjetër e ngriti për ta siguruar atë se e dinte mirë se ç'duhej të bënte. Madje i ngriti parakrahët në lartësi të gjoksit duke i dhënë trupit pozicionin e një atleti që vraponte. Një gjest pak qesharak për dikë që thjesht ecte, por Stefi u prek shumë. I njihte mirë manitë e tij dhe e dinte sa të vështirë e kishte të ecte në ato anë duke u kujdesur të mos ndragte këpucët me baltë. Mbase edhe e kishte harruar se kishte ardhur aty të vdiste. Ose mendonte se ai do të bënte të tijën dhe vdekja le të bënte të sajën.

Iu zhduk nga sytë andej nga ishin zhdukur vajzat sportive. Pak më pas mundi t'i shohë kokën dhe fare pak kurrizin. Iu duk si një mi i madh, i hirtë. Pastaj nuk e pa më. E pushtoi një ligështi e madhe. Nuk e kishte menduar se përpjekjet e tij do e mallëngjenin aq shumë.

Andej nga qe zhdukur i shoqi, pa të shfaqej përsëri ai grupi i vajzave që po ktheheshin. Dy- tre prej tyre u shkëputën nga grupi dhe vrapuan në anën tjetër të rrugës. Njëra ulëriu. Stefi u ngrit menjëherë në këmbë. Dy burrat që po peshkonin në breg, lanë kallamat dhe nxituan andej. Vajzat thërrisnin njëra-tjetrën të alarmuara.

Stefi shtrëngoi edhe më fort shallin nën mjekër, mbërtheu pardesynë dhe mori rrugën e kthimit. Vetëm atë çast u kujtua se kur veshi trikon e tij të madhe atë mëngjes, i shoqi kishte harruar të merrte letërnjoftimin që e mbante në xhaketë.

Me të dalë te sheshi para Universitetit, u drejtua menjëherë te kabina telefonike dhe formoi numrin e telefonit të të vëllait.

- Zoe nuk është më, - i tha. - Njofto njerëzit tanë. Të paktën ta dinë, edhe po nuk erdhën për ngushëllim. Fëmijët lëri për në fund. Nga fillimi i mbas ditës më njofto edhe mua në punën time.

Në gjuhë i ishte formuar një shkumë e bardhë që me kohë i ishte përtharë e shndërruar në hi që i dilte nga goja në formë flluskash të vockla, sa herë nxirrte frymën. Kjo e bezdiste, madje e trembte. I dukej se ato flluska bashkoheshin dhe i qëndronin pezull në ajër mbi kokën e saj, për ta shoqëruar rrugës nga kalonte ajo.

36

Salla e Universitetit ishte e ftohtë dhe thuajse e zhveshur. Si zakonisht, prania e studentëve të shumtë i jepte një farë gjallërie. Interesin më të madh për seminarin kombëtar të hartografisë e tregonin disa specialistë të ardhur nga rrethet. Ishin ata që merrnin shënim gjithçka që mund t'u vlente, por synonin edhe për ndonjë njohje me persona, emrat e të cilëve i kishin parë nëpër kopertinat e librave.

Hyrja në sallë e Lekës në shoqëri të Lilianës, u ra menjëherë në sy kolegëve dhe të njohurve që nxituan t'u dalin para. Ai u tregua mjaft i përzemërt dhe në çdo rast i njohu me shefen e tij. Shumë prej tyre e njihnin ose kishin dëgjuar për Lilianën. Qe një grua e bukur që nuk kalonte pa rënë në sy. Ndonjëri i la në dorë kartëvizitën duke i shprehur gatishmërinë për bashkëpunim. Nuk mungonin edhe ata që formulonin komplimente të tërthorta. Dikush madje i tha se ishte i gatshëm të braktiste institutin ku punonin për t'u transferuar në atelienë që drejtonte ajo. Qoftë edhe me gjysmën e rrogës, shtoi. Humori nuk i mungonte edhe asaj vetë, duke u thënë se kërkesat ishin aq të shumta sa ajo rezervonte të drejtën të mendohej ca për të bërë zgjedhjen më të mirë. Kur mbetën vetëm, e pyeti Lekën në vesh.

- Mos ngjaj gjë si prostitutë?

Ai u përkul lehtë drejt saj.

- Lehtësish, fare lehtësisht,- i pëshpëriti në vesh.

Ajo ktheu kokën ta shohë, pa qenë e sigurt në duhej të qeshte apo jo.

Pas paraqitjes së programit nga shefja e katedrës së gjeografisë dhe nja dy kumtesave që u mbajtën nga specialistë të Institutit të Shkodrës, i erdhi radha asaj të fliste.

Leka e kishte vënë re që në mëngjes se ajo nuk e kishte më shqetësimin dhe frikën e ditëve të para, por si të gjithë ata që duan të krijojnë një kapital sigurie para se të marrin fjalën, rrinte e përqendruar te vetja. Kur iu përmend emri, i shtrëngoi atij kyçin e dorës dhe u drejtua nga foltorja. Përkuli pak mikrofonin që nuk kishte funksionuar mirë për parafolësit dhe si ngriti për një çast kokën për t'i buzëqeshur sallës, nisi leximin e kumtesës së saj.

Disa nga të njohurit e Lekës kthyen kokën nga ai dhe qeshën lehtë, gati me ironi. Mbase prisnin që edhe ai t'u buzëqeshte, si një formë miratimi të asaj që ata pandehnin, pra se ishte ai autori i vërtetë i kumtesës që po lexonte ajo. Leka e mori gati si provokim një gjë të tillë dhe nuk i lejoi vetës as grimasën më të vogël. Nuk i interesonte aspak të hiqej si një studiues në hije, i censuruar. Pas minutave të para askush nuk kthente më kokën. Të gjithë ishin përqendruar te kumtimi i Lilianës.

Kur në fund, midis duartrokitjeve të rastit, ajo u drejtuar nga sekretaria për të dorëzuar punimin e saj, për një botim të paralajmëruar të akteve të seminarit, Lekës iu afrua një burrë në moshë të mesme, i veshur me një kostum gri dhe kravatë në ngjyrë vishnje.

- Pavli Isaku, - iu paraqit duke i zgjatur dorën.

Deshi të besojë se vetëm sa iu duk se dëgjoi atë emër, por kjo nuk e ndihmoi aspak të ruante qetësinë. Ia ngjall menjëherë frika e dikurshme se një ditë do t'i duhej t'i bënte ballë hakmarrjes së atij burri. Por kurrsesi atë ditë. Liliana nuk i kishte thënë asgjë për ardhjen e tij. Dora me pëllëmbë të shtrirë drejt tij ngjante se do të zgjatej më tej e do t'i hynte në bark për një kontroll të rastit se çfarë fshihte aty. Ai i zgjati dorën dhe ia shtrëngojë, si një masë sigurie që gjithçka të mbetej aty.

- Nuk munda të vij më parë, - vazhdoi Pavli, - por edhe po ta kisha dëgjuar të gjithë kumtesën e Lilit, nuk do të kuptoja më shumë nga zanati juaj. Tani jam më i qartë kur më flet për ndihmën tuaj...

- Jo, - nxitoi të thotë Leka, - ajo që lexoi Liliana është krejt kontribut i saj. Ne bisedojmë për punën, por jo shpesh.

- Po kur nuk bisedoni, çfarë bëni? - pyeti ai.

- Punojmë, - u përgjigj Leka menjëherë. - Unë në zyrën time dhe ajo në të sajën.

- E, pra, ajo më thotë se ju rrini shumë bashkë.

- Kam frikë se e tepron ca.

Kur i pa të dy së largu duke biseduar, Liliana u kërkoi ndjesë personave që e kishin rrethuar për ta uruar dhe nxitoi të afrohej te ata.

- Besoj e njohe Lekën? – e pyeti të shoqin.

- Po, por është i mendimit se nuk të ka ndihmuar kushedi se çfarë, - tha Pavli duke i kaluar dorën rrotull mesit të saj, pasi e pati puthi në faqe.

- Është djalë modest, - ia bëri ajo duke qeshur. - Por kjo nuk është arsye që ta vësh në vështirësi me pyetjet e tua.

- Ah, jo, por ti me ke folur aq shumë për të!

Dukej as ajo nuk e kishte ditur se Pavli do të vinte në seminar. Ndihej e habitur, por nuk e shprehte.

Edhe pse i kaloi turbullimi i çasteve të para, Leka mezi e përballonte vështrimin e tij. Nuk kishte harruar asnjë çast se Liliana i kishte treguar për lidhjen e tyre. I dukej sikur pyetje pas pyetjeje Pavli kërkonte të dilte në diçka tjetër: për shembull çmendim kishte për pamjen e saj, për trupin dhe formën e këmbëve apo edhe si i dukej në shtrat. Pra, biseda midis burrash që këmbenin përvojën e tyre.

Mendime të tilla i shtinë frikën. Kishte përshtypjen se nuk kontrollonte më asgjë. Por tek bisedonte, i ra në sy një shprehje afërsie dhe përkujdesjeje thuajse atërore e Pavlit ndaj së shoqes. Dukeshin një çift mjaft i lidhur me njëri-tjetrin. Një arsye më shumë për të më gllabëruar mua të gjallë, tha me vete Leka.

Pas seminarit, Pavli i ftoi të dy për kafe, por gjatë gjithë kohës bisedoi vetëm me të shoqen dhe një zëvendës dekan që iu bashkua në tavolinë. Kur ky iku, ata të dy vazhduan të flisnin me njëri tjetrin. Nga mënyra se si ai e vështronte të shoqen tek fliste për disa probleme të punës së tij, deshi të besojë se ishte ajo që drejtonte edhe atë sektorin e tij politik.

Dikur Leka kërkoi të largohej. Ata e ndërprenë bisedën, si të kujtoheshin atë çast për praninë e tij. Liliana tha se edhe ajo do të kthehej në punë. Pavli i shprehu kënaqësinë për njohjen me të dhe i kërkoi shoferit t'i dërgonte me makinën e tij në atelie. Vetë u kthye me këmbë në zyrë.

Njohja me të shoqin vetëm se ia shtoi moskuptimin që kishte për natyrën e Lilianës.

- Ishe e mrekullueshme sot, - i tha kur zbritën nga makina.

- Në ç'kuptim? - e pyeti ajo.

- Në kuptimin e mrekullueshëm.

Ajo buzëqeshi duke tundur kokën.

- Edhe unë jam e kënaqur me veten.

- Mbase nuk ka asnjë lidhje, por me sa kuptova Pavli nuk
është tip rraskapitës. – i tha ai.

- Tani nuk po kuptoj asgjë.

- Nuk e di, prisja të ndesh në një tip psikologjikishit të
ngurtë. Ai m'u duk mjaft i ndjeshëm ndaj teje.

- I tillë është, - i tha ajo, - por nuk e kuptoj përse ndihesh i
detyruar të vësh në punë imagjinatën për të kuptuar natyrën e tim
shoqi?

- Kujtoja se ishte disi larg teje, që mungonte edhe kur ishit
bashkë.

- Kjo nuk ndodh asnjëherë... përveçse në raste shqetësimesh
të veçanta ..., - tha ajo dhe shtoi menjëherë: - Probleme pune, asgjë
më shumë.

- Dhe kjo ndodh shpesh?

- Funksioni tij ka edhe anën e vet të pakëndshme, gati
deprimuese. Nganjëherë është i detyruar të shkojë si i deleguar në ca
lloje mbledhjesh që përfundojnë me arrestime.

- Mos të dha ndonjë porosi të më shtiesh frikën mua?

Ajo qeshi, por dukej se nuk ndihej mirë edhe tek i tregoi për
një rregull të brendshëm politik që ndalonte arrestimin e anëtarëve të
partisë. Kur arrestimi i pashmangshëm, atëherë më parë organizohej
një mbledhje ku ai formalisht shkarkohej nga partia. Pas kësaj e
ftonin të dilte jashtë, ku i vinin menjëherë hekurat. Por tashmë nuk
ishte më anëtar partie. Kjo dukej qe e rëndësishme për Partinë, që të
mos regjistronte asnjë të dënuar në radhët e saj.

Problemi ishte se në mbledhje të tilla shpesh dërgonin Pavlin,
si më i riu midis sekretarëve. Kjo qe gjëja që i pëlqente më pak të
bënte. Edhe atë ditë ai sapo kishte dalë nga një mbledhje e tillë. Ata
që e njihnin tani ndjenin frikë sapo e shihnin, i largoheshin. Kjo nuk i
pëlqente as Lilianës.

Leka që kishte zgjatur dorën drejt ijës së saj, e tërhoqi
ngadalë.

- Nuk dua të përfitoj nga besimi që shfaq ndaj meje, - i tha
me një si ndjenjë të shtirë ngurrimi, - por mbase është rasti të flas për
babanë tim. Ti do të kesh dëgjuar për të...

Ajo buzëqeshi.

- Bëre rrugë të gjatë para se të dalësh këtu.- i tha duke si duke
qeshur. - Për babanë tënd di vetëm aq sa më ka folur dikush nga
punonjësit e ateliesë...

Lekën u habit, por nuk ishin fjalët e kolegëve të tij që i interesonin atë çast.

- Mbase Pavli ndonjë ditë do të merret edhe me të, – i tha me zë të ulët.

- Babanë tënd?

Ai tundi kokën.

- Nuk di ç'të them, - foli ajo duke ngritur supet. - Është komunist babai yt?

- Jo.

Liliana e pa duke tundur kokën në shenjë keqardhjeje.

- Ah!... Në këtë rast atë mund të arrestojnë në çdo çast të ditës e të natës, pa qenë nevoja për një mbledhje. Ceremonia e mësipërme është privilegj që u rezervohet atyre që janë anëtarë partie, - i tha duke i vënë gishtin poshtë mjekrës. - Po qe se mësoj gjësendi, do ta them, por jo çdo gjë që ndodh, kalon nëpër zyrën e Pavlit.

Ai ia mori dorën midis gishtërinjve të tij dhe ia shtrëngoi fort.

-        Më eksiton dëshpërimi yt. – tha ajo ngadalë, sa kohë që bebëzat e syve nisën të zmadhohen, gjë që atij i kujtoi kohët e para, kur ajo pushtohej nga një afsh i beftë dashurie, që vetëm pak çaste më pas do t'i linte vendin një gulçi të pasosur, por të përsosur ndezullie seksuale.

Ishte zilja e telefonit që e ndërpreu atë fillim dalldie.

Liliana doli nga ana tjetër e tavolinës dhe ngriti dorezën e telefonit.

- Është për ty, - i tha duke i zgjatur dorezën e aparatit telefonik.

Leka nuk e priste të dëgjonte zërin e dajës së tij, madje as fjalët e para nuk i kuptoi si duhet. Edhe pa atë telefonatë ishte fort i turbulluar për të marrë vesh ç'po ndodhte. Kuptoi vetëm se duhej të kthehej urgjentisht në shtëpi. Kishte diçka që i ungji nuk mund t'ia shpjegonte në telefon. Një problem që lidhej me babanë. Vetëm aq i tha.

Uli telefonin dhe vështroi nga Liliana, që ishte larguar te dritarja për ta lënë të bisedonte i qetë.

- Harroji ato që të thashë, - foli bëri duke e përmbajtur veten më së miri. Por e kishte tepër të vështirë të vazhdonin aty ku e kishin lënë. As ajo nuk këmbënguli.

Elsa mbërriti në Tiranë më herët se ditët e tjera, por nuk u ngut të shkonte drejt e në shtëpi. Telefonata e dajës së saj i kishte lënë një trishtim e frikë të madhe. E dinte se të atin do ta arrestonin një ditë, por kurrë nuk do të kuptonte se cili ishte rreziku që paraqiste ai për rendin publik.

I dukej se freri i së keqes ishte këputur dhe një zot e dinte se çfarë do të bëhej me ta në ditët që do të vinin. Donte të ndalonte ndokënd në rrugë dhe ta pyeste se çfarë dinte për raste të tilla, çfarë parashikonte ligji për familjarët e një të arrestuari për çështje politike. Le t'i thonin se nuk dinin asgjë, vetëm t'i flisnin. Kishte shumë nevojë të këmbente ndonjë fjalë me dikë.

Ndërsa vazhdonte të ecte kuturu pa mundur të vinte sapo pak rregull në mendimet që i vërshonin nga të gjitha anët, e pa veten para atij pallatit me ngjyrë jeshile të shpëlarë. Ngjiti ato pak shkallë që e ndanin nga dera e apartamentit dhe trokiti. Kishte një lloj ndjesie sikur nuk ishte ajo vetë që bënte veprime të tilla.

Dëgjoi zhurmën e çelësit që u rrotullua në bravë, por këtë herë nuk ndjeu frikë.

- Prapë ti këtu? – fytyra e atij që i kishte thënë se quhej Thanas Gripshi, su var përposhtë nofullave si petë brumi që lëshohej. - Do thërras policinë. Hiqmu qafe!

- Kam ardhur për tezen, - i shpjegoi qetësisht ajo.

- Ah... – thuajse u mek ai, por vetëm për pak çaste. - Për tezen?

E tërhoqi nga krahu gati me forcë dhe si nxori përsëri kokën te dera, që të shihte se mos ishte ndokush nga pas, e shtyu brenda.

- Sa të ka pritur! – tha duke mbyllur derën me shpejtësi, pa harruar të shtyjë llozin nga pas.

Leka u kujdes t'i shmangej ndonjë të njohuri të rastit në rrugë. ?gado që kalonte i dukej se të gjithë e dinin se çfarë kishte ndodhur tashmë me të atin.

Derën ia hapi vetë dajë Llambrua, i cili vuri gishtin mbi buzë që të mos fliste. Bashkë kishin fare pak diferencë në moshë, por asnjëherë nuk ishte ndjerë i afërt me të. Ai kishte gjithnjë një këshillë për të thënë, që zakonisht nuk i interesonte askujt. Por ishte rrallimi i vizitave që kur i ati nuk dilte më nga shtëpia, ajo që e kishte zhgënjyer më shumë. Ishte nga të parët që u ishte larguar, sa kohë që kishte menduar se ai do të vinte çdo natë të rrinte me ata.

Shenjën e tij që të heshtte nisi ta kuptojë më mirë kur pa të ëmën që nuk pushonte së rrotulluari diskun prej bakeliti të numëratorit të telefonit. Zhurma si prej makine qepëse e atij modeli të vjetër sovjetik, ishte e vetmja shenjë jete që dëgjohej në të gjithë shtëpinë.

U drejtua te dhoma e prindërve. Shtrati i madh ishte bosh. E përfytyroi të atin tek hiqte shallin me të cilin lidhte sytë që të shikonte ata që kishin ardhur ta arrestonin. Pastaj do të ketë nxjerrë dorën përpara, për t'u thënë se nuk kishin nevojë të bërtisnin. Ata do të kenë dashur t'i lidhin duart dhe ai do t'u ketë kërkuar të veshë këpucët më parë. Përfundimisht, do ta kenë shtyrë jashtë në pantofle. Ishin tamam ato të shtyra që ai nuk i duronte dot. Lekës iu veshën sytë nga lotët.

U kthye në korridor. E ëma nuk po i telefononte ndonjë të njohuri, për ta njoftuar për çfarë kishte ngjarë, por pavionit të urgjencës së spitalit civil të qytetit.

Iu afrua të ungjit dhe e tërhoqi veçmas.

- Ku është im atë? – e pyeti.

- Atë dua të marr vesh edhe unë.

- E kanë arrestuar?

- Jo... ç'ne? - ia bëri ai. - Kishte dalë të bariste rrugëve. Pastaj e kanë gjetur të shtrirë për tokë. Infarkti i dytë nuk të fal kollaj. Ti nuk ke nevojë të të them gjëra që i merr me mend vetë.

Leka ndjeu të lehtësohej. Shkoi në dhomën e tij dhe u ul në shtrat. I erdhi turp tek kuptoi se fshehurazi kishte dashur që i ati të kishte vdekur më mirë se ta arrestonin.

Në urgjencën e spitalit civil të ëmës nuk iu përgjigj njeri, ata të spitalit ushtarak i kërkuan të priste ca. Dikush kishte shkuar të informohej. Kur ngriti përsëri dorezën e telefonin, personi në anën tjetër të fillit pyeti Stefin se cila ishte lidhja që kishte me njeriun që kërkonte. Zemra e saj rrahu fort dhe vështroi nga i vëllai si për t'i kërkuar të mos i rrinte larg. Ishte bërë gati të dëgjonte t'i thonin se Zoen nuk kishin mundur ta vinin nën oksigjen, vdekja e tij ishte konstatuar që gjatë rrugës për në spital.

Personi në anën tjetër të fillit i tha vetëm se ishte stazhier në repartin e ORL-së, por një mjek anestezist që pyeti, i kishte treguar se atë ditë aty kishin sjellë dy persona të vdekur. Për identitetin e tyre nuk dihej asgjë. Nuk u kishin gjetur dokumente në xhep.

Ajo i kërkoi të vëllait të përgatitej të shkonin bashkë të kërkonin nëpër spitale. Lekës i tha të rrinte aty e të priste të motrën. Para se të dilnin vendosi edhe për një telefonatë të fundit në morgun e spitalit civil. Veçse iu desh të presë gjatë.

Në mesin e heshtjes që rëndonte gjithnjë e më shumë, u dëgjua zilja e derës së jashtme. Leka shkoi ta hapë dhe tek pa të motrën bëri të njëjtin gjest sikundër daja me të. Vuri gishtin para buzëve.

Në anën tjetër të fillit dikush kishte ngritur telefonin dhe Stefi i tregoi arsyen e telefonatës së saj. Personi matanë e ndërpreu dhe i kërkoi të mos shkonte më tutje. Ai ishte shofer dhe i premtoi t'i sillte aty një sanitar të morgut, një nga ata që copëtonin të vdekurit, sipas fjalëve të tij.

Stefi nisi edhe një herë shpjegimin e saj, për të mësuar pastaj nga sanitari se emri i Zoes nuk figuronte në listën që kishte në dorë. Por meqë aty sillnin edhe njerëz që nuk u gjenin dokumente në trup, i kërkoi asaj t'i bënte një përshkrim të persont që kërkonte. Shpjegimet e Stefit se interesohej për dikë me trup mesatar, nuk e kënaqën shumë. Të gjithë ata që ishin në frigoriferët e morgut kishin pak a shumë shtat mesatar. Ai e pyeti për moshën, tiparet e fytyrës, ngjyrën e flokëve, nëse kishte.

Me informacionin që mori, u nis të kërkonte dhe pas pak erdhi t'i thotë se askush nuk korrespondonte me përshkrimet e saj. Por, këmbënguli t'i saktësojë se kufoma që kërkonte edhe mund të ndodhej aty. Problemi ishte se disa nga dyert e frigoriferëve të nuk funksiononin mire, mbylleshin e nuk hapeshin më. Në ndonjërin prej tyre nuk dihej mirë se çfarë kishin brenda. Natyrisht nuk i tha se kishte dëgjuar edhe që ndonjë infermiere i bllokonte vetë, me qëllim që t'i përdorte si frigorifer për sendet që sillte nga shtëpia, veçanërisht kur bënte vapë e madhe.

- Po çfarë duhet të bëj unë? - pyeti Stefi, dhe i përsëriti të vëllait fjalët që sapo dëgjoi.

- Nëse vendosni të vini, duhet të merrni me vete ndonjë pincë a darë, - qe përgjigja.

- Ai është gjallë! E ndjej! – thirri Elsa tek kuptoi se i ati nuk ishte arrestuar atë ditë.

Të tjerët u kthyen ta shohin, por ashtu siç ishte, gati të shpërthente në lot, ajo nuk vuri re se entuziazmi dhe besimi i saj ishin të pamjaftueshëm për t'u ndjellë edhe atyre ndonjë shprehje gëzimi a mallëngjimi.

- Kur paska filluar të dilte rrugëve vetëm? - pyeti Leka të ëmën.

- Babai yt është i rritur dhe ka të drejtë të dalë vetëm, - iu kthye Stefi, që nuk i pëlqeu pyetja e të birit, – Dilte në rrugë dhe të gjithë ndalonin ta përshëndesnin.

Leka e Elsa u kthjelluan vetëm kur ajo vështroi rrotull me sy dyshues, për t'u kujtuar edhe një herë se çdo fjalë që thuhej aty shkonte edhe në veshë të padukshëm për ta. Dajë Llambro tundi kokën, si të përforconte atë që kishte lënë e motra të nënkuptohej.

Stefi u kërkoi të dyve të futeshin në kuzhinë dhe ajo vetë me të vëllanë shkoi e u mbyll në dhomën e gjumit, për të diskutuar se çfarë duhej të bënin më tej. Leka dhe Elsa nuk u ndjenë fort mirë që nuk u ftuan për të dhënë ndonjë mendim, por e dinin se e ëma donte t'i mbronte nga çdo ngatërresë e mundshme që mund të sillte ajo që po ndodhte me të atin.

U sollën pak nëpër kuzhinë, pastaj u ulën në tryezën e mesit, përballë njëri-tjetrit.

- Di të më thuash përse lopët kanë aftësi për të ngjitur shkallët, por nuk dinë si t'i zbresin ato? – pyeti Leka.

- Ke ti ndonjë shpjegim për atë zakonin e milingonave që kur dehen rrëzohen gjithnjë në krahun e djathtë?

- Nuk e di, por unë kam përshtypjen se kjo macja jonë, është mëngjarashe. Shikoje si e hapi derën.

- Më emocionove me këtë vëzhgim të hollë.

- Çfarë emocionesh?

- Nuk e di, emocione anonime mbase...

Tingulli i mprehtë i telefonit i bëri të ngrihen menjëherë nga karriget. Para se të dilnin në korridor, dera e dhomës u hap me vrull dhe e ëma u hodh mbi aparatin e telefonit.

Ndërsa shtrëngonte fort kufjen e telefonit pas veshit, diçka nisi të çlirohej dalëngadalë në të gjithë qenien e saj. Trupi iu shtendos, fytyra iu çel dhe njëra dorë u lëshua mbi tryezën e vogël të telefonit, ndërkohë që sytë iu rrëmbushën. Dikur nisi të formulojë disa fjalë falënderimi, me një zë të pafuqishëm, të përdëllyer. Dëgjonte dhe kalonte kurrizin e dorës mbi sy. Vetëm kur u ndie më mirë u kthye nga ata dhe u pëshpëriti se në anën tjetër të fillit ishte Teo. Dr. Kavalla, tha pastaj.

Ai u përpoq ta qetësonte Stefin, por pa i fshehur të vërtetën. Pak më parë e kishin thirrur në repartin e urgjencës për rastin e një pacienti të dikurshëm që ai e kishte mjekuar për një fibrozë pulmonare dhe rastësisht, tej derës së hapur të një dhome reanimacioni, sytë i kishin zënë Zoen. Kishte frikë se këtë radhë nuk do të mund t'ia hidhte. Mbase nuk bëj mirë që flas kështu, i tha asaj, por duhet të përgatiteni për gjithçka. Gati jemi, deshi të thotë Stefi, por e përmbajti veten.

Teo u interesua edhe të mësonte si kishte ndodhur që punët erdhën deri aty dhe Stefi i shpjegoi se Zoe gjithmonë përpiqej të lëvizte nga pak, siç e kishte porositur ai. Dilte të shëtiste rrugëve, por shpesh harronte se ishte i sëmurë dhe mbase shkonte ca si larg.

Në fund, ai nuk u duk shumë entuziast kur Stefi i tha se po nisej drejt e në spital. E këshilloi ta linin për të nesërmen. Zoe nuk ishte në gjendje të komunikonte dhe në raste të tilla mjekëve nuk u pëlqente të kishin nëpër këmbë edhe familjarët e pacientit. Të nesërmen në mëngjes atë me siguri do ta shihte një ekip mjekësor, i cili do të vendoste se çfarë do të bënin për më tej.

- Sa ta shohim që të bindemi se është gjallë... – iu lut Stefi, duke përsëritur fjalët që Elsa i pëshpëriti në vesh.

- Për këtë ju siguroj unë, - tha doktori.- Ai është gjallë.

39

Shoferët e autobusëve të linjave periferike të Tiranës e kishin për zakon që para se të nisnin shërbimin, diku aty nga ora pesë e mëngjesit, i linin një kohë të gjatë të ndezur motorët e automjeteve që të nxeheshin. Disa që mendonin se nuk kishin kohë të mjaftueshme e përshpejtonin këtë proces duke mëshuar pareshtur mbi këmbëzën e gazit. Banorët e pallateve përreth s'mësoheshin dot me gjëmimin e atyre motorëve të rëndë diesel. Shumë syresh kurdisnin orët fiks më pesë me qëllim që të shmangnin zgjimin e frikshëm dhe neurozat e rastit që e shoqërojnë një gjë të tillë.

Fanulla Aleksi, një grua me tipare të një adoleshenteje të shëndetshme, me flokë të prerë shkurt dhe gjoks të plotë, ishte shoqëruesja e njërit prej atyre autobusëve. Në të vërtetë, dukej pak më e mbushur se sa qe edhe për shkak të një trikoje të trashë që kishte veshur poshtë xhaketës së ngushtë të uniformës blu. Ishte mot i ftohtë dhe i lagësht.

Në pritje të ngrohjes së motorit, ajo tymoste një cigare, nën dritën e verdhë të një ndriçuesi elektrik të qytetit. Së largu vështronte një turmë të murrme njerëzish që prisnin furnizimin me qumësht të dyqanin e lagjes. Për t'u mbrojtur nga era ata ishin ngjeshur pas njëri tjetrit si një masë e madhe dheu e hedhur në anë të trotuarit.

Fanulla përcillte thellë mushkërive tymin e cigares. Kishte nevojë për çaste të tilla vetmie që të përballonte ditën e gjatë rraskapitëse brenda asaj barake llamarine dhe fërkimit të padëshiruar me trupa njerëzish të rënduar e lodhur që pa filluar punën.

Shoferi i radhës, Gafur Verori, me të cilin i kishte qëlluar të punonte atë ditë, tymoste në ndenjësen e tij dhe dukej sikur zbavitej duke shkelur pareshtur pedalin e gazit.

Tek po matej të hidhte bishtin e cigares, Fanullës i zunë sytë dikë që doli nga mugëtira. Pa u nxituar, madje duke u përpjekur të ruajë pamjen e patrazuar të një njeriu të ngeshëm, ai u drejtua nga ajo. Kishte vështirësi ta mbante kurrizin drejt, megjithatë, me një farë dinjiteti, arrinte të mbante kokën lart. Tek hyri në rrethin që ndriçohej nga neoni i llambadarit metalik të rrugës, Fanulla nuk u besoi syve të saj kur dalloi një burrë në pizhame spitali dhe çorape. Lëkura e tij ishte e bardhë dhe e rrudhur si e një kufome të sapo nxjerrë nga uji.

Ajo ndërroi mendje e nisi të tymosë ende atë çka kishte mbetur ende nga cigarja që deshi të hidhte. I kishte qëlluar të ndeshte njerëz që dëshira e ngutshme për të tymosur i detyronte të braktisnin shtratin e të kuturisnin që herët rrugëve të qytetit, me këpucë të palidhura dhe pallto të pa mbërthyer, por jo në pizhame e çorape. Prej aty ku ishte ai e përshëndeti me shumë mirësjellje. Duke u përpjekur gjithnjë të mbante kryet lart, por pa mundur të fshehë vështirësinë që kishte në frymëmarrje, iu afrua edhe pak dhe iu lut që ajo të ndërhynte pranë kolegut të saj shofer, që ta dërgonin me "mjetin e tyre" deri në shtëpinë e tij, në Tiranën e re. I tha se e kishte të ngutshme dhe e siguroi se me të mbërritur aty, familjarët e tij, do t'u shlyenin atë që ai u detyrohej.

Fanulla mëdyshej nëse duhej ta merrte si të vërtetë atë që dëgjonte. Në një rast tjetër do të kujtonte besuar se kishte përpara një njeri jo normal në mos dikë që tallej. Por ai burrë që mezi merrte frymë, nuk mund ta përdorte për t'u tallur atë pak fuqi që i kishte mbetur për të qëndruar më këmbë.

- "Mjeti ynë" nuk kalon andej... - i tha ajo së fundi, - dalim drejt e në periferi të qytetit. Nuk shkojmë në Tiranën e re.

Iu dhimbs t'i tregonte stacionin e autobuzit që shkonte në Tiranën e re. Atje ai duhej të priste të paktën një orë, deri sa të vinte autobusi i parë. Do të qe më mizore.

- Nuk mund t'ia paraqisni kërkesën time kolegut tuaj shofer? – iu lut ai.

- Nuk ka të drejtë. I kemi itineraret të caktuara nga drejtoria, - tha ajo, duke tundur kokën me keqardhje.

Ai vendosi të shkurtojë distancën midis tyre duke hedhur edhe një hap përpara.

- I thoni që jam unë.

- ...Po çfarë ndryshon? Pastaj, cili jeni ju?

Sytë e tij të vegjël lëvizën menjëherë me dinakëri dhe ajo pak nënqeshje që iu shfaq në to, dukej sikur kishte për qëllim t'i thoshte se nuk e merrte për të keq mosdijen e saj.

- Jam ai që shkruan fjalimet e Sekretarit të Përgjithshëm, - i tha me zë të ulët si t'i linte të kuptonte se ajo ishte i vetmi person që ai i besonte atë të fshehtë.

Fanulla hodhi tej atë çka i kishte mbetur midis gishtërinjve dhe mërmëriti e pakënaqur që po ia vidhnin në atë farë mënyre edhe ato pak minuta qetësie që i kishin mbetur.

Gafur Verori hapi xhamin e autobusit për të hedhur edhe ai tutje bishtin e cigares dhe dëgjoi rrëfimin e fatorinos për kërkesën e atij personi.

– Po a nuk e pyete kush është ai gjytyrym që kërkon ta dërgojmë me autobus në shtëpi?

- Thotë se është ai që shkruan fjalimet e Sekretarit të Përgjithshëm.

Gafur Verori i mëshoi fort pedalit të gazit, si për të krijuar një barrierë zhurme rrotull autobusit që askush të mos dëgjonte çfarë thuhej aty.

Fare e pakënaqur me një fillim të tillë të ditës, Fanulla u kthye nga burri me pizhame por nuk e pa më aty ku e kishte lënë. E dalloi tutje tek po drejtohej te ajo turma që mërdhinte në heshtje e durim, duke pritur furnizimin e dyqanit me qumësht. Ecte duke u kujdesur gjithnjë të mbante kokën lart, në pamundësi ta bënte një gjë të tillë edhe për kurrizin, që dukej se i dhembte pas çdo frymëmarrjeje.

40

Porta e madhe Spitalit civil rrinte gjithnjë e hapur, por duhej të kishe shumë fat që në hyrje të repartit të Urgjencës dhe të gjeje dikë që mund të informonte vizitorët. Kjo i shtynte shumë vetë të kuturisnin korridoreve të errët e të zgjasnin kryet nëpër dhoma për të parë nëse ishte aty personi që kërkonin. Mjekë që nxitonin me dosje në duar e infermierë që shtynin tavolinat me rrota të mbushura me shishe serumesh, shfaqeshin nëpër korridore, por gjithnjë kujdeseshin të mos i shihnin në sy vizitorët, për të shmangur pyetjet e tyre.

Stefi u kërkoi fëmijëve të prisnin jashtë, në oborrin e spitalit dhe u nis të kërkonte të shoqin. Pak metra më tej u kthye t'i porosisë të mos lëviznin prej aty edhe po qe se do të vonohej ca. I vëllai nuk kishte mundur të gjente kohë të lirë atë mëngjes ta shoqëronte, ndërsa dr. Kavalla i kishte premtuar se do të vinte sapo të mbaronte vizitat e mëngjesit në pavijonin e tij të pneumonisë.

Eci nëpër korridorin e Urgjencës duke u kujdesur të kuptonte etiketat e vjetra e të mezi lexueshme të ngjitura nëpër dyer dhe kur u gjend para asaj që duhej të ishte dhoma e mjekëve, qëndroi pa mundur të vendosë se çfarë pamje duhej të merrte. Së fundi ngriti shallin mbi kokë dhe trokiti. Askush nuk iu përgjigj, edhe pse nga brenda vinin zëra. Pas trokitjes së dytë dera u hap dhe një mjek në moshë të re, mbase edhe student i mjekësisë, nxitoi të ikë me një stetoskop në dorë. Disa hapa më tutje ai u kujtua dhe u kthye, por gjithnjë me pamjen e dikujt që nxitonte. Stefi mendoi se u kthye për të, por ai futi stetoskopin në xhep dhe hyri te dhoma nga ku sapo kishte dalë.

Ajo u fut në derën e hapur iu drejtua mjekut të parë që ndeshi. E përshëndeti nën zë dhe tha se kishte dijeni se atë mëngjes do të bëhej një konsultë mjekësore për të shoqin, Zoe Bendon, ashtu e quanin. Shpresonte që konsulta të kishte përfunduar dhe se ajo, gruaja e tij ishte shumë e interesuar të mësonte përfundimet e saj. Mjeku e vështroi pa e fshehur një lloj kureshtjeje që kohëzgjatja e pazakonshme e shndërroi në një gjest jo fort të edukuar, gati të një kureshtjeje të pacipë. Ajo mendoi se mbase do të kishte bërë më mirë të mos e kishte përmendur emrin e të shoqit. Po si mund të merrte vesh çfarë kishte ngjarë me të? Pastaj atë vështrim të gjatë deshi ta interpretojë ndryshe. I shoqi do të kishte vdekur gjatë natës dhe ai ngurronte t'ia thoshte të vërtetën në sy.

- Personi me atë emër nuk është më këtu. – foli mjeku së fundi.

- Po ku është tani personi me atë emër? – e pyeti ajo - Kam të drejtë të di ku është tim shoq! Pse nuk ma thoni?

Tre mjekë që ishin rrotull një tavoline më tej kthyen kokën. Do të kenë ardhur ta arrestojnë këtu, tha ajo me vete.

U kthye dhe doli jashtë, duke u kujdesur të mos e përplasë derën pas vetes.

Leka e Elsa nuk kishin lëvizuar nga aty ku i kishte lënë.

- Është gjallë, - u tha duke nxjerrë një shami nga çanta. - Nata do të ketë qenë e vështirë, por babai juaj është gjallë.

Ata nuk folën, vetëm se e vështronin me shqetësim.

- Mbase jo në gjendje të mirë, por është gjallë, - vazhdoi ajo duke fshirë gushën, në pritje që t'i bënin ndonjë pyetje.

Ata nuk flisnin dhe ajo shtoi se vetë nuk kishte mundur ta shihte, prandaj do të priste të takonte dr. Teon. Ai mund të fliste me kolegët e tij të repartit të Urgjencës për t'i krijuar mundësinë e një vizite. Tani ata të dy mund të shkonin në punë. Kur të shiheshin në darkë në shtëpi, shpresonte të kishte çfarë t'u tregonte më shumë.

U përpoq t'u buzëqeshë, por as kjo nuk ndryshoi gjë në qëndrimin e tyre. Ata morën të ikin, gjithnjë pa nxjerrë asnjë fjalë dhe pa e kthyer kokën.

Nuk e kishin kaluar ende portën e madhe të oborrit të spitalit, kur ajo u lëshua pas tyre dhe i puthi me nxitim. Pastaj i la të ikin. Nuk i kishte puthur ashtu që nga fëmijëria e tyre e largët.

41

Liliana u paraqit vonë në atelie. Pavli atë ditë kishte kaluar në zyrë vetëm për një takim të shkurtër me vartësit e tij dhe qe kthyer në shtëpi të merrte një çantë me gjërat më të domosdoshme. Do të nisej me shërbim në Veri. Edhe pse kuadro të atij niveli flinin në shtëpi pritjeje të posaçme e të pajisura mirë, ajo qe kujdesur që ai të kishte me vete gjithçka që i duhej. Para se makina e tij të vinte ta merrte poshtë apartamentit të tyre, si zakonisht ata gjenin kohë të pinin një kafe së bashku.

Leka i dëgjonte me vëmendje rrëfimet e detajeve të jetës së saj bashkëshortore. Ishte kureshtar për to por edhe sepse e dinte se asaj i pëlqente të fliste për intimitetin e thellë të lidhjes me të shoqin. Dhe kishte vështirësi ta kuptonte deri në fund sepse besonte se nëse kishte një njeri që e dinte se ai intimitet nuk ishte i vërtetë, ky ishte ai. Një herë ajo sikur e kuptoi një gjë të tillë dhe i tha kalimthi se dashuria për një njeri, qoftë ky edhe burri tënd, nuk mund të kufizohet dhe as të perifrazohet me atë që kemi midis këmbëve. Ai e dëgjoi në heshtje. Pastaj deshi ta pyesë për diçka, por përsëri heshti. Ishte hera e parë që iu shfaq problemi i raportit të seksit me dashurinë brenda një çifti.

Atë ditë ajo i kishte sjellë edhe një gazetë "Drita", të cilën Pavlit ia kishte dërguar dorazi të mbyllur në zarf një poet i njohur.

Leka e hapi menjëherë. Kishte javë që nuk e blinte më atë gazetë. Poeti në fjalë ishte Vaso Matlia dhe poezia e tij i kushtohej një qeni kufiri.

Nuk e priste, por iu kujtua se herën e fundit që e kishte takuar Vason, ai ishte shumë i shqetësuar për të birin që ia kishin emëruar në një fshat të largët kufitar. Është kokëkrisur i kishte thënë dhe kishte frikë se mos arratisej. Por nuk po e kuptonte përse ia kishte dërguar Pavli Isakut një poezi me qen kufiri. Kishte fjalë se qen të tillë shqyenin mjaft njerëz që përpiqeshin të kalonin kufirin shtetëror të rrethuar tela me gjemba. Mbase Vaso kishte dashur t'i tregojë se nëse ndodhte që i biri në përpjekje që të kalonte tutje kufirit binte në dhëmbët e qenit, ai me atë poezi dëshmonte se ishte në anën e qenit. Çfarë mesazhi tjetër mund të kishte një poezi e tillë? Mbase ishte një mënyrë për të mbrojtur pjesën tjetër të familjes që kërcënohej nga internimi nëse vërtet i biri përpiqej të çante e ikte jashtë shtetit...

Ndjeu keqardhje për Vaso Matlinë. Ajo që nuk dinte ato çaste ishte se disa hollësi të bisedës që kishte pasur me të shoqin atë paradite, Liliana do t'ia thoshte në përfundim të ditës së punës, ndërsa po drejtoheshin për te stacioni i autobusit. Ishte diçka nga raporti që Pavli gjente çdo mëngjes mbi tryezën e tij; një përmbledhje informacionesh të natës së kaluar. Rregullisht ai e fillonte punën me leximin e tyre. Atë ditë, nja dy paragrafë merreshin me një tip që kishte ikur në mesnatë nga urgjenca e spitalit dhe u qasej njerëzve në rrugë a në radhët e dyqaneve. Hynte në bisedë me ta dhe u paraqitej si personi që shkruante fjalimet e Sekretarit të Përgjithshëm. Ata mendonin se u thoshte gjëra të tilla që të përfitonte e të kalonte në krye, pa pritur radhën e gjatë. Por jo. Pasi i linte të tjerët gojëhapur me ato që tregonte, ai largohej prej aty, për t'iu afruar një turme tjetër, të cilëve u përsëriste të njëjtën gjë.

Histori të tilla nuk mungonin asnjëherë në raportet ditore, i kishte thënë Pavli. Veçse atë ditë kur i kishte treguar së shoqes se për fjalimet e kujt fliste ai i lojtari nga mendtë, e kishte ulur zërin. Pastaj kishte nxituar të mbaronte kafenë, se makina po e priste poshtë në rrugë. Liliana kishte qeshur me lot sa po mekej dhe i shoqi u detyrua t'i zgjasë një gotë me ujë. Kur ishte qetësuar dhe po fshinte lotët, e kishte pyetur si quhej ai tipi. Pavli nuk e mbante mend. Vetëm kur ishte ngritur nga tavolina i kishte ardhur në mendje mbiemri i tij. Ishte diçka e tillë si Banaj ose Beno, mbase edhe Bendo, por nuk ishte i sigurt.

- Mos ka të bëjë gjë me atë kolegun tënd? – qe kujtuar ta pyesë te dera.

- Pse të shkoi mendja tek ai? – i kishte thënë ajo pa reshtur së qeshuri.

- Nuk e di. Kot.

Para se të hapë derën e të dalë jashtë, Pavli qe kujdesur t'i përsërisë se ishte fjala për dikë që i dukej vetja se bënte një punë të tillë. Sekretari i Përgjithshëm i përgatiste vetë fjalimet, raportet, analizat... Po ka edhe të çmendur të atij lloji. Madje ai qe mjaft modest po ta krahasoje me të tjerë që shkonin deri atje sa të thonin se shkruanin fjalimet e Skënderbeut. Në raportin e në jave më parë kishte mësuar për një tip që e mbërthente jakën deri në grykë, vinte një kasketë në kokë dhe paraqitej si Mao Ce Duni në sheshin e Pazarit.

Lekës i djersinin duart nga sikleti, por ajo që nuk kuptonte ishte se gjatë gjithë atij rrëfimi, shefja e tij nxori disa herë shaminë nga çanta dhe fshinte sytë. Aq të vështirë e kishte të përmbante të qeshurën.

- Nuk e di si i ka lindur një ide e tillë atij të ikurit nga mendtë! - tha duke shpërthyer e gjitha.

- Ai i ikuri... - foli Leka i prekur, - mund të jetë im atë.

- Prandaj habitem, - vazhdoi ajo krejt e pafuqishme të përmbante gazin, - ti nuk e ke atë dell humori.

Atij një çast i kërceu në tru të vinte në vend dinjitetin e familjes duke thënë se nuk mund të ishte ashtu, i ati nuk ishte i çmendur. Por nuk foli. Rrethanat ishin aq të pafavorshme për të sa do të ishte më me përfitim që me heshtjen e tij të pranonte se në familje kishin edhe një të çmendur. Përndryshe, ajo endja e të atit nëpër natë, po qe se nuk interpretohej si çmenduri, mund të qe fatale për të gjithë!

Gjatë rrugës Liliana nuk e hapi më një bisedë të tillë, veçse picërronte sytë që i lotonin, sa herë që kthente kokën nga ai. Por edhe pse sforcohej përsëri qe e pamundur të përmbante të qeshurën. Atëherë vinte shaminë para gojës dhe e qeshura merrte formën e një kolle të mbytur. Një vajzë shkolle me përparëse të zezë dhe jakë të bardhë që ishte ulur para tyre në autobus, u ngrit e i liroi vendin, duke e parë me keqardhje. Liliana desh t'i thoshte të mos lëvizte, por nuk mundte të hiqte shaminë nga goja që t'i fliste. U detyrua të ulet dhe mbështeti kokën mbi duar. Më të rrallë, nga fundi i gjoksit të saj vinte një si gjëmim i shurdhët.

Kur i zbritën autobusit, në qendër të qytetit, i kërkoi falje atij dhe iu lut që të mos ia merrte për të keq.

Leka nuk ndihej aq i acaruar sa në fillim. Gjesti i të atit vërtet që mund të interpretohej edhe në ndonjë mënyrë tjetër dhe kjo do të ishte mjaft të rrezikshme.

Poshtë pallatit të saj, ajo nuk ndaloi fare. Vazhdoi të ngjisë shkallët dhe ktheu kokën kur pa se ai nuk po e ndiqte.

- Çfarë bën aty? - e pyeti duke qeshur. - Eja lart. Kam nevojë të bisedojmë bashkë.

Ai e ndoqi i bindur se po bënte gjënë që nuk duhej. Iu kujtua ajo historia e vjetër me burrat që ktheheshin para kohe në shtëpi dhe e gjenin të zënë vendin e tyre në shtratin bashkëshortor. Duhej të ishte diçka e përjetshme. Nëpër faqet e Odisesë kishte lexuar se edhe Hefesit, zotit të vullkaneve kështu i kishte ndodhur. Ishte kthyer para kohe nga rruga për ku qe nisur dhe kishte gjetur gruan e tij të bukur, Afërditën, në shtrat me Aresin e ri.

Dikur i kishte thënë Lilianës se nëse një ditë do të ishin viktimë e një incidenti të tillë fatal, i vetmi shqetësim për të do të ishte fati i saj. Kur ajo hyri krejt e shkujdesur u hyri në apartament duke e lënë pas derën të hapur për të, ai ndjeu frikë për veten.

Bashkë me erën e dyllit të parketit që i shpoi hundën, i ra në sy mungesa e asaj bufesë standard që e gjeje në çdo shtëpi, një bufe e mbushur me gota e filxhanë dhe me ndonjë fotografi të vjetër të paraardhësve të familjes. Në vend të saj, aty kishte një mobile tjetër, mjaft elegante.

- Gjësendi për të pirë? – pyeti Liliana duke hedhur pardesynë e saj mbi kolltukun ku u ul ai.

- Jo, faleminderit.

Ajo megjithatë nxori nga bufeja dy gota dhe një shishe konjaku.

- Ndihesh mirë? - e pyeti duke mbushur gotat.

- Jo, - i tha ai.

- Nëse është kështu, - tha ajo, - kjo ndodh sepse ti mendon se të kam ftuar këtu që të bëjmë dashuri. Kështu?

- Nuk e di, por ndihem më i qetë kur më siguron se nuk paske qëllime aq të errëta ndaj meje, - ia ktheu ai duke u munduar të qeshë.

- Në atelie ka ardhur një ftesë për një takim që do të zhvillojë së shpejti Akademia e shkencave për problemet e hartografisë. Është në emrin tim.

- Urime! Më vjen mirë, - i tha ai, duke u ndjerë më i qartë përse ishte ftuar aty lart, por nuk shtoi asgjë më shumë.

- Tema sillet rreth përpunimit të disa kritereve për atlasin e ri gjeografik të popullsisë..., - ajo la gotat në tavolinë dhe nxorri letrën nga çanta. - Dua mendimin tënd, para se të kthej përgjigje.

Pra, atij do t'i duhej të merrej seriozisht me atë temë. Aq më mirë, tha me vete. Takimet, detyrimisht të shpeshta me të në javët e

ardhshme shtonin shanset që të mësonte diçka më shumë për fatin e
të atit.

Megjithatë, frika që ndjeu sapo vuri këmbën aty, vinte duke u
shtuar. Gjithçka do të fundosej po qe se do të bëhej viktimë e asaj
arsyes mistike që ndërpriste befasisht udhëtimin e të zotit të shtëpisë
dhe e kthente para kohe në shtëpi.

U ngrit në këmbë.

- Ti e di ku më gjen, kur të kesh nevojë për mua, - i tha duke
u përpjekur të fshehë padurimin për t'u larguar prej aty. - Tre metra e
gjysmë, në të djathtë të zyrës tënde.

Ajo u habit tek e pa të ngrihej dhe i tregoi me dorë gotën e
paprekur të konjakut.

- Nuk të pëlqeu?

- Ishte shumë i mirë, - nxitoi të thotë ai.

- Atëherë ke detyrimin ta mbarosh, ja si unë, - dhe ktheu
menjëherë gotën e saj.

Leka u ul përsëri dhe e piu deri në fund. Deshi të thotë diçka
për të përligjur disi nxitimin që të ikte, por për dreq nuk i kujtohej
asgjë. Kur provoi të belbëzojë ca fjalë, ajo u përkul drejt tij dhe thithi
me majën e buzëve një pikë konjaku që nga nxitimi atij i kishte
rrjedhur deri në anë të mjekrës.

- Nuk dua të humbas asnjë pikë, - i tha ajo duke e rrahur lehtë
në faqe.- Përveçse nuk e përfytyroj dot një njollë konjaku në jakën e
këmishës tënde.

Ai nuk lëvizi, si të qe një bust druri që e kishin gdhendur në
një trung të sharruar përgjysmë. Nuk bëri asnjë lëvizje edhe kur ajo u
ngrit dhe u zhduk tutje derës së dhomës. I dëshpëruar nuk dyshoi se
prej andej do të kthehej krejt lakuriq, sikundër Venusi i Botiçelit,
versioni latin i Afërditës greke, siç e kishte parë në një kalendar të
vjetër që riprodhonte piktura të Rilindjes italiane

Gjithnjë kishte vërejtur një farë ngjashmërie edhe me format
e trupit të Lilianës. Por kurrë nuk e kishte parë krejt lakuriq, sepse më
të shumtën e kohës u kishte qëlluar të bënin dashuri në zyrë, mbi
tavolinë, shpejt me frikë e gati duke u treguar mizorë me njëri-tjetrin.
Ajo fuste në sirtar të mbathurat e saj dhe mjaftohej të ngrinte fustanin
e t'i varej atij në supe, duke e vështruar në sy. Ai ndihej si i
hipnotizuar dhe e kishte të pamundur ta kthente vështrimin gjetiu,
deri në çastet e orgazmës së tyre të shpejtë e të papërmbajtëshme, që i

linte të dy të habitur. Ishin çaste frike, terrori e kënaqësie të thellë, që më tej i kujtonin duke u skuqur.

Hapja e derës së dhomës e bindi se gjithçka po shkonte fatalisht në drejtimin që i trembej më shumë. Ajo ishte krejt lakuriq, me ndryshimin e vogël se seksin nuk e kishte mbuluar me flokët e saj. Thjesht, sepse nuk i kishte aq të gjatë sa personazhi hyjnor i piktorit fiorentin. Në vend të tyre ia mbulonte një shall i hollë mëndafshi, edhe ai në ngjyrë të kuqërremte, sikundër flokët e Venusit, që i derdhej deri poshtë.

- Nuk ta kam parë kurrë këtë shall, - i tha duke menduar se mbase ajo kujdesej të kishte në trup diçka që e ruante vetëm për të. Po të kishte pasur afër ndonjë tekst mitologjie do të deshte ta shfletonte për të mësuar nëse ditën fatale edhe Venusi kishte veshur diçka që nuk e kishte mbajtur kurrë në prani të burrit të saj, Hefesit.

Nuk e kuptonte përse i vinin në kokë ide të tilla. Mbase një përpjekje për të mbajtur larg frikën. Por edhe kjo ishte e kotë. Në çdo çast i dukej se dera do të hapej vrullshëm dhe Hefesi do të brofte para tij duke ulërirë, me një hekur të skuqur në dorë. Do të paralizohej nga tmerri dhe druhej se do të binte aq poshtë sa do të nxitonte t'i thoshte se ai nuk kishte dashur të ngjitej te shpella e tij, se ishte ajo, gruaja e tij, që kishte këmbëngulur. Hefesi nuk do ta besonte, as që i interesonte ta besonte. Do ta akuzonte se ishte ngjitur aty me qëllimin e mbrapshtë që të përdhunonte të zonjën e shtëpisë, bashkëshorten e tij të ëmbël që rrinte ulur në anë të vatrës dhe nuk ia ndante sytë kohëmatëses me rërë, deri sa burri të kthehej në shtëpi. Por që para tij ia kishte behur ai përdhunues i paftuar. Bashkëshortja e urtë dhe e dhimbsur, nuk do të thoshte të kundërtën.

Portën e atij apartamenti nuk e shqeu njeri atë natë, por tingëllimi i beftë i ziles e tetanizoi Lekën. Liliana vetëm se hapi duart, si për të thënë se i vinte keq që kishte disa gjëra të cilat as ajo nuk kishte si t'i shmangte.

Pa e fshehur keqardhjen u ngrit dhe nisi të kërkonte nëpër kuzhinë. Dikur u kujtua dhe kthye nga ai për t'i thënë se ishte zilja e telefonit të shtëpisë që binte, por nuk e dinte ku e kishte lënë. Së fundi u përkul në anën tjetër të divanit dhe si tërhoqi një fill teli, ngriti dorezën e një telefoni të bardhë, që kishte përfunduar aty poshtë. Mori aparatin në dorë dhe u ul në qilim, me gjunjë të mbledhura.

- Ah, Pavli mbërrite? Po bëhesha merak, – foli me një zë që u vesh menjëherë me tone të një mallëngjimi të sinqertë, - Rruga mirë shkoi?

Leka e pa tek u harrua e tëra pas asaj bisede, por pas atyre çasteve terrori, nuk i interesonte më asgjë. Ajo zuri me të dy duart mikrofonin e aparatit dhe me zë të ulët i tha se në telefon ishte Pavli.

Duke mos e ndjerë veten mirë tek dëgjonte bisedën e dy bashkëshortëve, ai u ngrit e shkoi t'i hedhë një grusht ujë fytyrës në lavamanin e banjës. Kur ngriti sytë te pasqyra, vetja iu duk i zbehtë e i fikur.

- E di që do të jetë një mbrëmje e mërzitshme për ty, - dëgjoi zërin e Lilianës. - Edhe për mua, por tani për tani nuk jam vetëm. Kam ftuar Lekën, atë kolegun tim. Po shohim çfarë mund të bëjmë, përndryshe nuk do të arrij ta përfundoj kumtesën time në kohë. Jo, jo ti nuk na pengon aspak. Do më marrësh përsëri më vonë? Të pres.

Kur u kthye në kuzhinë, ai pati përshtypjen e çuditshme se pas asaj që i kishte ndodhur të atit, atij i kishte ikur një forcë e epërme që e ndihmonte ta zotëronte veten në çdo rrethanë. Pastaj deshi të ngushëllohej duke menduar se të gjithë përpunojnë ide të gabuara për veten dhe ai nuk kishte si të bënte përjashtim.

- Është e pabesueshme të mendosh sa shumë tension përqendrojmë në fytyrën tonë, - i tha ajo duke e prekur me gishtërinj mbi ballë.

- Më duhet të iki, - foli ai pa qenë i qartë nëse i vinte më shumë zor nga vetja apo nga ajo.

- Sigurisht që do të ikësh, - e siguroi Liliana duke i kaluar dorën nën xhaketë. - Vetëm dua të sigurohem se nuk do të të ndodhë ndonjë aksident në rrugë. Qetësohu dhe merr frymë mirë.

- Që kur kam lindur këtë punë bëj.

- Jo, ti merr frymë përgjysmë. Kur të jesh gati, mund të ikësh.

Ai doli në korridor i shoqëruar nga vështrimi i saj i habitur. Nuk kishte besuar se do të ikte me të vërtetë.

- Ti më pëlqen dhe për këtë nuk kam nevojë të urrej tim shoq, - i tha duke u përpjekur të kuptojë ku qëndronte moskuptimi i tij. - Asgjë nuk më pengon të jem e lumtur në prani të Pavlit.

- Nuk kam dyshuar asnjëherë për këtë, - tha ai. - Dhe nëse do të dish, shpesh i bëj vetes pyetjen nëse edhe unë jam në të njëjtën lartësi.

- Këtë ma lër mua ta gjykoj. Prej teje nuk kërkoj të njëjtën gjë.

- Përpiqem ta marr me mend.

- Mund të ikësh, tani, - shtoi pa u përpjekur të fshehë pezmin që e kishte kapluar. – Dera është e hapur.

42

Po të kishte vdekur i shoqi, Stefi e dinte se ai do të kishte lënë pas fare pak gjë. Ca azot dhe ndoca materie organike, siç kishte dëgjuar. Por Zoe kishte ndërruar mendje dhe ajo ndihej e pazonja të përfytyronte si do të ishte më tej jeta e tyre.

Dr. Teon e kishte pritur gjatë në korridoret e repartit të pneumologjisë. Ai ishte mjaftuar të dërgonte një infermier për t'i thënë se do t'i telefononte pas dite. Nuk kishte gjetur as edhe një minutë kohë për ta takuar.

Tek ngjiste shkallët e shtëpisë, për zakon u përpoq të bënte më pak zhurmë. Sidomos kur kaloi para apartamentit të Xhuvelëve, edhe pse javën e fundit aty kishte ardhur të banonte një familje tjetër. Ajo e atij burrit që i ngjante aq shumë Zoes dhe që një ditë kishte dashur të vizitonte apartamentin e tyre.

Mbylli dy herë me çelës derën dhe shkoi e shtrëngoi rubinetin e pjatalarëses. Me duart mbështetur mbi të hodhi sytë nga apartamenti i pallatit në anën tjetër të rrugës. Vizitorët që shkonin për ngushëllim ishin rralluar. Me kohë nuk do të vinte më askush dhe një ditë emri i atij të ndjerit do të harrohej. Askush nuk do të kujtohej edhe për gruan që kishte lënë pas. Një gjë të tillë do ta dëshironte edhe Stefi për veten. Kishte aq shumë nevojë që të harrohej nga të gjithë! Por Zoe kishte vendosur ndryshe! Me atë që kishte bërë, shanset që një ditë të internoheshin të gjithë në një majë mali ishin më të mëdha se kurrë.

Mori një karrige dhe u ul në korridor, përballë telefonit. Midis duarve mbante shaminë, në pritje të fshinte lotët që nuk i vinin. Gjymtyrët i kishte të rënda, trupin të mpirë. Njeriu nuk e ndjen çdo ditë peshën e viteve që kalojnë, tha me vete, duhet të ndodhë diçka e tillë që të ndihet dhjetë vjet më i moshuar se një ditë më parë.

Mos takimi me Teon e kishte fyer dhe e zëmëruar. Nuk ishte e bindur se ai kishte qenë aq i zënë sa të mos gjente qoftë edhe një minutë për të. Megjithatë, kishte nevojë për telefonatën e tij. Nuk shihte mundësi tjetër që të mësonte se me çfarë mëndje shoqi ishte kthyer i prej andej nga ishte nisur. Teo duhej t'ia thoshte gjithçka dinte, por ja që në pak kohë u bë si i huaj për të. Nuk i shkonte fare njohjes që kishin. Mund të harronte gjithçka, por jo dorën e tij që një natë kishte rrëshqitur midis kofshëve të saj, në sallën e asaj kinemasë së provincës që ngrohej me drutë që sillnin shikuesit. Kishte qenë gjëja më tronditëse në jetën e saj. Por kuptoi edhe se kishte ndodhur ajo që kishte pritur. Prej kohësh kishte dëgjuar të pëshpëritej midis grave të minatorëve se Teo ishte mjaft i kujdesshëm në vizitat e tij. Kishte prej tyre që shkonin gjithnjë e më shpesh te doktori i ri. Nuk ngurronin t'i tregonin edhe shqetësimet më të fshehta që kishin. Jo vetëm ato shëndetësore. Ndryshe nga bashkëshortët e tyre të vrazhdë, te ai kishin gjetur dikë që i dëgjonte me vëmendje, u fliste më me butësi, i kuptonte më mirë se gjithkush tjetër.

Pas netëve të tëra pa gjumë ajo e kujtonte mirë edhe ditën kur vendosi të shkonte vetë në kabinetin e tij. Ai nuk e la të priste në radhë. E futi menjëherë brenda dhe i kërkonte me ngulm falje, i thoshte se nuk e kuptonte se si kishte ndodhur, se ajo ishte një grua aq tërheqëse, por ai kurrë nuk duhej t'ia kishte lejuar vetes një gjë të tillë. Stefi ndjente një turbullim të tillë që nuk e kishte provuar kurrë para një burri. Pastaj u kujtua se duhej të përligjte praninë e saj aty dhe i kishte folur për një dhimbje në ije. Ai i kishte kërkuar të zhvishej.

Kur ajo kishte mbetur shtatzënë me Lekën, Teo nuk pranoi që fëmija të lindte aty, për shkak të një komplikacioni që kishte frikë. Dyshonte për një problem oksigjenimi të bebes dhe ishte i mendimin se lindja duhej provokuar diçka para kohe. Porositi një ambulancë dhe e shoqëroi vetë deri në qytet, madje ndenji aty edhe pasi lindi djali dhe u sigurua që gjithçka shkonte mirë. Lekën ai gjithmonë e kishte dashur shumë.

Zilja e telefonit tingëlloi thatë, si një trakullimë inatçore. Stefi u ngrit më këmbë por nuk u hodh mbi të, as nuk ndjeu më shumë frikë se sa kishte ndjerë deri atëherë. Ngriti dorezën dhe priti që personi që telefononte të paraqitej. Meqë kaloi një copë herë dhe askush nuk u dëgjua të flasë, ajo uli dorezën. Nuk e dinte se qe e zonja për një gjë të tillë, por e uli. Teo duhet të kuptonte se sjellja e tij nuk mund të ishte pa pasoja në miqësinë që lidhte dy familjet.

Zilja tingëlloi përsëri. Edhe këtë herë ajo nuk u nxitua të pyesë kush ishte në telefon.

- Stefi, ti je? – dëgjoi së fundi një zë të mugët, që për habinë e saj nuk ishte ai i Teos, por i të vëllait, Llambros.

- Ç'po ngjet, pse nuk flet? - pyeti i ai, duke e ulur zërin edhe më shumë, - Ka njeri aty?

- Vetëm jam, - ia bëri ajo duke vështruar me frikë rrotull, - Pse më pyet?

- ...Desha të them se jam shumë i pakënaqur që nuk më ke treguar se yt shoq është i çmendur.

Stefi në fillim deshi të mbrojë të shoqin, pastaj të përligjë veten duke thënë se as ajo nuk e dinte një gjë të tillë. Por u detyrua të rrijë gojëkyçur e të dëgjojë e tmerruar rrëfimin e të vëllait për ikjen e Zoes fshehurazi nga spitali dhe bredhjen nëpër natë rrugëve të qytetit, duke u thënë kalimtarëve se ishte ai që i shkruante fjalimet e Sekretarit të Përgjithshëm...

- Po të më kishe treguar mua me kohë, - tha i vëllai, - do ta merrja nga veshi dhe do ta dorëzoja në rajonin më të afërt të policisë. Pastaj aty le të vendosnin kompetentët nëse duhej shpënë në burg apo në çmendinë.

Stefi mendoi se nuk ishte ai çasti i duhur për të heshtur. Edhe ajo duhej të jepte dëshminë e saj, për ata që përgjonin telefonin. Me zë të lartë e të shkoqitur tha se ajo kurrë nuk ia falte Zoes atë që kishte bërë. Prapësi të tilla ai i kishte bluar e sajuar me veten, pa folur me askënd. Asaj kurrë nuk i kishte treguar gjë. Kurrë, kurrë. Përndryshe, ajo vetë do të kishte njoftuar me kohë atje ku duhej. Te kompetentët!

Lëshoi dorezën e telefonit dhe ra pa fuqi në karrigen që kishte nxjerrë në korridor.

Aty ishte edhe kur Leka hyri në shtëpi.

- Është i zhveshur nga çdo dhembshuri për ne! – i tha të birit, me një zë që ishte e vështirë të mos e merrje për britmë.

Leka nuk e kuptoi menjëherë.

- Cili? – pyeti, i frikësuar.

- Yt atë! – ia bëri ajo. Dhe gjithë çfarë i kishte treguar i vëllai ia zbrazi sikur të mos mundte t'i mbante më për vete. Diku nga fundi nuk u mëdysh të shtojë se edhe ajo ndihej fajtore që nuk e kishte kuptuar me kohë se sa larg kishte shkuar i ati. Por transformimi i tij kishte ndodhur fshehurazi saj, ndryshe do të dinte si të vepronte.

Fjalët e fundit i tha me zë të lartë dhe duke vështruar andej nga besonte se u kishin instaluar aparate përgjimi.

Leka e vështronte i hutuar, por të ëmës iu duk se rrëfimi i saj nuk e trazoi së tepërmi. Madje ai as mundi të kuptojë se sytë e saj të çakërritur i kërkonin që ta dënonte me zë të lartë aktin e të atit.

- Çfarë ka mbetur për të thënë unë, mama? - ia bëri duke ngritur supet.

- Vetëm kaq? – pyeti ajo duke u ngritur më këmbë.

Leka ngriti supet për herë të dytë. Ishte përgatitur t'i tregonte asaj diçka nga ato që i kishte thënë Liliana, por nga sa dëgjoi, nuk qe e nevojshme. Të dy tashmë dinin të njëjtën gjë.

Pasi hëngri një kafshatë bukë shpejt e shpejt, ai iu afrua aparatit të telefonin dhe duke shmangur vështrimin e së ëmës, formoi një numër.

- Leka, ti je? – dëgjoi jo pa kënaqësi zërin e Lilianës, ndërkohë që kishte menduar se ajo do të shqiptonte emrin e të shoqit.

Uli dorezën dhe u lëshua jashtë, gjithnjë duke shmangur vështrimin e së ëmës.

Stefi nuk kishte fuqi as të ngrihej e mbyllte derën me shul pas tij.

43

Elsa shpresonte me gjithë shpirt se pas asaj arratisjes nga pavijoni i urgjencës, të atin do e kishin mbyllur në Spitalin psikiatrik. Mund ta kishin mbyllur edhe në Spitalin e burgut, por diçka brenda vetes i thoshte se ishte në spitalin psikiatrik.

Me t'u kthyer në Tiranë, shkoi dhe qëndroi para hyrjes së Psikiatrikut. Nuk guxoi të futej brenda. E ëma i kishte lënë të kuptojë se nuk duhej ta kërkonte me emër por t'i bënte një përshkrim fizik. Ajo vetë shpresonte se silueta e tij e tkurrur do t'i shfaqej tej ndonjë dritareje të mbyllur me hekura.

Gjatë gjithë natës së shkuar e kishte parë në ëndërr, ndërsa përpiqej të bindte një Komision mjekësh se ishte krejt i papërgjegjshëm për aktet e tij. Të atin e akuzonin për ekzibicionizëm. Endej rrugëve të qytetit krejt lakuriq, në kërkim të turmave të njerëzve që prisnin nëpër radhë dyqanesh dhe para tyre niste e bënte ushtrime aerobie. Tani mezi qëndronte më këmbë dhe përpiqej të bindte komisionin se i kujtohej mirë ajo natë, por bënte ftohtë dhe atij nuk i kishte shkuar ndër mendje të zhvishej lakuriq. Nëse vërtet kishte ndodhur kështu, do ta kishin zhveshur me zor, pa dëshirën e tij. Komisioni mjeko-ligjor dëgjoi edhe fjalën e një eksperti të Shërbimit sinoptik për nivelin e temperaturës dhe të lagështisë në ajër të asaj nate dhe bënë pyetjen se deri në çfarë temperature njeriu mund të ndjente kënaqësi të zhvishej lakuriq. Kur eksperti u përpoq të shpjegojë se temperatura reale ishte një gjë dhe ajo që ndjente një individ ishte tjetër, komisioni nuk e fshehu pakënaqësinë dhe urdhëroi ta nxirrnin jashtë. Sinoptikanin e ndëshkuan me tridhjetë shkopinj. Pjesa tjetër e konsultës u zhvillua duke bërë sikur askush nuk i dëgjonte ulërimat e ekspertit të sinoptikës, që po e ndëshkonin te banjat ngjitur.

Në përfundim, dy punonjës të shërbimit komunal të qytetit e morën Zoen nga krahët dhe e hipën në një ambulancë ushtarake të tërhequr nga dy lopë të mëdha, që rrëshqisnin mbi patina. Elsa e ndoqi aq sa mundi, por pastaj ambulanca i humbi nga sytë. Nga drejtimi që kishte marrë, besonte se kishte shkuar në atë anë të qytetit ku gjendej Spitali psikiatrik.

Një ndjesi të tillë, thuajse fizike, pati edhe kur u zgjua dhe ajo e shtyu që atë pasdite të shkonte drejt e te ai spital. Por shenja që do ta siguronin se i ati ishte vërtet në Psikiatrik, nuk po dukeshin.

E lodhur, mori të kthehej në shtëpi. Atë ditë nuk do të shkonte në apartamentin e tezes së Thanas Gripshit. Ai e priste gjithnjë aty për t'i përséritur se do të fliste me kushëririn e tij kamerier që të mos denonconte aktin e të atit në punën e saj. Nuk e përfytyronte dot çfarë do të ndodhte me të, po qe se e pushonin nga puna.

Me tezen e tij ishte gjithnjë e pamundur të komunikoje, por herët e fundit, në fytyrën e saj kishte mundur të kuptonte një lloj kënaqësie kur e shihte aty. Lëvizte diçka më me shkathtësi, krihej me qejf para shtratit dhe pastaj shtrihej të flinte gjumë, me fytyrë nga ajo. Thanas Gripshi nuk hynte kurrë në dhomën e saj. I kërkonte vetëm ta linte derën gjysmë të hapur dhe vetë rrinte në korridorin e errët. Druhej gjithmonë se policia përgjonte çastin e volitshëm që të thyente portën e të hynte brenda. Nga rënkimet dhe ofshamat e thella që dëgjonte, Elsa kishte bindjen se ai e kalonte kohën duke u masturbuar.

Kur nxitonte të dilte jashtë apartamentit, gjithnjë i bëhej se para asaj derës së dhomës së mbyllur në korridor, dëgjonte tingujt e Koncertit të Brandeburgut.

44

Vetëm pak minuta pasi kishte mbërritur në zyrë, Leka mori një telefonatë nga Liliana. Atë ditë ajo do të mungonte. Takimi në Akademi do të zhvillohej pas pak ditësh dhe ajo priste me padurim vërejtjet e tij për kumtesën që do të mbante.

Leka futi tekstin në çantë dhe gjysmë ore më pas po u ngjitej te apartamenti i saj. Natyrisht, duke uruar të mos kryqëzohej nëpër shkallë me Pavli Isakun. Në thellësi të vetes, edhe e donte një gjë të tillë. I dukej mënyra më e mirë që të shporrte frikën që ndjente prej tij. Edhe pse nuk e përfytyronte dot se çfarë do t'i thonin njëri-tjetrit duke nxituar nëpër shkallë.

- Mirëmëngjesi. Liliana aty është ?

- Po sapo doli nga dushi. Për kumtesën keni ardhur, besoj?

- Ka shumë gjëra që duhen rishikuar. Do të zgjasë ca.

- Ah, nuk ka problem. Do të kthehem pas dite. Mbase edhe më vonë. Sot në Komitetin e Partisë presim vizitën e një shoku të Byrosë politike.

- Epo, mirë. Ju shkoftë mbarë.

- Edhe juve.

Mendoi se kishte arsye serioze ta përgëzojë veten që mundi të imagjinojë një dialog të tillë, në skenën e mundshme të realizimit.

Liliana ishte ende duke ngrënë mëngjesin. E ftoi edhe atë të ulej në tryezën e bukës dhe kur ai nxori nga çanta tekstin mbi të cilin kishte punuar gjatë gjithë atyre ditëve, ajo i la përpara një copë bukë të thekur me reçel dhe e pyeti nëse dëshironte ta shoqëronte me qumësht apo çaj.

Ai buzëqeshi. Ajo as që e kishte pyetur nëse kishte dëshirë të hante apo jo.

- Kafe, - i tha.

- Do ta pimë bashkë, pastaj.

- Kur pastaj? - qeshi pak si i frikësuar, ndërkohë që i shkoi në mendje se mbase ajo kishte lajme jo të mira për të atin, që nuk donte t'ia thoshte menjëherë.

- Pastaj, pasi të hash me mua. Pavli doli herët nga shtëpia dhe mua nuk më shijon asgjë vetëm.

- Për të të bërë qejfin ty, - i tha ai dhe nisi të kafshojë bukën e thekur, duke i treguar tekstin që mbante në dorë, - Duket sikur kam vënë shumë shënime anash, por në thelb vetëm se kam zgjeruar disi idetë e tua. Disa m'u dukën mjaft interesante.

Ajo fshiu buzët dhe u përkul drejt tij.

- Rrallë herë të kam parë pa kravatë, - i tha dhe i hapi pak këmishën te kopsa nën jakë. - Kam përshtypjen se pikërisht prej këtu më erdhi një erë...

- Çfarë ere? – u zmbraps ai i shqetësuar dhe ngriti krahët si për të ndjerë më mirë erën e trupit të tij.

- Narcisiku im i vogël, të shqetëson çdo gjë që mund të cenojë imazhin tënd prej djali të rregullt e të bukur. Ja, po të them: nuk është aromë trëndafili, por mua më pëlqen.

- Mund të ma përshkruash, të lutem?

- Nuk e di nëse mund të përshkruhet një erë. Gjithmonë duhet t'i referohesh diçkaje tjetër.

- Referoju kujt të duash, vetëm më thuaj çfarë ere mbaj!

Ajo qeshi tek e shihte aq të shqetësuar. As që e merrte me mend frikën e tij se duke iu afruar rrethit të familjeve të prekura politike, mushkëritë e tij ishin shndërruar në vatër e një shumëzimi të pafrenueshëm bakterial.

- Pse qesh, kështu? – e pyeti i frikësuar.

- Sepse për pak desh të thashë se mban erë si mollë e pjekur...

- Vetëm kaq?

- Mbase është thjesht erë burri, erë mashkulli, - i tha ajo më seriozisht, - por këtë nuk di si ta përshkruaj. E ndjej, por nuk e përshkruaj dot.

Ajo u përkul përsëri drejt tij dhe i mori erë në atë hapësirën që kopsa e fundit e pa mbërthyer e këmishës së tij, linte të zbuluar nën gushë.

- Tjetër? – deshi të sigurohej ai.

- Është një erë që më turbullon, - dhe zgjati thikën e gjalpit te gropëza e tij nën gushë, - Me siguri ti nuk ke ardhur rastësisht pa kollare. Gjë shumë e rrallë kjo.

- Je e sigurt se nuk është gjësendi tjetër? – këmbënguli ai.

Ajo shtyu tutje tekstin me shënimet e tij dhe e tërhoqi atë drejt dhomës së gjumit. Në afërsi të shtratit iu duk se krahu i tij u tkurr pak, ngurronte t'i shkonte pas. E ndaloi dhe si e fërkoi pak në tembtha dhe midis syve, e puthi.

- Je ngurtësuar shumë. Mos ke nevojë të sigurohesh?

- Nuk të kuptoj?

- Mbase do të ndihesh më mirë po të them se Pavli asnjëherë nuk kthehet në shtëpi pa më telefonuar më parë.

Ai ndjeu të nxehtë në fytyrë.

Shtrati pas saj ishte ashtu siç kishte mbetur nga nata e mëparshme, i parregulluar. Një palë pizhame dergjeshin mbi një karrige, ndërsa mbi kanatën e hapur të raftit të rrobave qe hedhur pa kujdes një penjuar burri. U lut me vete që në fund ajo të mos ia jepte të fshihej me të. Erës së trupit të tij do t'i shtohej ajo e kovaçit Hefes.

Mbi një komodinë të vogël qe një kuti ilaçesh, që iu duk se i njihte. Ishin të njëjtë me ato që shihte te komodina e të atit. Qetësues e gjumëndjellës. Nuk i kujtohej të kishte dëgjuar prej saj t'i fliste për ndonjë problem shëndetësor të të shoqit, por as nuk ishte çasti për ta pyetur.

Ndërsa kishte hedhur tutje robëdëshambrin e saj dhe mori t'i zbërthejë atij këmishën, duke buzëqeshur, Liliana e puthte me majën e buzëve në gjoks, duke lënë pak nga aroma e bukës së thekur në lëkurën e tij. Pastaj ishte radha e duarve që nisën të shëtisin gjithandej nëpër trupin e tij, duke e përkëdhelur ku ta mundte. Gjithmonë kishte dëshirë ta prekte e përkëdhelte gjithandej. Kam natyrë taktile, i pëlqente t'i thoshte vetë.

Si hodhi rrobat e tij pa kujdes mbi pizhamet e të shoqit, ajo u ul në shtrat dhe e tërhoqi me ngut drejt vetes. Gjesti i një gruaje që nuk e fshihte ulërimën e dëshirës për të patur një burrë midis shalëve të veta. Atij vetëm sa i shtinte frikë padurimi i trupit fërgëllues që kishte midis duarve.

Frymëmarrja e saj kishte nisur t'i ngjante një dihatje që shpeshtohej. Qe shenja e pagabueshme e fillimit të një ngarendjeje drejt dalldisë erotike që nuk e kontrollonte më. Ishte si një pikë moskthimi që çdo herë atij i linte përshtypjen se edhe sikur i shoqi të shfaqej te dera e dhomës, ajo nuk do të ndërpriste gulçimin deri në fund, deri sa çdo pejzë e trupit t'i prehej e qetësohej.

Që nga ai çast atij i dukej vetja si një lodër seksi që duhej t'i bindej vullnetit të saj. Befas ajo reshti së gulçuari. Mendoi se do t'i kujtonte se ai e kontrollonte shumë veten, siç i kishte ndodhur edhe një herë të fundit.

- Leka, unë jam e gjitha këtu me ty. Ti ku je?

- Këtu... ku tjetër

- Kam përshtypjen se je gjetiu. Nuk të ndjej këtu me mua. - më shumë se sa zhgënjim, zëri i saj shprehte keqardhje.

Ai vështroi trupin e tij që kishte nisur të kullonte djersë, si provë e vullnetit të tij të mirë.

- Jam këtu me ty, - i tha duke u përpjekur të buzëqeshë dhe e puthi midis sisëve të saj të vogla.

- Mos u përpiq të më bësh qejfin mua. Më ke lënë të kuptoj se nuk shihesh më me atë vajzën, Anin.

Ai u përpoq të thotë diçka, por ajo e shtyu lehtë me duar dhe u ngrit. I dëshpëruar ai u lëshua anash shtratit të parregulluar duke mbuluar me duar gjenitalet e tij. Zakonisht ndjente druajtje dhe vihej të mbulonte seksin vetëm pas orgazmës. Kurrë përpara, madje i pëlqente që ajo ta shihte ashtu.

U ngrit i kapluar nga frika se mos Liliana do t'i jepte penjuarin e të shoqit të fshihej. Ishte vonë. Ajo e kishte tashmë atë në dorë dhe para se të hynte në dush, ia hodhi përsipër si të ishte një varëse rrobash.

Ai mbeti me të në dorë. Duke mos gjetur gjë tjetër më të përshtatshme, nisi të fshijë trupin që i kullonte djersë.

- Nuk isha i përgatitur për këtë, - i tha kur ajo u kthye prapë në dhomë.

- Nuk e dija se u dashka përgatitje e veçantë kur një grua të thërret në shtëpinë e saj. Nuk të kishte mjaftuar kjo?

Ajo bëri një gjysmë rrotullimi para pasqyrës dhe u kthye nga ai.

- Kërkoj të gjej ndonjë arsye te vetja ime dhe nuk e gjej, - tha me një lëvizje të vogël që shprehte një lloj kënaqësie, pas inspektimit të shpejtë që i bëri trupit të saj përballë e në profil.

- Je e mrekullueshme, - i tha ai duke i shkuar pranë.

Ajo i kaloi dorën nën gushë.

- Nuk prish punë, - foli me të butë, duke ulur sytë te seksi i flashkët, që varej midis këmbëve të tij. Por pa mundur të shmangë një buzëqeshje. - Nuk të ndodh vetëm ty.

Ai mori të vishej me bindjen se këndej e tutje seksin e saj duhej të shihte si vendin gjeometrik të zhvillimit të një lloj lufte të veçantë klasash, midis pinjollit të një familje të prekur dhe gruas së një funksionari të lartë partiak. Qe një luftë pa masa represioni e persekutimi të dukshëm, madje ishte e përzemërt, lufta më e përzemërt që mund të kishte vend në një areal aq të kufizuar.

Kur doli jashtë, kishte nisur të binte shi. Ndaloi dhe kaloi dorën para syve, sikur deshi të largonte diçka që e pengonte të shihte fytyrën e tij në një pellg me ujë.

45

Pa biçikletën e saj, Elsa shkonte më këmbë nga stacioni i trenit deri në qendër të qytetit, ku merrte autobusin e linjës. Në atë orë të ditës kishte gjithnjë lëvizje të madhe njerëzish. Ndërsa nxitonte midis tyre, ajo pa Lekën që kishte qëndruar pranë stacionit qendror te taksive. Kur bëri t'i afrohej, ai iku. I vëllai po ndiqte dikë. Mbase një grua që po ecte diku përpara në të njëjtin trotuar, por nuk ishte e sigurt. Iu afrua edhe më shumë dhe vetëm atëherë mundi të shohë se i vëllai vërtet po ndiqte një grua, të cilën ajo e njihte mirë. Anin.
Nuk kishte arritur të bisedonte ndonjëherë gjatë me të, por njiheshin dhe shpesh shkëmbenin të fala, nëpërmjet Lekës. Kur i vëllai nisi të mos e pyeste më për Alqin as ajo nuk e kishte pyetur për Anin. Qe një mënyrë për të shmangur kryqëzimin e lajmeve që në rrethanat e krijuara mund të mos ishin tepër të këndshëm për t'u dëgjuar. Diçka kishte ndodhur edhe në jetën e të vëllait, por kishte menduar se një burrë mund të orientohet më mirë. Ajo që po shihte atë çast me sytë e saj, e dëshpëroi. Nuk e kishte përfytyruar se një ditë do ta ndiqte të vëllanë ndërkohë që ai po ndiqte një vajzë, ndërkohë që ajo vajzë po ndiqte... Nga mënyra se si po ecte, iu duk se edhe Ani nuk kishte ritmin e dikujt që ishte duke shkuar në punë të vet. Ajo nxitonte duke vështruar e shqetësuar diku përpara, sikur ndiqte dikë.

Nxitoi hapat dhe kur Leka ishte vetëm pak metra larg, i thirri. I vëllai ktheu kokën, por nuk shfaqi ndonjë shenjë habie a kënaqësie. Ajo i kishte folur në një çast të papërshtatshëm.

- Ti po ndjek Anin? - e pyeti e motra pa e fshehur moskuptimin e saj.

- Po kaloja këndej, - foli ai me zë të ulët por me sytë gjetiu.

- Jo, ti po e ndjek Anin!

- E pashë nga larg dhe desha të flas me të. Mos më shih ashtu. Ti mbase i ke punët në rregull, por unë dua të flas edhe në herë me të.

- Unë punët në rregull? - ia bëri ajo. - Ka kohë që veçse numëroj shuplakat që marr në jetë!

Deshi t'i thotë edhe diçka tjetër, por atë çast që të dy vërejtën se Ani kapërceu rrugën dhe nxitoi të mbërrij në trotuarin përballë, ku ishte selia e Komitetit të Partisë.

Leka u shkëput nga e motra dhe nxitoi ta arrinte. Pastaj ajo që panë i la pa frymë. Ani u lëshua drejt një anëtari të Byrosë politike, që po dilte nga selia e Komitetit të Partisë. Një nga shoqëruesit e tij i ndërpreu rrugën, por nuk e preku. Vetëm se i bëri shenjë të ndalonte aty ku ishte. Dukej që t'i linte kohë shefit të tij të futej brenda në makinë. Vetëm pas kësaj shoqëruesi nxitoi të ulej përpara në vendin e vet dhe makina u nis menjëherë.

Skena kishte tërhequr vëmendjen e shumë kalimtarëve, që kthenin kokën të shihnin, por shumica kujdeseshin të vazhdonin rrugën e tyre. E dinin që në raste të tilla qe krejt e pakëshillueshme të tregoje kureshti të tepërt.

Ani nisi të vraponte pas makinës së funksionarit të lartë të Partisë, që shihej edhe si një nga pasardhësit më të mundshëm të Sekretarit të Përgjithshëm. Elsa iu afrua të vëllait dhe i shtrëngoi fort krahun. Anit e ta kthente mbrapsht. Qe një shfaqje e tmerrshme për të dy.

- Kam të drejtë të di çfarë mendon partia për familjen time! – dëgjuan Anin të thërrasë, duke u përpjekur të shohë përtej xhamit të errët të makinës, - Pse ma fshihni të vërtetën? Çfarë po kurdiset kundër fëmijëve të mi?

Nxitoi edhe disa hapa pas makinës dhe e lodhur ndaloi duke vështruar rrotull me pamjen e hutuar të dikujt që vetëm ato çaste zbulonte se ku ndodhej. Rregulloi çantën e saj të vogël dhe u kthye mbrapsht, por duke ecur gjithnjë në mes të rrugës. Ishin makinat ato që ndërronin drejtim për të mos u përplasur me të.

Kaloi jo larg Lekës dhe Elsës, por as që i vuri re. Gjithë duke folur me veten, u drejtua te stacioni i autobusit të linjës së saj. Ecte pa u nxituar dhe duke u lëkundur lehtë nga pas, si të ishte mbi një pasarelë mode.

Të dy vëlla e motër e ndiqnin me sy pa mundur të gjenin fjalët e duhura që të flisnin me njëri-tjetrin. Madje deshën të sigureheshin në se kishin parë të njëjtën gjë, por së fundi vendosën të mos flasin fare.

Kur nuk e shihnin më, të dy nisën të ecin përgjatë bulevardit. Elsa u kujdes të mos e hiqte dorën nga krahu i të vëllait. Nuk ia shtrëngonte, por ishte e vëmendshme ndaj çdo lëvizje të tij. Nga mënyra se si e kthente befas kokën andej nga kishte ikur Ani, kishte përshtypjen se ai kishte ngasjen të nisej me vrap pas saj.

- Shkojmë në shtëpi? - e pyeti dikur, - apo mbase do të shëtisim ca buzë Lanës?

- Jo, - i tha ai.

- Çfarë, jo?

- Shkojmë në shtëpi.

Ishte ajo duhma e rëndë që vinte nga ai përrua me shtrat të betonuar, që çante qytetin përmes, ajo që i sillte gjithnjë ndërmend mushkri njerëzish të prekur. Kishte nisur t'i dukej se edhe ai bënte pjesë te ata. Mbase edhe Liliana atë mëngjes një erë të tillë kishte ndjerë. Erën e një mashkulli të prekur politikisht.

I kërkoi motrës të nxitonin.

Ndërsa ai u mbyll në banjë që të lahej, Elsa u fut në kuzhinë të shohë çfarë mund të kishte për të ngrënë.

Tenxheret ishin të gjitha bosh. Asgjë nuk kishte edhe në furrën e stufës. Rrallë ndodhte që e ëma të ikte në punë, pa përgatitur drekën që atyre nuk u mbetej veçse ta ngrohnin. Atë ditë kishte një përjashtim nga rregulli. Elsës iu desh të vinte në provë aftësitë por doli të ishte më e vështirë se sa kishte menduar. Atyre pak preshve, nja dy patateve dhe një fundi shisheje me vaj që gjeti poshtë pjatalarëses, duhej t'u shtoje edhe një dozë magjie që të mund të diçka të ngrënshme. Duhej të kishte ndodhur diçka që e ëma atë ditë nuk kishte ushtruar talentin e saj në kuzhinë.

Nuk kishte vullnetin e duhur që të vriste mendjen më tej dhe ul në një karrige të kuzhinës. Skena që kishin parë në rrugë, në prani të vëllait, nuk i shqitej nga sytë. Mbështeti kokën në tryezë dhe nisi të qajë. Pa zë. Nuk kishte dashur t'i thotë gjë të Lekës, por nuk mund t'i fshihej vetes. Asaj i ka ikur mendje, tha me vete. Është shqiptoi së fundi me vete fjalën që kishte mbajtur nën gjuhë deri atë çast. Ajo që kishin parë, ishte e tmerrshme.

Kërcitja e çelësit në derën e jashtme të shtëpisë, bëri të brofë në këmbë. Kur doli në korridor, e ëma la disa shkresa mbi tryezën e vogël të telefonit, por nuk u nxitua të flasë. Hoqi një xhaketë të lehtë e pa mëngë, që vishte kur dilte herët nga shtëpia, u përkul të zgjidhë lidhësen e këpucëve dhe vetëm kur drejtoi kurrizin, e pa të bijën në sy.

- Leka ka ardhur?

- Po lahet. - Asaj nuk i pëlqeu fare toni me të cilin i kishte folur e ëma. - Çfarë ka ndodhur, mama?

- Ai është i vendosur të na tërheqë të gjithëve në gropën ku ka rënë vetë, - i foli në vesh të bijës.

Elsa tundi kokën dhe u kthye në kuzhinë.

- Po flas për babanë tënd! – tha e ëma duke shkuar pas saj. - Leka ku është?

- Po lahet, të thashë!

Stefi iu afrua derës së banjës dhe vuri veshin në të, që të sigurohej.

- E di çfarë ka bërë përsëri yt atë? – u kthe prapë te Elsa.

- Mama, mos më bëj kësi pyetjesh që më ngrijnë gjakun. Më thuaj çfarë ka ngjarë!

- E kanë shtruar në Spitalin psikiatrik, pas asaj që bëri.

- Pse, çfarë prisje ti?

- Nuk prisja gjë më të mirë. Por, ai ka ikur edhe prej andej. Ka kapërcyer tutje dritareve të Psikiatrisë dhe ka bredhur gjithë natën rrugëve të qytetit duke u folur njerëzve për ato marrëzirat e tij.

Elsa vuri duart në tëmtha. Nuk guxoi t'i kërkonte t'ia përsëriste. Nëse ishte vërtet ashtu, kjo do të thoshte, se të paktën në harkun e disa orëve, ata kishin qenë jashtë çdo rreziku për t'u internuar. I ati qe diagnostikuar si i çmendur dhe e kishin mbyllur në Spitalin psikiatrik. Siç i kishte dalë asaj në ëndërr.

Stefi mori në dorë shkresat që kishte lënë mbi tryezën e telefonit dhe ia zgjati së bijës.

- Përse nuk më pyet se ç'janë këto shkresa?

E bija e vështroi me shqetësim.

- Vërtet, ç'është kjo vulë gjykate, mama?

- Kërkova divorcin me babanë tënd, - këtu ajo e ngriti zërin, me qëllim që ë dëgjohej sa më qartë. - Dikush duhet të mendojë edhe për ju të dy.

- Dhe çfarë ke bërë ti që të mendosh për ne të dy? – pyeti ajo si e topitur.

- Atë që të thashë! Kërkova divorcin me babanë tënd. Kam arsye të besoj se gjykata shumë shpejt do më japë të drejtë.

- Ti flet seriozisht?

- Ai është gjithmonë babai juaj, por jo bashkëshorti im. Nuk ndajmë më të njëjtin short. Shtrat jo e jo. Tani e tutje, përgjegjësia e atyre që bën bie vetëm mbi të. As mbi ju, as mbi mua.

- Pa na thënë qoftë edhe një fjalë? – e ngriti zërin e bija.

- Kur t'ju flas? Ju nuk uleni më të bisedoni me mua. Më rrini larg! - u shkreh ajo në vaj. - Nuk më flisni më si më parë. Këtë që të thashë shko e tregojua menjëherë prindërve të Alqit.

- Çfarë t'u tregoj? – bërtiti Elsa.

- Që ne si familje nuk kemi asgjë me atë... – ajo u kapërdi si për të lënë pas atë çast ligështie, si t'i mungonte fryma. - T'u thuash se ne jemi ne... ai është ai.

- Mama, po ti nuk e kë venë re se sa herë më flet për Alqin unë ul sytë dhe vështroj thonjtë e gishtave të mi?- e pyeti Elsa me sa kishte në kokë. - Kurrë nuk e ke vënë re këtë?

U kthye gjithë zemërim dhe shkoi te dhoma e të atit, ku ra në gjunjë para shtratit të tij dhe u shkreh në lot.

- Si është kjo puna e thonjve, - pyeti Stefi të birin, që nuk dinte ç'të bënte me peshqirin në dorë. - Mos do të thotë se është ndarë me Alqin?

- Me sa duket... – tha ai nëpër dhëmbë hedhur peshqirin mbi kokë që të mos e shihte në sy.

46

- Disa probleme rregullohen vetë, me kusht që të mos flitet për to, - i tha Liliana, kur e pa të shfaqet te dera e zyrës së saj. - Askush nuk do të kujtohej për babanë tënd sikur të mos i kishte filluar nga e para ato deliret e tij nokturne.

Ai nuk ishte përgatitur ta dëgjonte t'i fliste për të atin. Atë mëngjes kishte dashur t'i jepte mendimin e tij për temën por nuk dinte si ta pyeste. Ajo nuk dukej në humor të mirë. Ai vetë nuk e besonte të ëmën që thoshte se i ati e bënte gjithçka sepse nuk ndjente dhembshuri për ta, por kishte bindjen se as nuk ishte i sëmurë psikik. Prandaj qe mjaft i interesuar të mësonte çfarë dinte Liliana dhe u ul menjëherë në karrigen që i tregoi ajo.

Mbrëmjen e kaluar ajo kishte qenë e ulur para televizorit, kur Pavli e kishte pyetur nëse i kujtohej ai personi që kishte ikur natën nga urgjenca e spitalit, ai që thoshte se shkruante fjalimet e Sekretarit të Përgjithshëm? Komisioni i ekspertëve kishte rekomanduar shtrimin e detyruar në Spitalin psikiatrik. E pra, ai kishte mundur të ikte natën nga Psikiatria për të përsëritur ato skenat e një nate më parë. Disa qytetarë të indinjuar, që po prisnin në një radhë qumështi, e kishin rrahur e goditur, që të mbyllte gojën. Ai këmbëngulte në të tijën dhe ata e kishin shkelmuar keqas.

Leka u ngrit më këmbë. Gjërat kishin shkuar shumë larg.

- Nuk të kam pyetur, - i tha i tronditur. - Pavli e di se ai është im atë?

Ajo nuk e priste një pyetje të tillë.

- Nuk më ka thënë gjë, - iu përgjigj ajo pa qejf. - Raste të tilla nuk kanë të bëjnë fare me sektorin e tij. Vetëm sa informohet nga buletinet e brendshme. Ndonjë e lexon vetëm që të ketë me çfarë të më bëjë mua për të qeshur.

Ja që ti nuk po qesh më, ia bëri ai me vete.

- Është disi shqetësuese për mua, - arriti të belbëzojë, por pa ditur të vazhdojë më etj.

- E kuptoj, por tani gjithçka varet nga mendimi i atyre që do të merren përsëri me të, - vazhdoi Liliana, si për t'i qartësuar më mirë se Pavli nuk kishte asnjë lloj ndikimi në atë çështje.

- Nuk ka arsye të ndryshojnë mendim, - nxitoi të thotë ai, - Ajo që ka ndodhur tregon se ai është vërtet i sëmurë mendor. Një i çmendur i përsosur, edhe pse më vjen keq që flas kështu. Mund t'i shtojnë edhe ndonjë diagnozë të dytë, por nuk ka arsye t'i heqin atë të parën, çmendurinë.

- Nuk di ç'të them... - ia bëri Liliana.

- Nuk të kuptoj?

- Çfarë nuk kupton?

- Këtë që thua. Dhe të lutem mos trokit ashtu me këpucë në dysheme.

- ... Më fal. Mbase një tik nervor. Nuk e kisha mendjen aty.

- Të paktën të thoshte se shkruante fjalimet e dikujt tjetër, jo ato të Sekretarit të Përgjithshëm, - tha pastaj Liliana duke ulur zërin.

Lekës iu desh të kënaqej me faktin se ajo nuk ia dha të qeshurit siç kishte bërë në një rast tjetër.

- Po sikur vërtet ai të ketë shkruar ndonjë fjalim për Sekretarin e Përgjithshëm ? – foli duke i hedhur një vështrim që nuk kishte asgjë shpotitëse.

Ajo pati një lëvizje të pavullnetshme të kokës. Pastaj, kur Leka nuk e priste, shpërtheu në të qeshura. Deshi të thotë diçka por e qeshura nuk e linte të fliste. Së fundi u qetësua disi dhe u zgjat drejt tij.

- Ti do të thuash se në fjalimet e Sekretarit të Përgjithshëm ne paskemi dëgjuar lajthitjet e një të sëmuri?

- Kështu i bie, por këtë je ti që e thua, - ia bëri Leka.

Ajo heshti menjëherë, sikur të kishte ndjerë një kanosje në ajër.

- Unë asnjëherë nuk mendoj gjëra të tilla, - i tha ajo ftohtë e prerë.

- E di, por desha të shoh duke qeshur, - ia bëri ai duke e ndjerë se kishte shkuar pak si larg, - serioziteti yt i fillimit më shtiu frikë.

- Frikë nga unë?

- Për një çast më bërë të më dukej vetja fajtor që nuk e kam edukuar si duhet tim atë, - tha duke u munduar të qeshë.

- Unë nuk jetoj në një planet tjetër. Mendoj edhe për pasojat që mund të kishte sjellë ai në jetën tënde.

- Të paskam keqkuptuar... Ndjesë.

- Jam shumë e turbulluar.

- Harroje.- Të vazhdojmë tani me atë që nuk e përfunduam herën e kaluar? Hidhi një sy tekstit dhe më thuaj çfarë mendon për shënimet e mia anash.

- Të lutem mos e përsërit më.

- Them se e mora vesh.

Ajo së fundi uli sytë mbi tekst. Mori të shfletojë faqet e para, plot riformulime e shënime anash, por pastaj e la tekstin mbi tavolinë dhe e shtyu në majë të gishtave në drejtim të tij.

- Nuk shkoj dot më tej, nuk përqendrohem. Merru vetë me të.

- Je ti që do ta lexosh atë ditë.

- Përfundoje vetë dhe ma sill në fund të javës te mamaja. Në shtëpinë time kam përshtypjen se të pushton një frikë që nuk e kuptoj.

Ka shumë gjëra që nuk kuptojmë te njëri-tjetri, tha ai me vete, megjithëse kërkesa që të shiheshin te apartamenti i mamasë së saj, siç kishin bërë aq herë të fillimet e tyre, ishte shenjë se turbullira po largohej. Por nga ajo bisedë i kishte mbetur përshtypja se as afërsia absolute që krijonte intimiteti tyre seksual, në asnjë rast nuk kishte bërë të mundur që Liliana të lejonte ndonjë plasaritje, ku ai të mund të shihte mendimet e saj të fshehta.

Ngriti supet dhe u drejtua te dera.

- Mbase ka gjëra që nuk më pëlqejnë, - foli ajo kur ai nuk e priste, - por unë kurrë nuk e përfytyroj veten të kthehem atje ku isha.

- Nuk kisha për qëllim një bisedë të tillë. Ma fal. – i tha ai.

- Nuk dua të rris fëmijët e mi majë një mali të egër.

Ai ngriu me dorezën e derës në dorë.

- Nuk të kuptova...?

- Asgjë, - i tha ajo dhe mori të ngrejë telefonin.

Edhe një tjetër që shqetësohet për fëmijët që nuk ka akoma, tha Leka me vete duke dalë jashtë.

47

Drejtoresha e Arkës së Kursimit hapi derën e zyrës së llogarisë dhe me një buzëqeshje që nuk i drejtohej askujt në veçanti, kaloi midis tavolinave. Kur u gjend pranë Stefit, u përkul dhe i kërkoi të shkonte me të. Edhe pse e priste që kjo do të ndodhte një ditë, Stefi u drodh nga frika. U ngrit dhe e ndoqi me vetëdijen se nëse kishte diçka që varej ende prej saj, kjo ishte që të mos bënte asnjë lëvizje të tepërt, të mos shprehte asgjë shenjë paniku.

Kur hapi derën e zyrës, drejtoresha i tregoi me dorë dy burra që po qëndronin në këmbë përpara tryezës së saj. E pa Stefin pa shprehur asgjë dhe doli jashtë, duke e mbyllur derën nga pas.

- Uluni, - ia bëri njëri prej tyre, duke i treguar një kolltuk dyvendësh, rrëzë murit.

Ajo u ul pa folur dhe për një çast iu duk se humbi e gjitha brenda atij kolltuku me susta të këputura. Mbi vete ndjente hijet e atyre dy burrave, që ishin me kurriz nga dritarja. Do të kishte dashur ta merrnin në pyetje rrotull një tryeze ose në këmbë, përballë njëri tjetrit. Tek e shihnin nga lart, ajo u ndie e vogël, e dobët, e pambrojtur.

- Ti je Stefania, apo jo? Stefani Bendo? – e pyeti njeri prej tyre që shtrëngonte një çantë në dorë.

- Po.

Aty e fundosur në kolltukun me susta të thyera, ajo priti që ata ta shtypnin me këmbë, sapo të bindeshin se nuk kishin gabimisht përpara ndonjë person tjetër.

- Mbiemrin e keni Bendo?

- Edhe për pak ditë, - foli ajo, duke shqiptuar ngadalë e qartë ato fraza që i kishte menduar prej kohësh, - Jam në proces divorci me tim shoq. Mbiemri i vajzërisë sime është Çobani. Jemi nga Malëshova e Sipërme. Gjatë luftës, im atë ngjitej në mal me kalë që t'u shpinte miell partizanëve. Ka edhe dëshmitarë për këtë.

Tjetri, diçka më i ri në moshë, i shëndetshëm dhe me krahë gjysmë të hapur si ata tipat që i kryejnë vrasjet me duar, pa ndihmën e armëve, u duk mjaft i zhgënjyer nga një histori të tillë.

- Nuk e gatuante dot bukën vetë? – pyeti me ton të pakënaqur, - Ku do ta gjenin furrën partizanët majë malit?

Burri me çantë në dorë bëri një lëvizje pakënaqësie për drejtimin që mori biseda dhe iu drejtua nga Stefi.

- Nuk ju kërkoi njeri histori të tilla, - i tha.

- Më thoni çfarë doni nga unë? - pyeti ajo duke u ngritur në këmbë, por nuk e priti që ai më i riu t'i vinte menjëherë duart në sup, për ta detyruar të rrinte aty ku ishte.

Tjetri me çantën në dorë, doli pas tavolinës së drejtoreshës. Hapi dhe mbylli çantën pa nxjerrë asgjë prej saj dhe u kthye aty ku ishte.

- Çfarë mendoni për ato fjalimet që shkruan burri juaj? - e pyeti me zë thuajse të ulët.

Ajo nuk foli. Kishte harruar si do t'i përgjigjej një pyetje të tillë.

- Shokut Gjikë duhet t'i përgjigjesh menjëherë, - ia bëri ai tjetri duke zgjatur duart përpara, si për ta kërcënuar.

- Nuk di të ketë shkruar fjalime ndonjëherë, - u kujtua të shqiptojë ajo menjëherë.

- Këtë e thoni ju, ndërsa ai vetë thotë se shkruan fjalime për udhëheqësit.

- Mua nuk ma ka thënë asnjëherë, përndryshe do t'ia kisha treguar vendin. Ne jemi familje e lidhur me Luftën.

- Na e thatë këtë, - ndërhyri ai që quhej Gjikë,- babai juaj ngjiste në mal kuajt me miell për partizanët, por pa e vrarë mendjen se ku do ta piqnin bukën ata.

- Kishte vetëm një kalë, - sqaroi Stefi, - Nuk ishim të pasur.

- Nuk keni vënë re asgjë të veçantë në sjelljen e burrit tuaj kohët e fundit?

- Është dobësuar shumë dhe ka kriza pagjumësie, - tha fare ftohtë ajo.- Nganjëherë edhe kriza diarreje.

- Sipas teje, kishte ndonjë arsye të veçantë të rrinte zgjuar?

- Nuk e di. Një herë më foli për një pulë të ngrirë nën jastëk. Thoshte se e kisha vënë unë.

Të dy burrat u panë në sy.

- Ju keni folur me njerëz të tjerë për ato fjalimet e tij? - vazhdoi Gjika.

- Nuk kam arsye të flas për gjëra që nuk i di.

- Po fëmijët tuaj, çfarë mendojnë për ato që thotë babai tyre?

- Nuk dinë asgjë më shumë se u shtrua në një klinikë për probleme të zemrës.

- Në një spital psikiatrik.- saktësoi ai më i riu.

- Nuk kemi të çmendur në fisin tonë. As nuk e di ku ndodhet spitali psikiatrik i Tiranës.

- Psikiatrinë e kryeqytetit duhet ta meritosh, - ndërhyri përsëri ai. – Për tipa të tillë ka çmendina të tjera. Ajo e Elbasanit i përshtatet më të mirë.

- Nuk më intereson asgjë. Ju thashë se jam në proces divorci me të.

- Me siguri për këtë keni arsye të shëndosha, - pyeti Gjika. - Mos më thuaj se pas tridhjetë vjetësh martesë keni zbuluar se nuk ju përputhen karakteret.

- Ashtu, si e thoni ju është. Nuk na përputhen karakteret. Më thotë gjëra që nuk mund t'i pranoj..

- Për shembull?

- Më akuzon për atë pulën nën jastëk. Nuk mund ta pranoj.

Ata të dy shkuan të flasin pranë dritares. Andej nga fundi, nuk po tregoheshin aq të vëmendshëm sa në fillim. Stefit iu duk se ai më i riu këmbëngulte se ajo u fshihte diçka në lidhje me kalin e të atit. Gjika e siguroi se do të merreshin një herë tjetër me kalin, por më parë duhej të përqendroheshin te ajo pula. Çfarë kuptimi kishte? Së fundi hapi dhe mbylli përsëri çantën pa nxjerrë asgjë prej saj dhe të dy u kthyen nga Stefi.

- Po të na dalë nevoja për ndonjë informacion shtesë do ta vijmë përsëri. Mos harro se ke detyrimin të mos i flasësh askujt për gjithë ç'kemi biseduar këtu.

Ajo nuk e çeli gojën. Ndjente nevojën të kishte mbi kokë një qese me copa akulli, në mos atë pulën e ngrirë për të cilën u foli atyre.

- Çfarë deshën? – e pyeti drejtoresha që u dha te dera sapo ata dolën.

- Më sollët të reja për tim shoq.

- Mjekë ishin ?

- Nuk e di, por m'u dukën shumë të informuar për shëndetin e tij.

Shkoi në tryezën e saj të punës disi më e qetësuar. Shpresonte se pas atyre që u tregoi Zoen nuk do ta nxirrnin në gjyq. Por edhe sikur të mos ishin të bindur se qe i çmendur, përsëri nuk do t'u interesojë një proces gjyqësor kundër tij, e ngushëlloi veten. Përndryshe do të jenë të detyruar të sjellin në sallën e gjyqin dëshmitarët e panumërt të radhëve të qumështit që do të përsërisnin njëri pas tjetrit ato çka kishin dëgjuar, pra që ai shkruante fjalimet e Sekretarit të Përgjithshëm. Veç në qofshin vetë të çmendur, ia bëri thuajse me zë.

48

Xhamat e palarë të trenit me të cilin po kthehej nga Elbasani, mezi e linin të shihte peizazhin tej dritares. Megjithatë Elsa pëlqente më mirë të vështronte andej se sa udhëtarët e tjerë të kabinës. Lotët në sytë e saj, i kishin bërë ata të heshtur e trembur si të kishin zbuluar një kufomë midis tyre.

Treni që rendte si kalë i rraskapitur i linte përshtypjen se edhe çdo gjë tjetër për rreth ishte po aq e rraskapitur. Edhe fusha, rruga e makinave e çarë, pak më tutje, pemët e shtrembëta, ajri i rëndë e gati opak nga pluhuri i furrnaltave që nxinin tutje.

Prej ditësh kishte dëgjuar të ëmën të thoshte se Spitali psikiatrik i Elbasanit i përshtatej më mirë gjendjes së të atit, por pa e kuptuar mirë se ç'donte të thoshte saktësisht. Kjo deri atë ditë. Kishte mbërritur aty pak pas përfundimit të orarit të vizitave. Një infermier kur mësoi se vinte nga larg pranoi ta shoqërojë për një vizitë të shpejtë. Në korridor ndeshën vetëm tre pacientë që po vështronin një vrimë në mur. Ndonjë fliste duke e treguar me gisht, por pa nxjerrë asnjë tingull nga goja.

I ati po flinte me kokë të mbuluar. Infermieri i shpjegoi se kështu ndodhte me të gjithë që fillonin një terapi barbiturikësh. E siguroi se kur të vinte herën tjetër do ta gjente duke luajtur futboll te oborri i spitalit.

Në dhomë ishin edhe tre shtretër të tjerë. Të sëmurët që hynin e dilnin tregonin interes vetëm për një kavanoz reçeli dhe një pako biskotash, që ajo mbante në dorë. Njëri prej tyre, një djalë i fuqishëm me emrin Tedi u shtri në shtratin ngjitur me të atin dhe vështronte nga ajo. Njërën dorë e mbante mbas koke si jastëk, tjetrën e futi thellë në xhep, ku kruante e trazonte diçka.

Sipas infermierit që u përkul t'i flasë në vesh, ai vuante nga trikotilomania dhe krejt pa pritur mund të niste të shkulte flokët e tij a çdo lloj tjetër qimesh të trupit. Vetëm atëherë ajo vuri re se Tedi vërtet e kishte kokën si të rrjepur dhe hera-herës në fytyrë i binte një hije si vezë surbull. Dikur, nxori dorën nga xhepi dhe i kërkoi asaj t'ia ruante reçelin dhe biskotat që kishte sjellë për të atin. Infermieri i bëri shenjë t'ia jepte.

- Është jetim dhe ka shpresë që babai tënd do ta adoptojë një ditë, - i tha, infermieri, duke dalë jashtë.

Faqja e murit mbi kryet e shtretërve ishte plot njolla gjithfarësh dhe nëpër të rendnin miza të mëdha dheu. Ajo që e habiti ishte se ato zbrisnin mbi komodinat e të sëmurëve të tjerë, por jo në atë të të atit, edhe pse aty kishte po aq thërrime buke sa edhe te fqinjët e tij të sëmurë.

Nuk kishte kohë shumë. Infermieri e kishte porositur të mos vonohej. U ul në anë të shtratit. Zoe flinte qetësisht. Te sëmurë të tjerë hynin në dhomë ta shihnin dhe harronin të dilnin. Të tjerë vinin pas tyre. Kishin vështrim të çuditshëm, por jo të lig. Ajo ktheu sytë dhe vështronte murin e frikësuar. Dikur iu duk se e kuptoi përse insektet nuk zbrisnin në komodinën e të atit. Në murin përballë ishte vizatur me shkumës një gjysmë rrethi, të cilin milingonat ngurronin ta kapërcenin. Silleshin përgjatë tij në kërkim të ndonjë pjesë harku ku mungonte vija e shkumësit dhe pastaj ktheheshin e iknin drejt komodinave të tjera.

E shqetësuar se mos infermieri kthehej dhe do të ishte e detyruar të ikte pa e parë të atin, ngriti ngadalë cepin e batanijes. Ajo që pa e bëri të këlthasë. Zuri me të dy duart kokën e të atit dhe e shtrëngoi pas vetes. Buza e tij ishte e çarë dhe sytë e ënjtur mezi i dukeshin nga dy xhunga blu. Ishin plagët që i kishin shkaktuar njerëzit e revoltuar, gjatë endjes së tij të fundit nëpër natë. Ata të cilëve ai u afrohej, në radhët e qumështit dhe u thoshte se ishte ai që shkruante fjalimet e Sekretarit të përgjithshëm. Shumë prej tyre nuk e duronin një gjë të tillë dhe duke i lënë njëri-tjetrit shishet e qumështit, dilnin dhe qëllonin ku të mundnin.
Tedi ishte i pari që iu afrua të shihte çfarë kishte ngjarë, pastaj shkoi të shtrihej aty ku ishte. Ajo e mbante të atin të shtrënguar pas vetes. Kur e uli ngadalë në jastëkun e tij, vërejti se ai kishte hapur sytë. E përqafoi përsëri dhe e ndihmoi të ngrihej dhe të rrinte i mbështetur në jastëk. Zoe binte anash, ishte krejt i pafuqishëm. Vetëm fytyra e tij e shtendosur shprehte qetësinë dhe kthjelltësinë që kanë njerëzit e çliruar nga frika.

Ia fshiu fytyrën me shaminë e saj dhe i kërkoi të mos fliste. Fryma i mbante erë të rëndë ilaçesh dhe dukej se në qenien e tij çdo gjë ishte e ngadalësuar. Edhe buzëqeshja mori kohë t'i vinte deri te sytë. Te buzët nuk iu shfaq dot për shkak të plagës që kishte.

Infermieri u duk përsëri te dera. Dukshëm i pakënaqur. Ajo duhej të kuptonte se i kishte bërë një nder dhe nuk duhej ta te-pronte duke ndenjur më gjatë.

Elsa i premtoi të atit se në fund të javës do të vinte më herët e do të rrinin gjatë bashkë. Ai i bëri shenjë t'i afronte veshin.

- Do të të përcjell, - i mërmëriti ngadalë.

Elsa nuk e dinte se si do të përcillte, por u përkul të kërkojë një palë pantofla nën shtrat. Veçse ajo që pa te këmbët e të atit e bëri të ngrihej e tmerruar. Shputat e tij ishin si të shqyera dhe vende-vende të mbushura me qese të mëdha qelbi. Vrapoi pas infermierit.

- Ia keni parë këmbët? – e pyeti duke mos përmbajtur dot zemërimin. - I keni parë si i ka këmbët?

Infermieri vështroi rrotull i shqetësuar.

- E di, por nuk mund t'ia mjekoj, - i tha me zë të ulët. - Nuk kam të drejtë. Duhet të vini paradite të bisedoni vetë me mjekun që e ndjek.

Ajo nuk e kuptoi se çfarë donte t'i thoshte.

- Të lutem, - u shkreh në lot, duke e zënë nga krahu, - me jep mua pak garza e jod. Do ia mjekoj unë.

Infermieri nuk dinte si ta fshihte frikën që ndjente.

- Në asnjë mënyrë, - i tha.- Nuk janë plagë të rastit. I janë injektuar baktere në shputat e këmbëve që të mos lëvizë dhe ikë nga spitali. Është problem i madh me ca të sëmurë...

Ai u largua me shpejtësi, duke i kërkuar edhe një herë të dilte pa u vonuar.

Elsa u kthye plot dhimbje në dhomë, pa ditur se ç'duhej të bënte. Pastaj iu deshën disa çaste të mësohej me atë që pa aty. Tedi kishte marrë të atin në krahë si të qe një fëmijë i vogël dhe po prisnin në mes të dhomës. Zoe hapte nga pak gojën, por më shumë se fjalët ajo ndjente një duhmë të fortë të ilaçesh. Pastaj dikur kuptoi se ai ishte gati që ta përcillte.

Në korridor askush nuk tregoi ndonjë shenjë habie kur shihnin Tedin me Zoen në krahë. Edhe i ati nuk dukej aspak i bezdisur, si të kishte lëvizur ashtu gjithë jetën. Tedi i madh nuk e fshihte krenarinë për shërbimin që i bënte babait të tij të ardhshëm. Ishte i bindur se po linte një përshtypje të mirë edhe te një anëtar tjetër i familjes që shpresonte se një ditë do e priste në gjirin e saj.

Elsa iu lut Tedit të ndalonte. I ati i bënte shenja se donte t'i thoshte diçka.

- Gjej kohë dhe shih botën rrotull teje,- i tha ai me zërin e tij që i ngjante fëshfërimës së erës në një të çarë porte.

- Po, - i tha ajo duke zgjatur përsëri veshin drejt tij, - po, baba, do të gjej.

- Po të shohësh ndonjë insekt që nxiton të kthehet në shtëpi, rri dhe vëzhgoje. Është gjë e mirë të kthehesh në shtëpinë tënde çdo mbasdite.

- Do të kthehesh edhe ti dhe do të dalim bashkë, - mundi t'i thotë ajo.

Infermieri priste me çelësa në dorë para portës së madhe prej xhami të përforcuar me grila hekuri.

Tedi e uli disi Zoen dhe Elsa e përqafoi fort.

- Nuk duhet të qash kështu, - i tha kur e pa të atin e përlotur. - Më prit kur të vij herën tjetër dhe do të qajmë bashkë. Më premton?

Ai mbylli sytë. Ajo e puthi në ballë dhe doli me dëshirën që të ulërinte nga dhimbja.

49

Gjëja e parë që dëgjoi sapo u fut në shtëpi, ishte uturima e ujëngrohësit me vajguri. Punonte me regjim të plotë, shenjë se po lahej i vëllai. Trokiti fort në derën e banjës dhe i kërkoi të dilte sa më shpejt. Kishte diçka për t'i thënë.

Ndjente aq shumë padurim të fliste me të, sa mbështeti kurrizin pas derën dhe priti aty, pa harruar të trokiste përsëri.

Bashkë me Lekën nga dera e banjës doli edhe një shtëllungë avulli, që nuk e pengoi aspak atë t'i tregonte në detaje vizitën që kishte bërë te i ati në "Çmendinën e Elbasanit".

- Le të thonë çfarë të duan psikiatrit, - i tha duke i marrë peshqirin nga dora dhe duke ia kaluar nëpër kurriz. – Sot pashë me sytë e mi një marifet gjenial që babai kishte gjetur për të mbajtur milingonat larg komodinës së tij. Duhet ta shohësh vetë që të bindesh. Një gjë e tillë nuk mund të dalë kurrë nga mendja e një të çmenduri. Më kupton?

Leka ia mori peshqirin dhe nisi të fërkohet nën sqetulla. Pastaj u kthye në banjë dhe pasi fshiu avullin që kishte veshur pasqyrën, filloi të merret me flokët e tij.

- Leka më dëgjon? Po flas për babanë tonë, - foli ajo gati e zemëruar, - Nuk them se ai marifeti tij ka gjësendi prej Albert Einstein-i. Por është e papranueshme që e kanë mbyllur aty. Ai nuk është i çmendur. Nuk ta mbajtur të mbërthyer pas shtratit duke i injektuar baktere në shputat e këmbëve.

Shpërtheu në lot. I vëllai vetëm atë çast hodhi tutje peshqirin dhe ia mori kokën e ia ngjeshi pas gjoksit të vet, siç bënin kur ishin të vegjël.

- Edhe pa këto prova, unë kurrë nuk kam besuar se ai është i çmendur.- i pështpëriti në vesh.

Ajo nuk e priste. U shkëput prej tij dhe bëri një hap pas. Kishte nevojë që ta shihte pak në distancë, për ta kuptuar më mirë.

- Dhe nuk më ke folur kurrë?

- Kujt i intereson kjo? – pyeti i vëllai.

Ajo u duk edhe më e hutuar.

- Neve, kujt tjetër? Mua dhe ty!

- Pra, neve. Jo atij.

- Bëj ndonjë përpjekje që të të kuptoj më mirë, Leka.

- Dëgjo motra ime. Po qe se mbledhim kësi provash për të thënë se babai ynë nuk është i çmendur, atëherë atij do t'i duhet të përgjigjet penalisht për ato që ka thënë. Me këtë i hapim varrin vetes dhe atij vetë!

Lekës iu duk se i kishte thënë edhe atë që kishte ngurruar prej kohësh. U ndie më i qetë. Kaloi peshqirin nëpër fytyrë dhe u fut në dhomën e tij.

Ajo e ndoqi nga pas.

- Atëherë, për ty është më mirë që ai të rrijë aty ku i japin një grusht neuroleptikësh në ditë dhe i mbushin shputat e këmbëve me qelb? – i tha ajo me zërin që i dridhej. - Kështu?

- Po, - i tha ai, ftohtë. - Dhe që ti të harrosh gjenialitetin e asaj vijës me shkumës po të them se është më mirë në atë spital se sa të nxjerrë krom nga fundi i ndonjë galerie me trarë të kalbur.

Elsa u kthye në kuzhinë. Uli kokën mbi tryezë dhe nisi të qajë pa zë. U ngrit vetëm kur dëgjoi të hapet dera e jashtme. Nuk i pëlqente që e ëma ta shihte të përlotur.

Leka ishte veshur dhe mori të krihej herë para pasqyrës së banjës dhe herë në xhamin e bufesë së kuzhinës. Gjithnjë duke u kujdesur të shmangte vështrimin e së motrës.

- Nuk ju dëgjoj më të flisni në prani timen, - tha Stefi, duke zbrazur disa patate në pjatalarësen e kuzhinës.

- Ke të drejtë, mama, - tha Leka, - nuk e di përse e ndërpremë bisedën. Po flisnim për Albert Einstein-in. Ai donte të thotë diçka në çastet e fundit të jetës së tij, por fjalët që nxori nga goja nuk u kuptuan kurrë.

E ëmaktheu kokën, pa mundur të marrë me mend çfarë donte të thoshte i biri.

- Si kështu? - pyeti pastaj.

- Kur po hiqte frymë, - vazhdoi Leka, - ai tha diçka, por në gjermanisht. Infermierja amerikane që i rrinte te koka, nuk e kuptonte atë gjuhë.

- Mbase ka humbur gjësendi e rëndësishme për botën. – ia bëri e ëma duke hequr mënjanë një patate të kalbur.

- Nuk besoj, - tha i biri – Vjen një kohë kur të gjithë duhet ta kuptojnë se bota rrotullohet edhe pa ta.

Elsa ndihej e shpërqendruar dhe ndjente nevojën të merrej me diçka që të fshihte nervozizmin. U ngrit dhe shkoi të ndihmojë të ëmën. E mahniste gjithnjë e më shumë aftësia e të vëllait për ta parë me aq ftohtësi edhe gjënë më mizore që i kishte ndodhur në jetë.

Stefi nxori nga frigoriferi tenxheren e gjellës dhe Elsa shtroi pjatat mbi tryezë.

Leka u kërkoi ta hiqnin pjatën e tij. Nuk do të hante darkë me to. Kishte mundësi që të kthehej ca vonë. Mbase nuk vinte fare atë natë, por ato nuk duhej të shqetësoheshin.

Të dyja gratë u ulën të hanë, në heshtje. Ndërsa përtypej duke vështruar nga dritarja, Elsës iu duk se në apartamentin përballë ku kishte ndodhur morti, atë ditë kishte shumë më tepër njerëz se zakonisht.

- Mbase i bëjnë të dyzetat të zotit të shtëpisë, - tha e ëma.

- Asnjëherë nuk e kam kuptuar këtë, - ia bëri ajo. - Pse të dyzetat dhe jo të pesëdhjetat ose të gjashtëdhjetat?

- Kështu ka qenë gjithmonë. Thuhet se të vdekurve u duhen dyzet ditë që të kuptojnë se nuk janë më të kësaj bote, - tha e ëma dhe u ngrit të mbyllë rubinetin e pjatalarëses, që iu duk se pikoi. - Pas kësaj ata ikin për fare dhe njerëzve që lënë pas u duhet të shohin jetën e tyre. Ca e vështirë, por kështu është.

F u n d